Wildflowers

Rune & Adam

Cristina Evans

Impressum

1. Auflage
© 2019, Cristina Evans
Bildmaterial: Shutterstock
Covergestaltung: Cristina Evans
Lektorat / Korrektorat: Eva Benedikt

Herstellung und Verlag: BoD – Books on Demand, Norderstedt

ISBN: 9783750400184

Über dieses Buch

Wildblumen sind freie Geister und unabhängige Denker, unbeeindruckt von Gleichheit und Prinzipien, sind sie wild und frei wachsend.

Rune ist Tochter einer Schaustellerfamilie, die Besitzer eines der gefährlichsten Fahrgeschäfte Nordamerikas ist. Sie weiß nur zu gut, wie es ist, Menschen zu treffen, die sie nach kürzester Zeit nie wieder sehen wird. Bisher hat sie das nie gestört, manchmal nutzte sie das sogar zu ihrem eigenen Vorteil. Doch eines Abends, auf einem Festplatz im warmen Kalifornien, tritt Adam in ihr Leben. Er ist pflichtbewusst, anständig und eigentlich all das, was Rune nicht ist. Er sieht so viel mehr in ihr als Vorurteile und Klischees. Denn für ihn ist sie ein ganz besonderer Mensch. Für ihn ist Rune eine Wildblume.

Sich zu verlieben hat sich nie so wild und so frei angefühlt. Und noch nie so schmerzhaft.

Playlist

Zimmer [feat. Panama) – Wildflowers (feat. Panama)
Ta-ku [feat. Wafia] – American Girl [feat. Wafia]
Hazey Eyes, Panama – Emotion (aiwake Remix)
Yung Bae feat. Atlas – Holding Your Hand
Shawn Mendes – Perfectly Wrong
Glass Animal – Mama's Gun
BANKS – Weaker Girl
Big Wild – Empty Room (feat. Yuna)
Fleurie – Breathe
Fleurie – Turns You into Stone
Ta-ku – We Were In Love
Lucy Rose – Shiver
Elliott Smith – Between The Bars
Limbo – How My Heart Feels
Petit Biscut – Sunset Lover (Clément Bazin Remix)
Natasha Bedingfield – Backyard
Apparat – Goodbye
AURORA – Murder Song (5, 4, 3, 2, 1)
Two Door Cinema Club – What You Know
Radiohead – Creep
Holmsey [feat. Hollow Coves) – Coastline (feat Hollow Coves)

Für meinen Sohn.

Sei tapfer, sei mutig.

Sei wild und sei frei.

Prolog

März 2013 – irgendwo in Kalifornien

Ihre Augen leuchteten mir trotz der verkratzten Plastikscheibe, hinter der sie saß, entgegen. Sie wirkten verwundbar und doch unerschütterlich. In den Sekunden, in denen sie mich ansah, schoss ein Feuerwerk der Gefühle durch mich hindurch. Jedes. Mal. Aufs. Neue.

Dieses unbekannte Mädchen hinter der Scheibe.

Blinkende und grelle Lichter um uns herum ließen das Dunkelrot in ihrem lockigen Haar aufschimmern. Ihr Blick war abgeklärt und selbstbewusst. Stahlgraue Augen funkelten mich an und dabei ließ keine Faser ihres Körpers Freundlichkeit durchdringen. Konzentriert suchte sie nach dem Wechselgeld und fischte zeitgleich zwei lilafarbene Tickets aus der Halterung. Ihre Bewegungen waren reiner Automatismus.

»Viel Spaß auf dem *Devil Rock*«, formten ihre Lippen beinahe lautlos. Durch die kleine Öffnung am unteren Rand des Fensters schob sie mir die Tickets entgegen und lächelte. Sie lächelte! *Ich werde verrückt.* Es war keine besonders freundliche Mimik. Eher verwegen und sogar ein bisschen schadenfroh. Eigentlich war es ziemlich frech. Und es war das schönste Lächeln, das ich jemals gesehen hatte.

»Komm jetzt, Mann, sonst sind die besten Plätze weg!«, rief mir Jonny ins Ohr und zerrte mich hinter sich her.

Ich war unfähig meine Augen von ihr zu nehmen, obwohl schon der nächste Fahrgast am Kassenhäuschen stand und ihr das Geld für eine Fahrt reichte. Auch ihre Augen hefteten sich in meine, bis sich weitere Menschen zwischen unsere Blicke drängten und wir uns nicht mehr sahen.

Jonny und ich setzten uns an den Rand des teuersten und mit Abstand angsteinflößendsten Fahrgeschäfts des diesjährigen Jahrmarkts. Es war schon die fünfte oder sechste Fahrt heute. Die Käse-Nachos von vorhin stießen mir unangenehm auf. Doch das spielte jetzt keine Rolle, denn das Mädchen mit den leuchtenden Augen hatte mir gerade zum allerersten Mal zugelächelt!

Dass ich mit jeder weiteren Runde blasser wurde und mein Magen sich immer mehr um sich selbst drehte, war mir dabei völlig egal, denn das war es wert. *Sie war es wert.*

Der Wagen begann zu ruckeln und ich spürte bereits dieses unbeschreibliche Gefühl in meinem Bauch. Ein Gefühl zwischen Angst und purem Vergnügen. Als das Gefährt schließlich von einer Sekunde auf die andere an Geschwindigkeit zunahm, war es um uns geschehen. Jonny und ich schrien und lachten uns die Seele aus dem Leib.

Mir wurde wieder klar: Dieses Teil war besser als jede verdammte High-Speed-Achterbahn in ganz Amerika. Was mir nicht bewusst war an diesem Abend: Die Geschichte mit dem Mädchen hinter der Scheibe würde noch besser, noch angsteinflößender und noch verrückter werden, als jede Achterbahnfahrt auf der ganzen Welt.

Rune fährt ungeduldig mit dem Mauszeiger über den dunklen Bildschirm. Sie hatte ihrer Chefin versprochen sich um diesen letzten Entwurf zu kümmern. Anschließend sollte sie ihn persönlich nach Santa Fe bringen, damit er rechtzeitig den Behörden vorlag.

Sie schaut auf ihr Handydisplay – das neuste Smartphone, das der Markt zu bieten hat – und sieht, dass ihre Mitbewohnerin Cathy ihr die dritte Nachricht in Folge schickt: *Vergiss unser Treffen heute Abend nicht. Wir freuen uns auf dich!*

Rune seufzt. Die Fahrt von hier nach Santa Fe und wieder zurück nach Downtown wird mindestens eine Stunde dauern. Immerhin eine Stunde weniger, die sie mit Cathy und ihren Freundinnen verbringen muss, die – gelinde gesagt – die oberflächlichsten Menschen sind, die Rune jemals kennengelernt hat. Wann immer sie sich über den neusten Promi-Klatsch, die besten Beauty-Geheimnisse und die heißesten Junggesellen aus San Diego unterhalten, hört Rune äußerlich aufmerksam, innerlich jedoch zu Tode gelangweilt zu.

Wann kam der Punkt, an dem du angefangen hast, dich mit diesem Leben abzufinden?

Wann kam der Punkt, an dem du begonnen hast, ein Teil dieses Lebens zu werden?

Als das Anmeldefenster auf dem Bildschirm erscheint, atmet Rune erleichtert ein und wieder aus. Die Behörden in Santa Fe würden nicht mehr lange geöffnet haben und sie sollte sich beeilen. Während sie den Benutzernamen und das Passwort eingibt, sieht sie ihre fein manikürten Fingernägel über die Tastatur fliegen.

Sie versucht zu lächeln. *Wann bist du zu dieser Frau geworden, Rune?*

Dreißig Minuten später legt sie ihrer Chefin, die sich heute Vormittag bereits ins verlängerte Wochenende verabschiedet hat, die Kopien und die Akte zurück auf den Schreibtisch. Sie schaltet alle Lichter und die beiden Computer aus und verlässt das mehrstöckige Gebäude, in dem sie arbeitet.

Nicht umsonst wird San Diego von seinen fast 1,5 Millionen Einwohnern für das angenehme Klima vergöttert. Der diesjährige Juni zeigt sich wieder einmal von seiner schönsten Seite.

Rune mag das Wetter hier. Generell war sie schon früher immer gern nach Kalifornien gereist. Nicht zuletzt war dies das Fleckchen Erde, auf dem sie *ihn* kennengelernt hat.

Sie steigt in das erstbeste Taxi, das vor dem Gebäude hält und fährt zum südlichsten Teil von Santa Fe. Dort gibt sie die Entwürfe an der Pforte des Bauamts ab, lässt sich den Empfang bestätigen, so wie sie es ihrer Chefin versprochen hat, und steigt mit schnellen Schritten zurück in den Wagen, der auf sie wartet. Nach Downtown wären es jetzt, je nach Verkehr, um die fünfunddreißig Minuten Fahrt.

Wie jeden Donnerstag wird sie sich dort mit den anderen in ihrem Stammlokal treffen, um ein paar Drinks zu sich zu nehmen und der Live-Musik zu lauschen, die dort immer gespielt wird. Anschließend würde sie wieder am nahegelegenen Hafen entlang schlendern, um die alten Segelschiffe und beleuchteten Luxusyachten zu betrachten. Das würde der deutlich angenehmere Teil des Abends werden.

Rune liebt das Wasser, das Meer. Vielleicht hatte sie in San Diego, nach all den Jahren, so etwas wie ein Zuhause gefunden. Auch wenn es ihr schwergefallen ist. Doch immer wenn sie die salzige Meeresluft um ihre Nase spürt, mehrmals tief einatmet, weiß sie, dass sie die richtige Entscheidung getroffen hat. Obwohl sie schon über fünf Jahre zurückliegt, vergeht kaum ein Tag, an dem sie nicht an diesen einen Tag zurückdenkt. An den Tag und all das, was er mit sich gebracht hat.

Rune wundert sich, warum das Taxi nicht wieder auf die Interstate zurückfährt. Nach fünfzehn Minuten Fahrt kommt der Wagen abrupt zum Stehen. Der Fahrer steigt aus und öffnet besorgt die Motorhaube.

»Es tut mir leid, Miss. Ich fürchte, mein Auto hat gerade den Geist aufgegeben«, spricht der junge Mann durch das geöffnete Fenster der Fahrertür. »Ich rufe von hier aus ein anderes Taxi an. Sie werden nicht lange warten müssen.«

Sie schaut aus dem Fenster.

Wenige Straßen zuvor hat sie beinahe das Meer sehen können. Die Sonne ist noch nicht untergegangen und vielleicht würde es ihr nicht schaden, ein paar Schritte zu Fuß zu gehen.

»Schon in Ordnung. Ich werde einen Spaziergang machen«, sagt Rune und rückt sich die Handtasche unter ihrem Arm zurecht.

»Nach Downtown sind es noch über zwanzig Meilen, Miss«, antwortet ihr der Fahrer beunruhigt.

»Ich weiß«, sagt sie lächelnd. »In einer halben Meile werde ich vermutlich auch schon das nächste Taxi rufen. Ein paar Schritte schaden mir trotzdem nicht.«

»Sind Sie sich sicher?«, hakt er nochmals nach.

Rune ist bereits ausgestiegen, reicht ihm das Geld, das sie ihm bis hierher schuldet, und zieht ihre Sonnenbrille auf.

»Ganz sicher. Danke.«

Ohne sich nochmals umzudrehen, steuert sie das Restaurant

an, das sich direkt vor ihnen befindet.

Dort trinkt sie eine Kleinigkeit, benutzt die Sanitätsräume, verlässt das Lokal und geht schließlich ein paar Schritte Richtung Süden. Mit einem Mal hat sich die Sonne hinter dicken Wolken versteckt. Es ist immer noch warm, doch es sieht so aus, als hätte sich ein nebliger Filter über die Straßen gelegt.

Rune stört sich nicht weiter daran, denn nach wenigen Metern hört sie zu ihrer Rechten die brechenden Wellen und das Kreischen der Möwen über ihr. In ihrer Nase kribbelt die salzige Luft, die sie auch auf ihren Lippen spürt. Lächelnd fährt sie mit ihrer Zunge darüber.

Es ist, als wäre es erst gestern gewesen. Sie sieht seine vor Aufregung glänzenden Augen vor sich, wie er ihr von all der biologischen Vielfalt der Weltmeere erzählte. Dabei lag ein Strahlen in seinem Blick, genauso blau wie der weite Ozean, der sich damals vor ihnen erstreckte.

Mit jedem Schritt, der sie näher ans Wasser heranbringt, das auf der gegenüberliegenden Straßenseite liegt, dringen auch andere Geräusche und Töne in ihr Gehör. Sie spürt plötzlich nicht mehr die Freiheit und Unabhängigkeit, die ihr gerade noch durch die Adern geflossen sind. Auf einmal, wie aus dem Nichts, sieht sie auf der linken Seite des Highways, an dem sie entlangläuft, die leuchtenden und grellen Farben eines Riesenrads. Wenige Sekunden darauf erscheinen weitere laute und blinkende Fahrgeschäfte in zu naher Ferne. Die Lichter und Geräusche des Rummels brennen sich schmerzhaft in ihr Bewusstsein. Auch wenn der Jahrmarkt von hier aus, wegen eines gesperrten Abschnitts, gar nicht zu erreichen ist.

Obwohl sie sich nicht so wie früher inmitten des Geschehens befindet, überkommt sie die blanke Panik, die sofort über ihr einbricht. Gedankenverloren beginnt sie über den Highway zu laufen, ohne auf die Autos zu achten, die diesen gerade überqueren.

Atme. Atme. Atme, Rune.

Trotz der warmen Temperaturen durchfährt sie ein kalter Schauer. Ein lautes Hupen und das Quietschen von Reifen lassen sie hochschrecken.

Sie muss ans Wasser gelangen. Sie muss die Geräusche und alles, was sie mit den Fahrgeschäften verbindet, hinter sich lassen. In all den Jahren hat sie nie wieder einen Festplatz betreten.

Aus guten Gründen.

Am Strand angelangt, streift sie sich ihre Stilettos von den Füßen und beginnt, über den warmen Sand zu rennen. Hinter den Dünen sind all die schmerzhaft blinkenden Lichter endlich außer Sichtweite.

Sogar der süße Geruch von Zuckerwatte und Popcorn war ihr in die Nase gestiegen, wie eine alte Erinnerung.

Erst als ihr Herzschlag sich langsam, aber stetig, reguliert, nimmt sie die Weite des Pazifischen Ozeans vor sich wahr.

Langsam kehrt Ruhe in ihre Glieder.

Sie muss an damals zurückdenken.

»Nach all den Jahren auf dem Rummel spüre ich immer noch die Schmetterlinge im Bauch, wenn ich auf einer Achterbahn sitze«, sagt sie.

Adam lächelt. »Dasselbe Gefühl habe ich, wenn ich meine Zeit hier am Meer verbringe. Die Luft beflügelt mich. Diese Unendlichkeit des Wassers setzt Gefühle in mir frei, die ich nicht beschreiben kann. Bevor ich mich verliere, helfen mir die Wellen zur Ruhe zu kommen, und wenn ich lange genug hier sitze, finde ich zwar nicht immer alle Antworten, doch ich vergesse die Fragen. Und das sind mit Abstand die besten Schmetterlinge, die man spüren kann, oder nicht?«

Rune schließt ihre Augen und lässt sich mit ihrem Rücken auf den warmen Sand fallen. Dass sie ihren teuren Blazer dabei verschmutzt, spielt keine Rolle.

In diesem Moment wünscht sie sich Adam wieder so sehr herbei, dass ihr heiße Tränen über die Wangen laufen.

Wir sind die schönste Geschichte,

die man zwischen den Wellen finden kann.

– von Marie Döling –

Kapitel 1

März 2013 – San Luis Obispo, Kalifornien

Rune

Wieder wurde ich vor dem Klingeln meines Weckers wach. Schuld daran war Hahn Frido, der einzige Hahn zwischen all den Hühnern von Zauberer Augustus. Und an seinem verrosteten und gezwungenem Krähen hörte ich, dass Hahn Frido mit jedem Tag unglücklicher wurde. Welcher Hahn wurde schon gern alle paar Wochen in einem Käfig stundenlang durch die Idylle Amerikas transportiert. In der Hinsicht hatte dieses Tier viel mit mir gemein.

Bevor ich registrierte, wo wir heute überhaupt waren, holte ich meinen Notizblock heraus, um zu sehen, welche Fächer diese Woche auf dem Plan standen.

Wir wurden das ganze Jahr über von unserer Hauslehrerin, Mrs Cunningham, unterrichtet. Sie war Engländerin und steinalt, doch allwissend. Ich beneidete sie auf verschiedene Weisen. Wer wie sie, auf wirklich jede Frage eine Antwort kannte, musste schon verdammt viel gesehen und erlebt haben.

Wer auf dem Rummel geboren wurde, kennt das normale Leben nicht. Bisher blieb mir nichts anderes übrig, als mit meinem Vater und älteren Bruder in einem Wohnwagen zu leben und durch Amerika zu reisen.

Seit mehreren Generationen führten wir, zusammen mit anderen Familien, einige der spaßigsten und gefährlichsten Fahrgeschäfte Nordamerikas. Der Besuch von kleinen und großen Städten, ihren Volksfesten und Festivals, auf denen wir Tag ein, Tag aus unser Geld verdienten, hatte mitunter seine Reize. Doch wir waren nirgends zu Hause. Nie. Also wem machte ich etwas vor? Ich hasste und liebte das Fairground-Leben zugleich. Und das war kein Geheimnis.

»Noch ein Wort aus deinem Mund und ich breche dir und deinem idiotischen Freund Zac das Genick!« Die weibliche Stimme kam von draußen. Genauso wie das darauffolgende tiefe Lachen, das nur das meines Bruders sein konnte.

»Du bist das Allerletzte! Ich bin weg!«, hörte ich die Unbekannte wieder und schließlich wie die Tür zu unserem Wohnmobil aufging, und gegen die Küchenzeile knallte.

»Eine weniger«, brummte mein Bruder Nick, der hereinkam, sich die Schuhe von den Füßen kickte und seinen schweren Körper auf die Sitzbank unseres Essbereichs fallen ließ.

Ich blieb in meiner Schlafkoje liegen. Aus dem Seitenwinkel sah ich, dass Nick zu mir herüberblickte.

»Auch schon wach, Schwesterchen?«

»Und du bist vermutlich immer noch wach«, murmelte ich.

Nick war mit Leib und Seele der geborene Nachfolger unseres Schaustellerbetriebs. Er würde alles tun, um das Geschäft aufrecht zu erhalten und weiterzuführen, wenn Dad irgendwann nicht mehr da wäre.

Außerdem liebte Nick das Leben auf dem Rummel auch noch aus ganz anderen Gründen. Seine geheime Leidenschaft war es, so viele Mädchenherzen zu brechen, wie möglich, bevor wir weiterzogen.

»Muss ich Angst haben, dass unser Wohnmobil heute Nacht wieder von faulen Eiern oder sonstigen Abfällen beschmissen und beschmutzt wird?«, fragte ich, ohne ihn nochmals anzublicken. Stattdessen blätterte ich in meinem Notizbuch herum.

»Ja, vielleicht«, sagte er und stand auf. »Ich gehe jetzt jedenfalls eine Runde pennen. Das Wetter heute ist *scheiße.* Ich rechne nicht mit viel Betrieb.«

Nick hatte recht. Seit zwei Tagen hatte es immer pünktlich zur Mittagszeit, wenn die Kinder aus der Schule auf den Festplatz stürmen sollten, angefangen zu regnen. Erst abends hatten sich die Wolken aufgelöst und unsere Fahrgeschäfte konnten wieder auf Hochtouren laufen. Wäre das heute auch der Fall, dürfte Nick bis dahin ausgeschlafen sein. Jetzt am Vormittag war sowieso nicht sehr viel zu tun. Nick und mein Vater arbeiteten die meiste Zeit im Hintergrund und sorgten dafür, dass alles reibungslos funktionierte. Mittags, wenn ich mit meinen Hausaufgaben zu tun hatte, übernahm Nick den Ticketverkauf. Abends tat ich das.

Im winzig kleinen Bad putzte ich mir die Zähne, zog mich an und machte mich auf den Weg zu Mia, meiner besten Freundin.

Draußen atmete ich tief die kühle Luft ein. Es roch nach Regen. Das Wetter war alles andere als scheiße. Auch wenn ich mit meinen gerade mal siebzehn Jahren schon mehrmals in Kalifornien gewesen war, war dies eine der Gegenden, die ich am meisten vermisste, wenn wir wieder abreisten. Das Klima war herrlich. Nicht zu heiß und nicht zu kalt. Morgens zog ich mir für gewöhnlich eine leichte Jacke über und zum frühen Mittag konnte man sich, wenn die Sonne herauskam, schon die Sonnenbrille auf die Nase setzen und die warmen Sonnenstrahlen genießen.

Diesmal waren wir auf einem mittelgroßen Festplatz in San Luis Obispo gelandet. Hier waren wir zuvor noch nie gewesen.

Doch nun so nah am Meer zu sein, war definitiv einer der positiven Aspekte in meinem Leben.

Der nächste Grund, jeden Morgen aufzustehen, kam gerade verschlafen aus ihrem Wohnmobil heraus. Mia.

Ich musste grinsen. »Guten Morgen, Schlafmütze!«, rief ich meiner besten Freundin entgegen. Sie rieb sich angestrengt ihre Augen wach. Vermutlich konnte sie mich noch gar nicht sehen, weil sie ihre Brille in der anderen Hand trug.

Als Antwort bekam ich ein lautes und langes Gähnen, bevor sie sich ihre Brille auf die Nase setzte.

»Na, gut geschlafen?«, fragte ich.

»Gut, bis Hahn Frido und irgendeine hysterische Tussi sich hier neben unserem Trailer die Seele aus dem Leib geschimpft haben«, antwortete Mia mürrisch.

Unsere Trailer lagen nur wenige Meter voneinander entfernt und so wurde sie meistens von derselben Geräuschkulisse wach wie ich. Der Unterschied zwischen uns war, dass es mich nicht weiter störte, weil ich ein Morgenmensch war. Mia hingegen war ein Morgenmuffel und brauchte ihre obligatorische halbe Stunde, um wach zu werden.

»Dann haben wir immerhin noch Zeit, uns ein paar leckere Bagels mit Frischkäse aus der Bäckerei in der Stadt zu holen, bevor der Unterricht losgeht«, sagte ich euphorisch.

Mia streichelte verschlafen durch mein dunkelrotes Haar. »Was würde ich für diese Locken tun«, sprach sie verträumt.

»Das sind keine Locken, das ist ein Gewirr aus Haaren. Ein ungebändigter Dschungel, wenn du so willst. Irgendwann werde ich sie mir bis auf ein paar Zentimeter abschneiden.«

»Du weißt, dass unsere Freundschaft beendet wäre, wenn du das tun würdest!«, protestierte sie.

Ich verdrehte meine Augen und wackelte mit dem Kopf. »Ja, ja.«

Wir machten uns auf den Weg in die Stadt, da wir nicht mehr viel Zeit bis zum Beginn des Unterrichts hatten. Ich wusste jetzt schon, dass Mia und ich heute die Einzigen wären, die daran aktiv teilnehmen würden. Schließlich stand die Erörterung der Lektüre über Shakespeares *Hamlet* an.

Unsere kleine Klasse bestand aus einer wechselnden Anzahl von Schülern. Es waren alles Kinder von Schaustellerfamilien, die mit uns mitreisten. Dadurch kam es oft zu unterschiedlichen Altersgruppen. Mrs Cunningham gab sich große Mühe den Stoff, so gut es ging, dem gemischten Schülerpublikum anzupassen. Doch oft trennte sie uns in zwei oder mehrere Klassen auf. Wir lernten schreiben, lesen und rechnen sowie Themen aus aller Welt. Gelegentlich stießen neue Kinder und Jugendliche zu uns dazu, manchmal waren wir auch nur zu viert.

Die Fahrgeschäfte, die sich alle paar Wochen in ganz Nordamerika verteilten, traten nie in derselben Konstellation auf. Glücklicherweise waren jedoch unser Devil Rock, das legendäre Riesenrad von Mias Eltern, der unsterblich scheinende Zauberer Augustus und die Geisterbahn der Zwillingseltern, ein fester Stamm, den niemand trennen konnte. Da Mia, Tom, Liam und ich fast im selben Alter waren, würde Mrs Cunningham uns so bald nicht von der Seite weichen. Sie unterrichtete uns gerne. Mia und ich waren passionierte Literaturliebhaberinnen und die Zwillingsjungs begnadete Mathegenies. Noch nie zuvor hatte sie so fleißige Schüler unterrichtet.

Ich freute mich jedenfalls wieder auf den heutigen Unterricht und Mia ging es scheinbar genauso.

Als wir die kleine Bäckerei am Ortsrand betraten, kam uns der himmlische Duft süßlich duftender Backwaren entgegen.

»Gott, wenn ich das rieche, vergesse ich alles um mich herum!«, rief Mia durch den ganzen Laden.

Sie fing an, ihre ausführliche Bestellung aufzugeben, während ich mit dem Vollkornbagel und der letzten Zimtschnecke hinter der Auslage liebäugelte. Wenn ich die zuckrige Glasur schon sah, lief mir das Wasser im Mund zusammen.

Da Mia immer noch mit ihrer Auswahl beschäftigt war, kam eine zweite Verkäuferin auf mich zu. Bevor ich etwas sagen konnte, hörte ich neben mir plötzlich eine männliche Stimme.

»Ich nehme sechs Bagels, die zwei Vollkornbrote, die wir gestern bestellt haben und noch ... diese Zimtschnecke«, sagte er, und schien mich völlig übersehen zu haben.

Verdutzt und mit offenem Mund stand ich neben ihm.

Das wiederum bemerkte er sofort, denn verwundert drehte er sich zu mir um. »Oh, Entschuldigung. Warst du zuerst an der Reihe?«, fragte er jetzt erschrocken.

Überrascht blickte ich ihn an. »Ich, ehm, ich weiß es nicht. Gut möglich.« Keine Ahnung, ob ich vor ihm dran gewesen wäre. Ich hatte mich zu sehr von der Zuckerglasur auf der Zimtschnecke hypnotisieren lassen. Auf der Zimtschnecke, die er mir gerade vor der Nase weggeschnappt hatte.

»Du schienst so vertieft, dass ich dachte, du hättest deine Auswahl noch nicht getroffen«, gab er zu.

Dann lächelte er und mit einem Mal wusste ich wieder, warum er mir so bekannt vorkam. Auch sein Akzent war unverkennbar.

»Schon gut. Ich wollte sowieso nur ...«

Die Verkäuferin wartete sichtlich ungeduldig. »Okay, ich

kann warten«, beendete ich den Satz abrupt.

»Nein. Nein, das ist nicht okay.« Er sah zur Verkäuferin und bat sie, meine Bestellung zuerst aufzunehmen.

Diese wirkte nun noch genervter als zuvor, doch der junge Typ, er musste vielleicht in meinem Alter sein, bestand darauf.

Ich holte Luft und bestellte den Frischkäsebagel und, da sie die Zimtschnecke für ihn schon eingepackt hatte, fragte ich nach, ob in den nächsten Minuten nochmals neue zu erwarten waren.

Als sie meine Frage verneinte und er das offensichtlich mithörte, fuhr er kurz zusammen, erweckte aber nicht den Eindruck, etwas sagen zu wollen.

Ich nahm den Bagel entgegen, reichte ihr das passende Münzgeld und machte ihm wieder Platz. Mia war ebenfalls fertig und hatte bereits einen herzhaften Bissen ihres Donuts genommen. Wir verließen die Bäckerei und liefen zurück in die Richtung, aus der wir gekommen waren. Plötzlich hörten wir schnelle und große Schritte hinter uns.

»Hey«, rief der Typ von gerade, ein wenig außer Atem. »Hier. Die ist für dich.« Er reichte mir die Tüte mit der Zimtschnecke.

Ich sah ihn überrascht an. »Wieso? Ich meine, danke, aber das ist wirklich nicht nötig.«

»Doch. Bitte nimm sie. Sie gehört dir. Du wärst vor mir dran gewesen und ich ... stehe gar nicht so auf Zimt.«

»Weil ihr davon in Deutschland schließlich genug habt, oder?«, fuhr Mia schelmisch dazwischen und ich musste kichern.

Deutschland. Ja, jetzt wo sie es sagte. Sein Akzent klang tatsächlich deutsch.

Er grinste. »Ja, wir haben in Deutschland einiges davon. Aber das ist nicht der Grund, warum sie mir nicht zusteht. Also bitte, nimm sie«, wiederholte er und streckte mir weiterhin die Tüte der Bäckerei entgegen.

Ich schaute kurz zu Mia herüber, als könnte sie mir sagen, was er damit bezwecken wollte. Es war nur eine Zimtschnecke und sie zuckte mit den Schultern.

»Danke«, murmelte ich und nahm sie schließlich an.

Er grinste über beide Ohren. Vermutlich hatte er schon die ganze Zeit geplant, mir diese zu geben.

Mia lief schließlich weiter und ich tat es ihr gleich.

Er kam ebenfalls mit. »Ich muss auch in diese Richtung.«

Es war witzig, er sprach das grammatikalisch perfekteste Englisch, das ich seit langem gehört hatte. Ohne irgendeinen Slang, den die meisten Jugendlichen in unserem Alter hatten. Es war vollkommen sauber, mit Ausnahme dieses kleinen Akzents, der ihn irgendwie sympathisch machte.

»Verbringst du deinen Urlaub hier?«, fragte Mia, während wir mit schnellen Schritten den Gehweg entlangliefen.

»Urlaub? Nein. Wir leben schon seit ein paar Jahren hier.«

Das erklärte sein gutes Englisch.

»War es dir in Deutschland zu kalt?«, fragte sie.

»Nein, nicht wirklich.«

Obwohl ich mich auf den Asphalt vor uns konzentrierte, konnte ich im Seitenwinkel sehen, wie er mich beobachtete.

Als ich ihn ansah, fühlte er sich ertappt und starrte sofort wieder auf die Straße vor seinen Füßen. Ich schmunzelte, riss ein Stück der Zimtschnecke ab und hielt es ihm vor die Brust, während wir weiterliefen. Überrascht sah er das Stück und schließlich mich an. Mia erzählte irgendetwas von Sonnenstunden in Kalifornien, dem Leben in Amerika, doch er schien ihr gar nicht mehr zuzuhören. Stattdessen schaute er mich ununterbrochen an. Schließlich grinste er und nahm das Stück entgegen. Breit grinsend biss er in die Zimtschnecke hinein.

Schon gestern war mir sein Lächeln aufgefallen, als er ein Ticket nach dem anderen bestellte, um immer wieder auf unserem Devil Rock zu fahren. Sein Kumpel und er waren schon ganz blass um die Nase gewesen, doch sie konnten es einfach nicht lassen. Anstatt sich ein Mehrfachticket zu besorgen, oder nach zwei Fahrten eine Pause einzulegen – was ihnen nicht geschadet hätte, fuhren sie eine Runde nach der anderen.

Seine langen Beine konnten problemlos mit unserem Stechschritt mithalten, er war großgewachsen. Sein dunkelbraunes Haar hing ihm etwas wild in die Stirn und er versuchte, es sich immer wieder aus dem Gesicht zu streichen. Dieser Typ hatte dringend einen Haarschnitt nötig. Seine Hände waren groß, von der kalifornischen Sonne dezent gebräunt und, das war mir gestern schon aufgefallen, gepflegt. Seine Fingernägel waren keinen Millimeter zu lang und auch nicht abgekaut.

Ich wollte ihn gerade nach seinem Namen fragen, als uns auf einmal eine weibliche Stimme von einem der Häuser, an denen wir vorbeiliefen, etwas zurief.

Kapitel 2

Adam

Schon als sie das erste Mal mit ihrer Freundin an unserem Haus vorbeigelaufen war, während ich mir drinnen meine Schuhe und Jacke anzog, hatte ich sie sofort an ihrer roten Lockenmähne wiedererkannt.

Ich konnte sie durch das Fliegengitter sehen, weil unsere Haustür offen stand. Die beiden jungen Frauen liefen zwar in schnellen Schritten den Gehweg entlang und doch hatte ich genug Zeit, ihr Gesicht dabei zu betrachten.

Wie gestern schon war ihre Miene ernst und hochkonzentriert. Als würde sie aus dem Grübeln nicht herauskommen.

Ihre Freundin sagte etwas, das sie amüsierte, und ich erhaschte ein Lächeln auf ihrem Gesicht. Ich sah es nur von der Seite, doch, *Himmel*, all ihre Gesichtszüge veränderten sich augenblicklich und ich konnte nicht aufhören sie anzusehen.

Das Lächeln, das sie mir gestern auf dem Jahrmarkt geschenkt hatte, war distanziert gewesen und so, als würde sie nicht zu viel von sich preisgeben wollen.

Aber das Lächeln, das jetzt ihre Lippen zeichnete, war weich und zart und so klar, dass ich nur vom Zuschauen das Gefühl hatte, als würde ich dieses Mädchen schon ein Leben lang kennen.

»Hast du genug Geld dabei, Schatz?«, fragte meine Mutter aus der Küche.

Ich grinste. Sie gab sich alle Mühe, immer Englisch mit mir

zu sprechen. Das tat sie hauptsächlich wegen meinem Vater. Er wollte, dass ich in der Schule und auch später nicht als flatterhafter Einwanderer abgestempelt wurde, sondern respektiert und geschätzt wurde. Von Schülern genauso wie von Lehrern. Es war wichtig für meine Leistungen, für mein späteres Studium sowie für meine gesamte Karriere, das sagte mein Vater immer.

Doch wenn er bei der Arbeit war, so wie heute, sprach meine Mutter Deutsch mit mir und ich verübelte es ihr keineswegs.

»Ja, Mom. Ich muss los«, rief ich zurück und öffnete den Fliegenschutz der Haustür.

»Du weißt, dass heute Abend das Essen mit den Millers ansteht? Dein Vater hat sie schon vor Wochen zu uns eingeladen und nun haben sie endlich zugesagt«, sagte sie an der Küchentür stehend. Sie klang etwas nervös und würde heute wegen des Abendessens vermutlich den ganzen Tag mit den Vorbereitungen beschäftigt sein.

»Ja, das weiß ich, Mama.«

»Ich habe dein gutes Hemd bereits gewaschen und werde es später bügeln, so dass du es heute Abend anziehen kannst, ja?«

»Alles klar, Mom.« Ich blickte unauffällig hinaus. »Ich mach mich dann jetzt schnell auf den Weg zur Bäckerei, bevor ich zur Schule gehe. Mein Unterricht fängt ja heute eine Stunde später an.«

»Ist gut, Schatz. Bis gleich.«

Ich sprang die drei Stufen von unserer Veranda mit einem großen Satz hinunter und machte mich auf den Weg zur Bäckerei.

Die noch kühle und frische Luft wehte mir entgegen. San Luis Obispo. Die, so wurde sie oft genannt, glücklichste und romantischste Stadt in Amerika. Mediterranes Wetter, Sonne das ganze Jahr und kulinarisch weit oben angesiedelt. Wie könnte man dieses Fleckchen Erde nicht lieben.

Meine Eltern hatten sich vor vier Jahren dazu entschieden, hierher auszuwandern, da mein Vater einen Neuanfang in seinem Job wagte und diese Gegend hier auch für meine Laufbahn in naher Zukunft bestens geeignet war. Von der Küste bis zum Landesinneren von Kalifornien hatte ich eine weitgefächerte Auswahl an Universitäten. Meine Mutter unterstützte uns. Das tat sie immer, in allen Belangen. Wir waren weder jobtechnisch in Deutschland gebunden, noch ließen wir – außer ein paar vereinzelten Tanten und Onkel – eine große Familie zurück. Mir gefiel das Leben hier.

Mein Vater war Wissenschaftler und Mom half ehrenamtlich in der städtischen Bibliothek aus. Während andere in meinem Alter zum sechzehnten Geburtstag einen Kleinwagen geschenkt bekamen, fuhr ich mit dem Sportfahrrad oder den öffentlichen Verkehrsmitteln durch die Gegend, was vollkommen in Ordnung war.

Das Haus, in dem wir seit ein paar Jahren lebten, lag am Ortsrand. Die Stammbäckerei, bei der wir unser heißgeliebtes Vollkornbrot bestellten, war zehn Gehminuten von daheim entfernt.

Als ich den Laden betrat, sah ich sie mit dem Rücken zu mir an der Theke stehen. Sie ist hier. Die noch schwachen Sonnenstrahlen ließen ihr Haar heller wirken. Es schien jetzt fast kupferrot. Auch wenn es auf den ersten Blick in alle Richtungen stand, war es trotzdem gepflegt und, durch ihren schrägen Scheitel, an einer Seite voluminöser als auf der anderen.

Ich stellte mich neben sie und merkte, dass sie völlig abwesend die herrlich duftenden Süßwaren hinter der Auslage anstarrte. Sie war gute zwei Köpfe kleiner als ich. Zierlich, doch mit den Rundungen an den richtigen Stellen. Sie trug eine abgenutzte dunkelrote Lederjacke, eine schwarze enge Röhrenjeans, die ihre besten Tage schon hinter sich hatte und dunkelbraune, knöchelhohe Boots, die mit dem restlichen Outfit nicht wirklich harmonierten. Doch das schien ihr völlig egal.

Eine Verkäuferin kam ungeduldig auf uns zugelaufen. Ich wartete ein, zwei Sekunden und gab schließlich meine Bestellung auf, da sie immer noch vertieft in ihre Auswahl schien.

Als die Verkäuferin anfing, meine Bagels und die Zimtschnecke einzupacken, sah mich das hübsche Mädchen plötzlich völlig perplex und überrascht von der Seite an. Mein Gott, diese wunderschönen Augen. Jetzt im Tageslicht hatte ich das Gefühl, durch ihre hellgrau leuchtende Iris hindurchsehen zu können. Die Sommersprossen auf ihren Wangen und dem Nasenrücken hatte ich gestern im Dunkeln gar nicht bemerkt. Ihre Oberlippe war ein wenig voller geformt als ihre Unterlippe. Das Einzige, was sie an Schminke trug, war ein dunkelroter Lippenstift, der mich an die Herzkirschen aus unserem Garten in Deutschland erinnerte. *Kassins frühe Herzkirsche, mein Junge,* hätte mein Vater gesagt. Genauso sahen ihre Lippen aus. Und so schmeckten sie vermutlich auch, verboten süß.

In ihrem Haar trug sie seitlich einen kleinen geflochtenen Zopf, ein paar Strähnen waren mal mehr, mal weniger gelockt und gewellt als andere.

»Oh, Entschuldigung. Warst du zuerst an der Reihe?«, fragte ich schuldbewusst. Es war nicht meine Absicht gewesen, mich vorzudrängeln.

»Ich, ehm, ich weiß es nicht. Gut möglich«, entgegnete sie verblüfft. Jetzt, ohne all die lauten und grellen Töne von dem Jahrmarkt um uns herum, hörte sich ihre Stimme dunkel und rau an. Ich entschuldigte mich nochmals und ließ ihr den Vortritt.

Zögerlich bestellte sie einen Bagel mit Frischkäse und erkundigte sich, ob weitere Zimtschnecken zu erwarten wären. Das war mein Stichwort und die Chance, die ich unbedingt nutzen musste. Ich beherrschte mich, ihr die Zimtschnecke, die ich bereits bestellt hatte, nicht augenblicklich anzubieten. Ich hatte einen anderen Plan.

Nachdem sie mit ihrer Freundin die Bäckerei wieder verlassen hatte, ging die Verkäuferin auf die Suche nach unseren zwei Vollkornbroten. Es dauerte eine gefühlte Ewigkeit. Ich blickte immer wieder nach draußen und sah, wie beide in eiligen Schritten davonliefen.

Geht das denn nicht ein bisschen schneller, hätte ich gerne laut gesagt.

Nach einer elendigen langen Zeit hatte sie meine Bestellung gefunden. Ich warf ihr das Geld auf den Tresen, nahm die Tüten an mich und rannte aus der Bäckerei hinaus.

Die zwei Mädchen hatten tatsächlich schon eine gute Strecke hinter sich gebracht, doch ich konnte sie einholen.

»Hey«, rief ich und versuchte, meinen Atem zu drosseln.

Ich reichte ihr die Zimtschnecke. »Hier. Die ist für dich.«

Sie beäugte die Verpackung etwas skeptisch. »Wieso? Ich meine, danke aber. Das ist wirklich nicht nötig.«

»Doch. Bitte nimm sie. Sie gehört dir. Du wärst vor mir dran gewesen und ich ... stehe gar nicht so auf Zimt.«

»Weil ihr davon in Deutschland schließlich genug habt?«, fuhr ihre Freundin dazwischen und ich musste grinsen. Mein Akzent war vermutlich nicht zu überhören. Auch wenn ich mir alle Mühe gab.

Ich wiederholte mich und wartete immer noch darauf, dass sie die Zimtschnecke annahm.

Sie wechselte einen wortlosen Blick mit ihrer Freundin und akzeptierte sie schließlich. Ich betrachtete ihre Hände, als sie die Tüte nahm. Auf ihren Fingernägeln war ein dunkelblauer und schon etwas abgeblätterter Nagellack zu erkennen.

Wir gingen weiter und ich genoss es neben ihr zu laufen. Sie roch frisch und blumig. Es überraschte mich, dass sie heute so zurückhaltend, ja fast schüchtern war. Gestern schien sie so abgeklärt und unnahbar.

Plötzlich sah ich, wie sie aus der Tüte ein Stück der Zimtschnecke nahm und es mir entgegen streckte. Sie sagte dabei kein Wort, doch sie lächelte so wissend und überzeugt, dass ich es annehmen musste. Da war es wieder, dieses strahlende, fast unberechenbare Lächeln in ihrem Gesicht.

Ich war der glücklichste Mann auf Erden. Zu gerne hätte ich mehr über sie erfahren, ihren Namen, ob sie heute Abend nach der Schule wieder auf dem Festplatz wäre und wo sie als Schaustellermädchen überhaupt zum Unterricht ging. Ob sie immer nur am Devil Rock arbeitete oder auch mal woanders?

Doch wir waren schon auf der Höhe unseres Hauses, aus dem meine Mom direkt nach den Vollkornbroten fragte. Auch wenn ich mit ihr meistens Englisch sprach, konnte sie es nicht lassen meinen Namen in deutscher Aussprache zu betonen.

»Adam? Hast du an die zwei Brote gedacht?«, fragte sie laut.

»Ja, Mom«, antwortete ich darauf. »Also dann, ich wünsche euch noch einen schönen Tag. Bis dann«, sagte ich wieder den beiden zugewandt.

»Bye, Adam«, hörte ich, wie ihre Freundin die harte Aussprache meiner Mutter imitierte.

Das hübsche Mädchen lächelte nochmals, bevor sie mit ihrer Freundin um die nächste Ecke verschwand. Ich biss mir auf die Zunge, weil ich es nicht geschafft hatte, sie wenigstens nach ihrem Namen zu fragen.

Adam West, dich hat es voll erwischt.

Im Matheunterricht wurden uns die Klausuren von letzter Woche wieder zurückgegeben. Jonny saß kaugummikauend auf seinem Stuhl und wippte damit langsam doch gezielt zu mir nach hinten, um einen Blick auf mein Ergebnis zu werfen. Als er kurz davor war, gegen meinen Tisch zu stürzen, schnipste unser Lehrer mit den Fingern neben seinem Ohr, so dass er vor Schreck wieder nach vorne kippte.

»Von dir habe ich auch schon Besseres gesehen, Jonny«, ermahnte er ihn und legte ihm seine benotete Klausur zurück auf den Tisch. Das dicke *D+* in roter Schrift sah ich von hier hinten.

Mein Puls hatte sich langsam wieder beruhigt, da mein Ergebnis gut genug war, um es später meinem Vater vorzuzeigen. Ich wusste, dass er mich nicht böswillig unter Druck setzte. Aber er legte großen Wert auf meine schulischen Leistungen.

Fünf Minuten vor dem Pausenklingeln betrat unsere Rektorin das Klassenzimmer. Die meisten von uns waren abgelenkt und tauschten sich noch über ihre Matheergebnisse aus.

Erst als die Rektorin ihre Stimme erhob und hinter ihr vier fremde Schüler den Raum betraten, richteten sich alle Blicke nach vorne.

Sie war dabei. *Das hübsche, rothaarige Mädchen* mit ihrer Freundin und zwei Jungen, die Zwillinge sein mussten.

»Guten Morgen, liebe Klasse«, begrüßte uns die Rektorin.

»Wir haben heute ein paar neue Schüler zu Besuch. Sie werden die nächsten drei Wochen an unserer Schule verbringen. Damit sie, während ihre Hauslehrerin krankheitsbedingt ausfällt, auf dem Laufenden bleiben.«

Jonny wippte mit seinem Stuhl wieder schwungvoll zu mir nach hinten, lehnte sich mit dem Ellenbogen auf meiner Tischplatte ab und flüsterte: »Gypsy-Girl ... die kennen wir doch.«

Ohne darüber nachzudenken, schubste ich seinen Arm von meinem Tisch. Diesmal fiel der Stuhl endgültig zu Boden. Der Knall und wie Jonny ins Straucheln kam, verursachten so viel Lärm, dass sich die ganze Klasse irritiert zu uns nach hinten drehte. Einige Schüler begannen zu kichern und unser Lehrer ermahnte uns mit einem erbosten Blick. Auch dem rothaarigen Mädchen war ich jetzt aufgefallen. Das laute Lachen der Klasse verstummte langsam wieder und die Rektorin setzte ihre Ansprache fort.

»Ich möchte euch alle bitten, unsere Gastschüler recht herzlich willkommen zu heißen und ihnen in den nächsten Wochen hilfsbereit zur Seite zu stehen, bei Fragen oder auch allen anderen Themen.« Sie drehte sich zu den vier Schülern. »Natürlich steht auch meine Tür immer offen.«

Sie wandte sich dann wieder gezielt in meine Richtung. »Jenna und Adam, ihr als Schülersprecher kümmert euch bitte um sie. Zeigt ihnen in der Pause das Schulgebäude, die Pausenräume und begleitet sie, bis sie sich hier zurechtfinden.«

Dann läutete die Glocke und meine Klassenkameraden erhoben sich laut von ihren Stühlen, packten alles zusammen und stürmten hinaus in die Flure. Einige von ihnen beäugten unsere neuen, vorläufigen Klassenkameraden etwas argwöhnisch. Sie bemühten sich, sie nicht zu lange anzublicken, scheiterten aber kläglich dabei.

Dass das rothaarige Mädchen nicht zu den Designerpüppchen gehörte, die hier sonst mit ihren High Heels herum stolzierten, war klar. Das machte sie aber, um ehrlich zu sein, um einiges interessanter. Ihre Freundin war größer und etwas stämmiger als sie. Sie trug eine Brille, hatte lange, braune Haare, die sie zu einem Knoten auf dem Kopf zusammengebunden hatte.

Die Zwillinge – eindeutig eineiig – waren blond, helläugig und trugen zwar nicht die identischen Klamotten, hatten aber denselben Kleidungsstil. Lässige, breite und ausgewaschene Jeanshosen und jeder ein anderes weites Basketballshirt.

Jenna und ich wechselten einen kurzen Blick miteinander und gingen dann auf die vier zu.

»Hi, herzlich willkommen. Ich bin Jenna!«, machte sie den Anfang.

Alle anderen Schüler waren bereits gegangen und wir sechs standen, neben unserem Lehrer und der Rektorin, alleine im Klassenraum.

Jenna reichte jedem die Hand.

Die Zwillinge stellten sich als Liam und Tom vor. Dann nannte das rothaarige Mädchen seinen Namen und mich überkam eine Gänsehaut.

Rune. Ihr Name ist Rune.

Sie sagte ihn leise, doch bestimmt und dabei klang ihr Name so geheimnisvoll wie ihr Wesen selbst.

Ihre Freundin stellte sich als Mia vor und, als auch ich mich vorstellte, erwischte ich Rune dabei, wie sie mir ein verschmitztes Lächeln zuwarf.

Heute war mein Glückstag.

»Und hier befinden wir uns in der Kantine. Die anderen Räume zeigen wir euch nach der Pause!«, sagte Jenna und begleitete uns in die Richtung der Essensausgabe.

Rune und Mia trugen jeweils eine Tasche bei sich. Liam und Tom hatten nicht einmal einen Notizblock dabei.

Während wir anstanden, sammelten sich Jennas Freundinnen um sie herum und fingen an auf sie los zu quasseln. Die Themen waren die üblichen. Schlagzeilen aus ihren Modezeitschriften, wer am Wochenende bei welcher Party sein würde und nicht zuletzt die neusten Gerüchte aus unserer Schule.

Mia hörte dabei äußerst interessiert zu und schmunzelte mehrmals. Tom und Liam nahmen sich gerade etwas zu essen und ich stand neben Rune an letzter Stelle unserer Schlange. Die Geräuschkulisse war laut, da alle Schüler mit ihren Tabletts Platz genommen hatten und sich miteinander unterhielten.

»Ihr habt eine Lehrerin, die euch normalerweise unterrichtet?«, fragte ich Rune. Nicht nur, um ein Gespräch ins Rollen zu bringen, sondern weil mich wirklich interessierte, wie und wo sie üblicherweise unterrichtet wurden. Ich stellte mir das Leben, das sie führte, außergewöhnlich und unkonventionell vor.

Rune blickte mich überrascht an. Wahrscheinlich, weil ich bis gerade eben keinen Satz zustande gebracht hatte.

»Ja. Mrs Cunningham. Sie ist unsere Lehrerin und begleitet uns schon seit vielen Jahren«, antwortete sie.

»Und sie unterrichtet alle Fächer?«, hakte ich aufmerksam nach.

»Das tut sie, ja. Sie ist die klügste Frau, der ich je begegnet bin. Sie weiß alles. Wirklich alles.« Runes Blick öffnete sich, während sie sprach.

»Lasagne oder gegrilltes Hähnchen?«, wurden wir von der

Servicekraft hinter der Ausgabe gefragt.

Ich ließ Rune den Vortritt.

»Ist die Lasagne vegetarisch?«, fragte sie.

»Nein Kindchen. Vegetarisch sind heute nur unser Pudding oder die Beilagen hier drüben.« Dabei klopfte sie mit ihrem Plastikgeschirr auf eine Schale mit drei Erbsen und einer Handvoll geschnittener Karotten darin. »Der Salat ist auch leer, tut mir leid.«

Wie immer waren die, sowieso schon spärlichen Beilagen, schnell vergriffen.

»Dann nehme ich die Beilagen und einen Pudding, bitte«, hörte ich Rune neben mir sagen.

Der Inhalt ihres Tellers konnte armseliger nicht sein, das war auf den ersten Blick zu erkennen. Rune blieb stehen, als hoffte sie, dass noch etwas hinzukommen würde. Ihr Magen knurrte im selben Augenblick.

»Sonst noch was, Schätzchen?«, fragte die Servicekraft.

Rune schüttelte den Kopf und ging zwei Schritte zur Seite, damit ich bestellen konnte. Auf dem Weg zu den Tischen nahm ich meinen Pudding und stellte ihn auf Runes Tablett. Sie sah mich einen kurzen Moment lang an, als wollte sie etwas sagen. Doch bevor sie das konnte, rempelte mich Jonny von der Seite an.

»Hey Mann, wo bleibst du denn solange? Die Pause ist schon fast rum!«, plapperte er in seinem Südstaatenslang drauf los. Er kam aus Alabama und das war nicht zu überhören.

»Adam musste uns in der Pause ein wenig herumführen, schon vergessen, Mann?«, antwortete Rune plötzlich neben mir im selben Dialekt.

Wow. Woher kam das auf einmal?

»Uh, okay! Da kommt wohl auch jemand aus meiner Gegend!«, sagte Jonny erstaunt.

Rune schüttelte den Kopf. »Ganz und gar nicht, nein«, jetzt klang sie wieder wie die vertraute Rune. »Doch wie man hört, war ich schon ein paar Mal zu oft dort drüben.«

»Gefällt mir, gefällt mir sehr«, sagte Jonny mit einem verwegenen Grinsen und haute *mir* dabei so fest auf den Rücken, dass ich hustete.

Mia rief Rune durch die ganze Kantine und winkte sie zu sich. Ohne mich noch mal anzusehen, ging sie zu ihr. Ich schlug denselben Weg ein, als mich Jonny am Arm packte.

»Komm, lass uns woanders hin. Die Leute schauen schon, weil du gar nicht mehr von der Seite unseres Gypsy-Girls weichst«, murmelte er, sodass nur ich es hören konnte.

»Was soll das, Jonny?«, schnitt ich ihm scharf das Wort ab. »Wir haben ihr die Räume für die nächsten Stunden gezeigt. Was ist eigentlich dein Problem?«

»Es gibt kein Problem. Ich habe nur keinen Bock auf irgendwelche fremden Leute in unserem Kreis. Das ist alles. Wir haben zu viele, wichtige Projekte anstehen. Sie bringt unseren Groove durcheinander«, sagte er und schlug imaginäre Akkorde in seiner Luftgitarre an.

Die Rede war von unserer Schulband, wenn man das überhaupt eine Band nennen konnte. Jonny funktionierte ausschließlich an der Gitarre und als Sänger, Roger am Schlagzeug und ich spielte den Bass. Für Jonny war diese Band der momentan einzige Lebensinhalt. Er wollte später als Musiker groß rauskommen. Für Roger und mich war es ein netter Zeitvertreib.

»Von welchem Groove sprichst du eigentlich?«, fragte ich teilnahmslos. Denn wir trafen uns höchstens zwei Mal die Woche zum Proben und alle paar Monate hatten wir einen Auftritt bei kleinen Events wie dem Frühlingsball, dem Halloweenball und ähnlichen schulischen Veranstaltungen. In Jonnys Augen mussten wir viel mehr aus uns machen, neue Lieder einstudieren und nicht immer denselben *Mainstreamscheiß* spielen, wie er es nannte.

»Gott, ich würde dich am liebsten aus der Band werfen!«, sagte er scherzhaft und schlug die Hände über dem Kopf zusammen. Dann umarmte er mich kumpelhaft von der Seite und wir setzten uns zu unseren anderen Schulkameraden.

Von hier aus konnte ich Rune nicht mehr sehen.

Dieses Mädchen war wie ein geheimnisvolles Buch. Ich hatte sie so klar vor meinen Augen und doch hatte ich keine Ahnung, wer sie wirklich war. Ich wusste gar nichts über sie. Sie schien unerreichbar und fast ein wenig unzugänglich.

Doch dann waren da kurze Momente, in denen sich ihre Augen und ihr Blick für mich öffneten. Ich konnte es kaum erwarten, die nächsten Wochen mehr über sie zu erfahren.

Kapitel 3

Adam

Den Gesprächsthemen meines Vaters konnte ich beim Dinner kaum noch folgen. Ich war so müde, dass ich mich am liebsten in mein Zimmer verabschiedet hätte.

Meine Mutter bemühte sich, nicht völlig erschöpft auf ihrem Stuhl zusammenzusacken. Wie erwartet hatte sie den ganzen Tag in der Küche verbracht, um für eine der wichtigsten Familien der Stadt zu kochen. Sie hatte wieder einmal wahre Wunder vollbracht.

»Und dieser junge Mann hier wird irgendwann als renommierter Meeresbiologe Schlagzeilen schreiben!«, wechselte mein Vater plötzlich das Thema, denn er wusste genau, dass dies der einzige Weg war, meine Aufmerksamkeit zurückzuerlangen.

»Ach, wirklich Adam? Das ist ja äußerst interessant. Für welche Universität hast du dich entschieden?«

»Ich ... Ja. Ich wurde bei der San Francisco State University angenommen, Sir«, antwortete ich höflich.

»Eine sehr gute Wahl. Unsere Tochter Flora studiert seit letztem Jahr in *Yale*«, erzählte Mr Miller.

Natürlich konnte die San Francisco State University mit einem Elite College wie Yale nicht mithalten. Doch ich wollte auch kein Arzt oder Anwalt werden. Die Meeresbiologie war schon immer mein Traum gewesen. Und da mein Vater selbst Wissenschaftler und Biologe war, hatte er mich in dieser Hinsicht stets unterstützt.

»San Francisco ist ja wirklich hier um die Ecke. Nicht so wie Yale, einmal quer durch das ganze Land«, fügte Mr Miller hinzu. Seine Frau stimmte zu. »Wir vermissen unsere Flora wirklich sehr.«

»Das kann ich verstehen!«, sagte meine Mutter und blinzelte verständnisvoll mit ihren langen Wimpern.

Beide Frauen fingen an sich darüber zu unterhalten, wie schwer es war seine Kinder ziehen zu lassen.

Die Herren hingegen bezogen mich von nun an voll und ganz in ihre Gespräche mit ein. Mr Miller klopfte mir dabei oft auf die Schulter. Je mehr Bier er trank, umso lauter wurde seine Stimme. Einmal lachte er so schrill auf, dass meine Eltern skeptische Blicke miteinander wechselten.

Zu später Stunde verabschiedeten sie sich, endlich. Morgen wäre ein gewöhnlicher Wochentag und wir alle mussten früh wieder raus. Mom lehnte meine Hilfe dankend ab, sie wollte sich auch erst morgen um den Abwasch kümmern.

Als es in unserem Haus endlich wieder still wurde und ich in den Schlaf fiel, träumte ich von roten und wilden Haaren am Meer. Sie wehten unkontrolliert in alle Richtungen und lockten sich durch die Luftfeuchtigkeit umso mehr. Stahlgraue Augen starrten mich an und das hübsche Lächeln löste in mir ein befreiendes Gefühl aus, wie auf einer endlosen Achterbahn.

Am nächsten Morgen saß Jonny, wie immer hupend, in seinem Wagen vor unserer Haustür.

Mit meinem Rucksack sprang ich die Stufen hinab und stieg in das Auto. Aus seiner Musikanlage liefen wieder einmal alte Songs von Nirvana, Kurt Cobain war Jonnys größtes Vorbild. Kaum einer in unserem Alter hörte diese Band noch. Doch für ihn waren diese Musiker Idole und jeder, der sie nicht kannte, wurde von ihm generell ignoriert.

Da Jonny meine Musikwünsche ohnehin nicht entgegennehmen würde, lehnte ich mich in meinem Sitz zurück und er fuhr los.

»Und, wie war euer Abendessen mit den Millers?«

»Anstrengend. Wie erwartet«, antwortete ich.

»Schade, dass ihre Tochter Flora nun so weit weg wohnt. Es wäre bestimmt spannend gewesen, mit ihr am Tisch zu sitzen. Sie hätte deinem Gypsy-Girl Konkurrenz gemacht.« Als Jonny das sagte, drehte ich mich verwirrt zu ihm.

»Was ist eigentlich los mit dir?« Ernsthaft, ich wusste nicht, was sein Problem war. Seitdem Rune in die Stadt gekommen war, verhielt er sich eigenartig.

»Stehst du auf sie?«, fragte er geradeheraus.

»Auf Rune?«

»Ja, Gypsy-Girl.«

»Hör auf, sie so zu nennen.«

»Ist sie das nicht? Eine richtige Zigeunerin?« Es hörte sich abwertend an, wenn Jonny das so sagte.

Der Begriff *Gypsy* hatte mittlerweile, laut unzähligen Modezeitschriften und Lifestyle-Magazinen, keinen anstößigen Beigeschmack mehr. Viele Mädchen kleideten sich absichtlich im bekannten *Bohemian-Style*. Doch so wie Jonny davon sprach, meinte er nicht den angesagten Kleidungsstil.

»Was willst du damit sagen?«, fragte ich ihn ernst.

»Keine Ahnung. Hast du nicht gehört, dass sie ...«, fing er an, doch ich hörte ihm nicht weiter zu, da ich Rune, Mia und die Zwillinge am Straßenrand entlanglaufen sah.

»Halt an!«, sagte ich laut und Jonny stieg vor Schreck abrupt auf die Bremse.

»Was? Was ist los?« Verwirrt sah er sich um.

Durch die Vollbremsung hatten wir die Aufmerksamkeit der vier auf uns gezogen. Sie blieben stehen und sahen uns an. Ich winkte sie durch das geöffnete Fenster zu uns herüber.

»Ach, nein. Deswegen sollte ich anhalten?«, hörte ich Jonnys genervtes Murmeln, als er die Vier ebenfalls sah.

»Weißt du wie viele Kilometer es noch bis zur Schule sind?«

»Können die nicht den Bus nehmen, so wie alle anderen Schüler, die kein Auto haben?«

Sie liefen auf uns zu. Mia und Rune vorneweg.

»Hey, guten Morgen!«, rief Mia erfreut. »Wollt ihr uns etwa mitnehmen?«

»Klar, steigt ein! Es könnte hinten etwas eng werden, doch für die paar Kilometer wird's gehen«, bestätigte ich und hörte Jonnys wütendes Schnauben.

Ich stieg aus, um meinen Sitz umzuklappen, damit alle einsteigen konnten. Rune warf mir nur einen sekundenlangen Blick zu. Ihre Miene war ernst und in sich gekehrt. Warum lächelte sie nicht?

Auf der Fahrt zur Schule sagte kaum jemand ein Wort. Was mitunter daran lag, dass Jonny sein Nirvana nicht leiser stellen wollte.

Ich dachte an Rune und wie wir uns gestern nach der Schule verabschiedet hatten. Ganz normal eigentlich. Wie versprochen hatten Jenna und ich ihnen nach dem Unterricht alle anderen Räume sowie die Schulsporthalle gezeigt. Rune hatte uns aufmerksam zugehört und Fragen gestellt. Sie schien sehr interessiert und aufgeschlossen.

Ich hatte immer wieder nach Anhaltspunkten gesucht, um

ein weiteres Gespräch mit ihr zu beginnen. Doch das war mir gestern nicht wirklich gelungen.

Jedenfalls hatte Jenna es sich zur Hauptaufgabe gemacht, sich so verantwortungsvoll wie möglich um alle vier zu kümmern. Sie war ganz besessen davon. Während des Unterrichts hatte ich gehört, wie Jenna immer wieder fragte, ob alles in Ordnung sei und ob die vier Gastschüler mit dem Lernstoff klar kamen. Ob sie Hilfe bei den Aufgaben benötigten und dass sie bei den Hausarbeiten immer gerne auf sie zukommen könnten. Mia hatte ihr versichert, dass sie mit dem Stoff gut mitkämen. Von Rune hatte Jenna einmal ein deutliches Gähnen als Antwort bekommen. Ich hatte gelacht, als ich das sah. Rune hatte sich ertappt gefühlt und in ihre Hand gegrinst, die sie sich beim Gähnen davor gehalten hatte.

Für heute nahm ich mir fest vor, mit ihr ins Gespräch zu kommen. Ich musste einfach mehr über sie erfahren und ich war neugierig hinter ihre Fassade zu blicken. Doch als wir ankamen und ich die vier aus dem Auto steigen ließ, schenkte sie mir nicht einmal mehr einen kurzen Augenaufschlag. Ihr Gesicht war nach unten gerichtet und sie schien völlig gedankenverloren. Sie schaute nur auf, wenn Mia, Liam oder Tom etwas zu ihr sagten. Dabei versuchte sie oft zu lächeln, wobei sie kläglich scheiterte.

Ich kniff meine Augen zusammen. *Was stimmte nicht? Was war gestern passiert?*

Als ich das Klassenzimmer fast erreicht hatte, gelang es Jonny – der zuvor von anderen Schülern abgefangen worden war – mich einzuholen.

»Wir reden noch! Das wird sicher nicht zur Gewohnheit, dass du entscheidest, wer in meinem Auto mitfährt!«, er klang überaus genervt und gekränkt.

Ich winkte seinen Kommentar nur mit einer Handbewegung ab und verstand nicht, warum er sich so aufführte. In meinen Augen übertrieb er wieder einmal maßlos.

Kapitel 4

Rune

Mia und ich schienen die einzigen zwei Menschen auf diesem Planeten zu sein, die sich ernsthaft darüber ärgerten, dass wir die nächsten drei Wochen nicht von Mrs Cunningham unterrichtet wurden. Liam und Tom schien es nicht weiter zu stören. Und die anderen fünf Schaustellerkinder, die diesmal mit uns reisten, waren jünger und kannten Mrs Cunningham kaum.

So kam der Moment, den ich in meinem Leben gerne vermieden hätte: Eine verdammte Highschool im Senior Year. Ernsthaft?

Das sogenannte Homeschooling war etwas, das mein Dasein die letzten Jahre vereinfacht hatte. Die drei Wochen hätten wir auch ohne Unterricht überlebt. Doch unsere Eltern waren da anderer Meinung.

»Drei Wochen auf einer richtigen Highschool werden euch nicht schaden!«, hatten sie einstimmig entschieden, als Mrs Cunningham wegen heftiger Magenschmerzen ins Krankenhaus kam.

Schon nach einem Schultag waren Mia und ich uns einig, dass man Jenna nicht trauen konnte. Sie war übertrieben hilfsbereit und verständnisvoll, sah uns aber nur als die armen Zigeunerkinder. Leider war sie mit dieser Meinung nicht allein, wenn ich mich so umsah. Mit ihrer Begeisterung und Bereitschaft, uns in allen Belangen zu unterstützen, wollte sie extra viele Sozialpunkte bei den Lehrern einholen. Machte sich be-

stimmt auch gut bei den anstehenden Collegebewerbungen. Am liebsten hätte ich gekotzt, so sehr nervte mich das alles an.

College – alles drehte sich bei den anderen Kids unseres Alters um einen Platz auf der Universität.

Und für uns? Für uns gab es andere Prioritäten. Mia war so begabt und intelligent. Sie hätte, so wie vielleicht auch ich, auf vielen Universitäten in Amerika studieren können. Doch als Einzelkind war sie dazu verpflichtet, das Geschäft ihrer Eltern weiterzuführen. Dafür war kein Studium nötig, sondern nur die Erfahrung, die wir seit Kindheitstagen eingeflößt bekamen. Ich hingegen hatte einen älteren Bruder, der sich freiwillig bereiterklärt hatte, als Nachfolger das Geschäft weiter zu führen. Doch konnte ich deswegen einfach so gehen? Etwas Neues außerhalb des Jahrmarkts finden? Fernab des Orts, der schon immer mein Zuhause, mein Lebensinhalt war? Ich könnte Mia, ihre Eltern und Nick niemals zurücklassen, auch nicht Tom, Liam, Mrs Cunningham oder Zauberer Augustus. Wir waren eine große Familie.

Doch dann gab es die Momente, wo ich nach mehr suchte. Nach mehr Antworten auf meine Fragen. Antworten, die den inneren Konflikt in mir lösen sollten. Wie wäre es gewesen, ein *normales* Leben zu führen? Wie wäre es gewesen, eine richtige Familie zu haben mit einer Mutter, die für mich da war? Manchmal fühlte ich mich schuldig für ihren Tod, weil ihr Todestag der Tag meiner Geburt war. Obwohl mein Vater es abstritt, jedes Jahr aufs Neue, an *diesem einen Tag*, wenn ich ein Jahr älter wurde, sah er mich noch strenger an als sonst.

Gerade an solchen Tagen, an denen ich mich elend und schlecht fühlte, hatte ich in den letzten Monaten begonnen Dinge zu tun, in denen ich mich beachtet fühlte und geschätzt, vielleicht ein bisschen geliebt.

Ich hatte festgestellt, dass es einfacher war, Beachtung zu erlangen, wenn ich Dinge mit Typen in meinem Alter tat, die sie reizten und erregten. Sachen, die mich ebenfalls erregten. Dies waren die kurzen Momente, in denen ich mich besser fühlte. Weil es mir das Gefühl gab, wahrgenommen zu werden. Die Tatsache, dass ich diese Typen nie wieder sehen musste, kam mir gerade gelegen.

Hätte ich gestern bloß gewusst, dass wir heute in dieser Hölle namens Highschool sitzen würden, hätte ich es nicht getan. Mit jemanden, der gerade hier eine Klasse unter mir zur Schule ging. Jetzt musste ich ihm bald tagtäglich über den Weg laufen, ihm ins Gesicht sehen. Ihm und all den anderen Schülern, die davon erfahren, mich dafür abstempeln und in eine ganz gewisse Schublade stecken würden.

Dumm gelaufen, hatte Mia mir nach unserem ersten Schultag auf dem Nachhauseweg gesagt. *Das ist schon nicht so schlimm*, gab sie gelassen von sich. *Er wird nicht gleich seinen Kumpels davon erzählen*, versuchte sie mich zu besänftigen. In dieser Hinsicht hatte sie, offen gesagt, nicht die geringste Ahnung. Außerdem hatte sie gut reden, denn sie hatte sich fest vorgenommen sich und ihre Jungfräulichkeit für den richtigen Mann aufzuheben.

Nach unserem ersten Schultag, als es schon dunkel wurde, arbeitete ich wieder im Kassenhäuschen. Dort saß ich gelangweilt hinter der Scheibe, als jemand auf mich zugelaufen kam und mich mit: »Hey Hübsche«, grüßte.

Es war derselbe Junge von gestern Abend und der, den ich heute wieder auf dem Schulgelände getroffen hatte. »Habe ich dich doch richtig erkannt auf dem Schulhof.«

Roger, so war sein Name, war, wie die meisten Typen, deutlich größer als ich. Deswegen musste er sich weit nach unten lehnen, um mich durch die Plastikscheibe anzusehen.

»Hey ...«, begrüßte ich ihn teilnahmslos. Es war noch nicht viel los und hinter ihm warteten keine weiteren Fahrgäste. »Vier Dollar für eine Fahrt.«, sagte ich.

Er grinste gutgelaunt. »Das weiß ich doch. Wann hast du denn Feierabend? Wieder so wie gestern?«

Ich presste meine Lippen fest aufeinander und kniff die Augen zusammen. »Ich glaube nicht, dass das eine gute Idee ist.«

»Was genau meinst du, Schönheit?« Er zeigte mir sein verschmitztes Lächeln.

Gestern hatte sich dabei etwas in mir geregt und mich dazu gebracht, mich mit ihm hinter einem Imbisswagen zu treffen. Beim Küssen hatte ich das gegrillte Hähnchen von dort ständig geschmeckt. Doch das alles geschah, noch bevor ich wusste, dass wir drei Wochen lang auf dieselbe Schule gehen würden. Fuck.

»Ich denke nicht, dass wir uns nochmals treffen sollten. Das meine ich damit.«, sagte ich überzeugt und schämte mich kein bisschen dafür.

Vielleicht tat ich Dinge wie Mädchen, die leicht zu haben waren. Aber das hieß noch lange nicht, dass ich mich weiter und mit voller Absicht in dieses Elend hineinmanövrieren würde. Ich sollte die Notbremse ziehen, solange es noch möglich war.

Er schien überrascht über meine Ansage und blickte mich entrüstet an. »Okay ... Ehm, so gut war die Nummer mit dir nun auch nicht. Ich weiß noch nicht einmal wirklich deinen Namen.«

Doch den weißt du. Du hast ihn gestern laut und deutlich in mein Ohr gestöhnt.

Er hob seine Brauen übertrieben hoch und verdrehte dabei genervt die Augen. Nick kam gerade durch die Hintertür ins Kassenhäuschen hinein.

Roger schüttelte den Kopf, drehte sich um und ging davon. Was er dann sagte, hörte ich genau. Nicht nur ich, sondern leider auch mein Bruder.

»*Arrogantes Flittchen.*«

Es war der Bruchteil einer Sekunde, den ich zu lange brauchte, Nick von etwas abzuhalten, das er schon unzählige Male getan hatte. Etwas, das uns wieder in die Schlagzeilen der städtischen Zeitung bringen würde.

Wie ein Berserker und mit einem lauten Knall schlug er die dünne Holztür des Häuschens auf. Er rannte auf Roger zu, riss ihn an seiner Jacke zu sich um und schmetterte ihm seine harte Faust direkt ins Gesicht.

Roger taumelte gefährlich nach hinten, doch mein Bruder hielt ihn weiter am Kragen fest und schlug noch einmal zu.

Ich hatte gar nicht geahnt, wie lang ein paar Meter sein konnten. Als ich die beiden endlich erreichte, stürzte ich mich schreiend auf meinen Bruder, um ihn davon abzuhalten noch größeren Schaden anzurichten.

»*Hör auf, Nick! Bitte, hör sofort damit auf!*« Ich brüllte und schmiss mich auf seinen Rücken. »Bitte, hör auf! Sofort!«

Erst als schon das Blut aus Rogers Nase schoss, hörte Nick meine Stimme und ließ ihn endlich los. Wutentbrannt und völlig außer sich sah er mich an, die Pupillen vor Wut geweitet.

»Du solltest aufhören, dich mit so einem Gesindel zu treffen, Rune. Das solltest du wirklich«, murmelte er und ging davon.

Mit laut pochendem Herzen sah ich ihm nach. Seine Faust öffnete und schloss sich dabei immer wieder. Er hielt den Kopf

gesenkt und ich sah an den Bewegungen seiner breiten Schultern, wie hektisch er atmete.

»Sollen wir einen Arzt rufen? Ist alles in Ordnung?«, hörte ich jemanden sagen. Eine Gruppe junger Schüler hatte sich um uns versammelt.

Ich beugte mich zu Roger, der auf dem Boden zusammengesackt war. Er blutete stark und hielt sich wimmernd und stöhnend beide Hände vor die Nase.

»Ihr seid der allergrößte Abschaum, der uns hier in unserer Stadt unterkommen konnte«, brüllt er hasserfüllt.

Zum Glück war mein Bruder nicht mehr in Hörweite. Er hätte vermutlich sofort wieder auf ihn eingeschlagen.

»Ja, bitte ruft einen Arzt«, rief ich einem Mädchen zu, das sich uns genähert hatte.

Ich zog meine Lederjacke sowie den schwarzen Pullover aus. Mit einer Hand presste ich Roger den zusammengeknüllten Pullover unter die Nase, er stöhne laut auf, doch ließ es zu. Die Nase war zum Glück nicht gebrochen. Mit der anderen Hand hielt ich ihn im Nacken fest, das Gesicht hatte er nach oben gerichtet und mit meinem Pulli versuchte ich die Blutung zu stillen.

Roger sagte keinen Ton mehr und drückte sich schließlich selbst den bereits vollgebluteten Pullover an die Nase. Als zehn Minuten später die Sanitäter auf dem Festplatz ankamen, entfernte ich mich und wusste, dass das ein Nachspiel haben würde. Ganz sicher.

Als wir an unserem zweiten Schultag das Gebäude betraten, wäre ich am liebsten rückwärts wieder hinausgelaufen. Es war, als spürte ich jeden Blick auf meinem Rücken und als hörte ich jedes Wort, das hinter vorgehaltener Hand gesprochen wurde.

Natürlich hatten wir gestern zu später Stunde Besuch von zwei örtlichen Polizisten bekommen. Mein Bruder stritt seinen Ausbruch nicht ab, das tat er nie. Glücklicherweise wurde von einer Anzeige abgesehen, weil die Familie, kein unnötiges Aufsehen erregen wollte. Doch es folgte eine deutliche Verwarnung, dass so etwas nicht nochmals vorkommen durfte. Mein Vater reagierte nicht enttäuscht über das, was mein Bruder getan hatte. Über den Grund, *warum* er es getan hatte, also wegen mir, allerdings umso mehr.

Den ganzen restlichen Abend hatte keiner der beiden mehr mit mir geredet. Und am nächsten Morgen, als Mia, Liam, Tom und ich uns auf den Weg zur Schule machten, waren mein Vater und Nick schon an unserem Fahrgeschäft beschäftigt und hatten keine Zeit mehr für die Probleme, die ich verursacht hatte.

Dass Adam und Jonny uns unterwegs aufgegabelt hatten, war eine nette Geste. Aber mir war heute nicht nach netten Gesten zumute.

»Hey ihr vier!«, hörten wir Jenna schon über den ganzen Flur trällern.

Als sie zu uns gelaufen kam, musterte sie mich von Kopf bis Fuß. *Sie wusste es. Sie und die ganze verdammte Schule.*

»Wir starten heute wieder mit Mathematik bei Mr Derring, in demselben Klassenzimmer wie gestern!«, sagte sie und über Toms und Liams Gesicht huschte ein Lächeln. »Ich habe euch hier die Stundenpläne für die nächsten Wochen ausgedruckt, damit ihr bald alleine klar kommt.«

Wir liefen weiter in die Richtung des genannten Raums, und Jenna hörte nicht auf zu plappern: »Was natürlich nicht heißt, dass Adam und ich euch nicht trotzdem jederzeit zur Seite stehen werden, falls ihr uns benötigt. Ach, da kommt er ja. *Adam! Hey, Adam!*«, schrie sie seinen Namen plötzlich so laut, dass wir alle zusammenfuhren.

Adam und sein Freund Jonny waren in ein Gespräch vertieft, das ernst zu sein schien. Unsere Wege hatten sich vorhin bereits an Jonnys Auto wieder getrennt.

Jenna rief nochmals seinen Namen und erst dann nahm er sie wahr. Kurz darauf fiel sein Blick auffällig deutlich auf mich. Es war merkwürdig von ihm diesmal so eindringlich angesehen zu werden. Natürlich hatte ich zuvor schon immer seine aufmerksamen Blicke bemerkt, ich war ja nicht blind. Aber diesmal strahlten seine Augen etwas anderes aus. Er war fassungslos und so wie jetzt, hatte er mich noch nie angesehen.

Kapitel 5

Adam

Jonny hielt mir immer noch sein Smartphone vor die Nase und ich konnte nicht glauben, was ich da sah. Rogers Gesicht war völlig demoliert. Er sah schrecklich aus!

»Und du hast seine Nachrichten gestern nicht gesehen? Ich hab mich schon gewundert, warum du in unserem Gruppenchat überhaupt nicht darauf eingegangen bist.«

Während des Abendessens hatte mein Vater ein striktes Handyverbot ausgesprochen, an das ich mich auch gehalten hatte, natürlich. Als die Millers dann endlich nach Hause gegangen waren, hatte ich nicht mehr darauf geschaut.

»Nein, ich habe mein Handy nicht einmal dabei heute«, stellte ich überrascht fest.

»Dann hast du auch nicht gelesen, was Roger dazu geschrieben hat?«, fragte Jonny jetzt etwas verunsichert. Es war komisch, wie er das sagte.

»Nein. Wieso?«

Jonny kratzte sich am Hinterkopf. »Oh Mann, deswegen steigst du nicht auf meine Anspielungen ein.«

Ich blieb stehen und er tat es mir gleich. »Was, verdammt noch mal, ist eigentlich los?« wollte ich nun energisch wissen.

Er überlegte nur kurz und rückte schließlich raus mit der Sprache: »Roger hatte am Sonntagabend was mit Rune. Sie war anscheinend leicht zu haben, er musste ihr nur schöne Augen machen und sie traf sich mit ihm nach ihrer Schicht hinter einer Imbissbude auf dem Rummelplatz. Tja ... und dort ging es ziemlich heftig zur Sache. Jedenfalls wollte er sein Glück gestern nochmals versuchen, da kam ihm irgendein *Hulk* in die Quere und hat ihn so übel zugerichtet. Ein Typ vom Jahrmarkt. Sein Name ist Nick.«

Jonnys Worte vernebelten alles in mir. Ich konnte kaum klar denken und spürte einen Druck hinter meiner Schläfe und hörte ein lautes Rauschen in den Ohren.

»Was? Schockiert über dein Gypsy-Girl?«, spottete er.

»Aber Roger ... Er hat doch eine Freundin? Warum tut er sowas?« Mich interessierte unser Schlagzeuger Roger, genauso wenig wie seine Freundin. Ich versuchte nur die eigentlichen Gedanken, die laut durch meinen Verstand schrien, nicht auszusprechen.

»Keine Ahnung. Ist doch auch seine Sache. Jedenfalls ja, das ist die wahre Geschichte hinter deiner geheimnisvollen *Rune*.«

In dem Moment, in dem Jonny ihren Namen aussprach, hörte ich Jennas schrille Stimme nach uns rufen.

Dann fiel mein Blick auf Rune, ihre lockigen, zerzausten Haare und ihre traurigen Augen.

Warum tust du so etwas, Rune?

Warum? Ich verstand es nicht.

Wir liefen auf Jenna und die vier Gastschüler zu. Rune wich meinen Blicken offensichtlich aus. Wusste sie, dass wir mit Roger befreundet waren? Und wer war eigentlich *Nick*?

In der Mathematikstunde mit Mr Derring nahmen Tom und Liam erstaunlich oft am Unterricht teil. Als wäre der Stoff ein Kinderspiel für sie. Mir selbst fiel es schwer, bei der Sache zu bleiben. Das würde meinem Vater nicht gefallen. Rune saß zwei

Plätze vor mir, links am Fenster, durch das sie gedankenabwesend hinausschaute. Ich beobachtete, wie sie versuchte, den dunklen Nagellack auf ihren Nägeln weiter abzukratzen.

War sie so ein Mädchen, das - wie Jonny sie genannt hatte - leicht zu haben war? Oder war das mit Roger ein Ausrutscher gewesen?

»Adam, vielleicht möchtest du uns die Frage beantworten? ... Adam?«, hörte ich plötzlich Mr Derring sprechen.

Die Köpfe aller Schüler drehten sich in meine Richtung. Auch der von Rune. So wie sie mich jetzt ansah, musste sie bemerkt haben, dass ich sie die ganze Zeit angestarrt hatte.

»Entschuldigung, ich habe gerade nicht zugehört«, gab ich zu und die meisten fingen an zu kichern.

Rune nicht. Ich konnte meinen Blick kaum von ihr nehmen, vor allem jetzt, als ihre wunderschönen Augen sich nachdenklich mir widmeten.

Mr Derring wiederholte seine Frage. Ich versuchte, sie zu beantworten und er fuhr mit dem Unterricht fort.

Eine halbe Stunde später ertönte die Pausenklingel. Es war nur eine kurze Pause, in der sich Mia zu Rune setzte und Witze darüber machte, wie aktiv Tom und Liam am Unterricht teilnahmen, sobald es um Mathe ging. Jenna gesellte sich zu mir und fing an mit mir über den anstehenden Spendenflohmarkt zu sprechen, den wir als Schulsprecher organisierten. Doch ich konnte ihr nicht folgen.

Die darauffolgenden Stunden verliefen ähnlich. In der großen Pause verlor ich Rune und ihre Freunde völlig aus den Augen und ich hoffte für Rune, dass sie diesmal etwas Vegetarisches zu essen bekommen hatte.

Als der Schultag sich dem Ende neigte und die Schüler aus

dem Gebäude stürmten, blieb ich eine Stunde länger, um zwei jüngeren Schülern Nachhilfe zu geben. Das tat ich oft und meistens sogar gern.

Als ich den Raum verließ, in dem ich Nachhilfe gegeben hatte, und zum Ausgang schlenderte, kam ich am Rektorat vorbei. Von dort rief unsere Schuldirektorin nach mir: »Adam, hast du einen Augenblick?«

Ich drehte mich erschrocken um. Weit und breit war niemand mehr zu sehen. Sie konnte also nur mich meinen. Ganz davon abgesehen, gab es nicht viele Adams auf der Schule. Was wollte sie von mir?

Ich betrat ihr Büro und sah einen großen Karton mit alten Lehrbüchern.

»Ich habe unsere vier Gastschüler heute nicht gesehen. Wärst du so gut, ihnen diese Bücher zu bringen? Es sind nicht mehr die aktuellsten Fassungen, aber um drei Wochen am Unterricht teilzunehmen, sollte es reichen«, sagte sie.

Ich atmete erleichtert aus. Warum auch immer hatte ich Sorge, dass sie mich auf die Sache mit Roger ansprechen würde.

»Natürlich, Mrs Garner. Das mache ich gern.«

Sie lächelte, übergab mir die schwere Kiste und verabschiedete sich.

Jonny hatte die letzte Stunde, während ich Nachhilfe gegeben hatte, ein paar Songs im Musikraum der Schule geprobt und wartete bereits im Auto auf mich.

»Was willst du mit der verstaubten Kiste? Die kommt mir nicht ins Auto«, rief er mir durchs Fahrerfenster entgegen.

Ich warf ihm nur einen warnenden Blick zu. Das bisschen Staub im Kofferraum würde wohl kaum stören. Als ich die Kiste verstaut hatte, nahm ich auf dem Beifahrersitz Platz.

»Fahr mich zum Rummelplatz, bitte.«

»Dorthin? Zu Gypsy Girl und ihrer Truppe? Bist du dir sicher?« Er sprach so, als wären sie Schwerverbrecher.

»Denkst du, ich kann die Bücher auf meinem Fahrrad transportieren? Hör auf, so viele Fragen zu stellen, und fahr einfach«, antwortete ich genervt.

Diesmal sagte er nichts mehr und fuhr endlich los.

Auf dem Festplatz angekommen waren ein paar Fahrgeschäfte bereits in Betrieb, doch es bewegten sich nur wenige Menschen auf dem Gelände.

Ich hatte Jonny gesagt, dass ich mit dem Bus heimfahren würde und dass er nicht auf mich warten brauchte. Das ließ er sich nicht zwei Mal sagen und war davon gefahren.

Im hellen Tageslicht und auf einem fast leeren Platz, fühlte ich mich hier tatsächlich etwas verloren. Die Süßigkeiten- und Imbissstände waren bereits geöffnet. Die Schießstände mit ihren riesigen Plüschtieren als Hauptgewinn ließen ein paar ältere Kinder ihr Glück versuchen.

Doch im Vergleich zu dem regen Betrieb am Abend, war die Stimmung auf dem Platz anders. Ruhiger. Nicht laut, nicht blinkend und mit keinem aufgedrehten Geschrei im Hintergrund.

Den Weg zum Devil Rock kannte ich schon. Dort hoffte ich, jemanden von den vier Schülern anzutreffen. Zu welchem Fahrgeschäft ich Mia, Tom oder Liam zuordnen sollte, wusste ich nicht.

Als ich vor dem gefährlichen Gefährt ankam, das bei Tag immer noch genauso angsteinflößend wie bei Nacht aussah, war kein Mensch zu finden. Ich hatte mir vorgenommen, jemanden aus den umstehenden Attraktionen nach Rune zu fragen.

Nebenan fand ich die Geisterbahn und auch einen kleinen Wagen, der vor einem Zelt mit der Aufschrift ›Zauberer Augustus‹ aufgebaut war. Doch kein Mensch war hier zu finden.

So entschied ich mich, einen Blick hinter die Fassaden zu werfen. Mein Weg führte mich über dicke Kabel und herumliegende Steine. Was ich dann vorfand, war wie eine neue Welt.

Um all die kleineren und größeren Wohnmobile herum sah ich Menschen, die hier lebten. Zwischen den Trailern hingen Wäscheleinen mit bunten Kleidern. Es standen Stühle herum, auf denen Menschen jeden Alters saßen und sich unterhielten. Unter zwei großen Sonnenschirmen befand sich ein längerer Tisch mit einem hübsch angerichteten Buffet darauf. Das Essen roch so köstlich, dass mir das Wasser im Mund zusammenlief.

Zwei Jungs rannten einem Ball hinterher und spielten lachend Fußball. Weiter hinten spielte ein Mädchen mit ihrer Puppe und kämmte vorsichtig ihr Haar. Ein Elternpaar lachte über sein Baby, das im Laufstall schokoladenverschmiert ein Stück Kuchen verputzte.

Und dann … sah ich Rune.

Zwischen all den Menschen und dem Leben stand sie inmitten weißer Bettlaken, die sie auf die Leinen hängte, die sich von Wohnmobil zu Wohnmobil spannten. Der Wind wehte dabei durch ihr offenes, langes Haar. Ich sah, dass sie Kopfhörer trug und sich von dem Takt der Musik langsam treiben ließ. Und wenn ich ganz genau hinsah, erkannte ich, wie ihre Lippen sich sanft zu einem Songtext bewegten. Die Aura, die sie umgab, war friedlich. Leise und einzigartig.

Wie versteinert blieb ich stehen. Ich hätte sie gerne für immer so angesehen. Hier in ihrer gewohnten Umgebung schien die Last, die sie heute Morgen noch auf ihren Schultern getragen hatte, wie verflogen. Durch die Musik, die sie hörte, konnte sie loslassen. Sie war wunderschön.

Plötzlich tippte mir jemand an die Schulter.

»Kann ich helfen?«, fragte er. Als ich mich umdrehte, war mir klar, dass das *Hulk* sein musste.

Ich schluckte kurz. »Ich habe hier Schulbücher für Mia, Rune, Tom und Liam dabei. Ich würde sie gerne abgeben«, sagte ich in möglichst sicherem Ton. Er konnte mir nichts anhaben, schließlich war ich nicht hier, um Rune zu belästigen.

Sein Blick ließ kurz einen freundlichen Schimmer durchdringen. Er nickte kaum merklich und rief Rune über die grüne Wiese hinweg zu uns.

Natürlich hörte sie uns nicht wegen ihrer Kopfhörer. Eine alte Dame, die wenige Meter neben ihr saß, hatte ihn gehört. Sie berührte Rune kurz an ihrem Rücken, um ihre Aufmerksamkeit zu bekommen. Dabei schrak Rune zusammen und sah schließlich in unsere Richtung. Sie steckte sich die Kopfhörer in die Jackentasche und lief zu uns herüber.

Auch ihre Augen wirkten ruhiger als heute Morgen. Ihre ganze Statur hatte sich gelockert und war nicht mehr so angespannt.

Sie sah auf die Kiste, die ich bei mir trug.

»Ich habe hier noch ein paar Bücher für euch. Ihr werdet sie die nächsten drei Wochen benötigen«, sagte ich und stellte sie zu ihren Füßen ab.

»Danke. Die werden wir heute noch für die Hausarbeiten gut gebrauchen können«, sie klang sehr sachlich.

»Ich bringe sie zu unserem Trailer«, sagte Hulk, hob die Kiste mit einer Leichtigkeit hoch, als wiege sie nichts und ging davon.

Rune machte keine Andeutungen ebenfalls gehen zu wollen,

und kickte stattdessen einen Kieselstein weg, der vor ihren Füßen lag.

»Roger ... Ist ein Freund von dir, oder?«, fragte sie völlig unerwartet und ich sah sie erschrocken an. Damit hatte ich nicht gerechnet.

Nachdem Hulk mit den Büchern verschwunden war, war ihr Ton nicht mehr so kühl und monoton.

»Ich spiele mit ihm in der Schulband, ja«, antwortete ich.

»Dann hat er dir bestimmt erzählt, was ihm gestern zugestoßen ist?« Rune klang verunsichert.

»Ich selbst habe noch nicht mit ihm gesprochen. Jonny hat es mir erzählt. Und ich habe Fotos von seinem Gesicht gesehen.«

»Wie geht's ihm jetzt? Immer noch so schlecht?«

Ich hob eine Augenbraue. »Warst du dabei, als Hulk ihn so übel zugerichtet hat?« Das war mir eindeutig zu schnell rausgerutscht. *Verdammt.* Keine Ahnung wer dieser *Hulk* war. Wenn er Runes Freund war, wäre ich vielleicht der Nächste.

Sie verkniff sich darauf ein Lächeln und schaute sich um, wahrscheinlich um sich zu vergewissern, dass er nicht in Hörweite war. »Er ist mein Bruder und heißt eigentlich Nick. Aber Hulk trifft es auch ziemlich gut.«

Ich schluckte erleichtert den Kloß herunter, der sich in meiner Kehle gebildet hatte. »Entschuldige.«

Jetzt lächelte sie und legte mir eine Hand auf die Schulter. »Schon in Ordnung.«

Ich hätte ihr so gerne gesagt, dass sie das hübscheste Wesen war, das ich kannte. Wenn sie lächelte erst recht. Und dass ich es nicht mochte, sie traurig zu sehen. Dass ich ihr gerne helfen würde, egal was ihr auf der Seele lag. Doch wer war ich schon, um ihr das zu sagen?

»Möchtest du mit uns essen?«, fragte sie plötzlich. Dabei schaute sie mich hoffnungsvoll an. »Du siehst hungrig aus« erklärte sie.

Der Geruch des leckeren Essens lag mir immer noch in der Nase und tatsächlich hatte ich ein bisschen Hunger.

»Ja. Ja, warum nicht.«

Das nächste Lächeln erreichte jetzt wieder ihre Augen. »Na dann, komm mit.«

Ihr Bruder Nick, der uns beobachtete, warf mir einen kurzen, misstrauischen Blick zu, doch als Rune etwas zu ihm sagte, das ich nicht verstand, wich das Bedrohliche aus seiner Miene.

Die anderen Leute um uns herum waren sehr nett, gut gelaunt und trotz der einfachsten Umstände fröhlich. Nachdem Rune mir einen Teller bis oben hin gefüllt hatte, setzten wir uns an einen Tisch.

»Hey, Adam. Was machst denn du hier?«, hörte ich Mias Stimme plötzlich neben mir, als ich gerade in eine saftige Teigtasche biss. Sie schmeckte köstlich.

Ich kaute zu Ende und antwortete ihr: »Ich habe euch die Bücher aus der Schule mitgebracht.«

Mia sah zu Rune herüber. »Das ist aber nett von dir.«

Rune sagte nichts und aß weiter.

»Na dann, wünsche ich euch noch einen guten Appetit. Wir sehen uns«, sagte Mia und ich verabschiedete mich ebenfalls von ihr. Schließlich wurde es still zwischen Rune und mir.

»Liam und Tom waren unglaublich heute im Mathematikunterricht«, versuchte ich ein Gespräch ins Rollen zu bringen.

»Sie sind wahre Mathe-Genies«, erklärte sie. »Und sie tun nicht einmal viel dafür. Es liegt ihnen einfach im Blut.«

»Welches Fahrgeschäft ist von ihnen?«, fragte ich.

Rune grinste. »Die Geisterbahn. Frag mich nicht, wie Mathe und Geister zusammenpassen. Doch irgendwie scheint es zu funktionieren.«

»Und wohin gehört Mia?«

»Zum Riesenrad«, antwortete sie wie aus der Pistole geschossen. Ich wusste, dass Mia und Rune beste Freundinnen waren. Sie waren im selben Alter und reisten schon ihr Leben lang gemeinsam durch ganz Amerika. Wie sie wortlos kommunizierten und so vertraut miteinander umgingen, zeigte ihre innige Freundschaft zueinander.

»Darauf kann sie stolz sein. Es ist eins der größten Riesenräder, das ich jemals gesehen habe«, sagte ich.

»Sie sind auch alle sehr stolz. Alle, Tom und Liam. Mia. Mein Bruder Nick.« Und dann wich sie meinem Blick aus.

»Und du?«, fragte ich vorsichtig.

Sie seufzte. »Ich auch. Die meisten Tage.« *Die meisten Tage.* Ich konnte den Zwiespalt in ihrer Stimme hören und in ihrer ganzen Haltung sehen. »Aber manchmal wäre ich auch gern irgendwo *zu Hause*«, fügte sie leise hinzu und gab sich Mühe, es nicht zu traurig klingen zu lassen.

Mit diesem einen Satz erkannte ich plötzlich ihre verwundbare und zarte Seite. Ich sah in ihr nicht mehr nur das selbstbewusste und undurchdringbare Mädchen hinter der Scheibe des Kassenhäuschens, das ich vor zwei Abenden kennengelernt hatte. Sie *war* selbstbewusst und das zeigte sich in der Art und Weise, wie sie sich bewegte, wie sie aufmerksam die Welt und die Menschen um sich herum betrachtete. Auch wenn die Klamotten, die sie trug, nicht die neusten Designer-Teile waren, trug sie sie mit einer solchen Attitüde, von der sich jedes Mädchen eine Scheibe von abschneiden konnte. Und sie war nicht auf den Mund gefallen, das wusste ich jetzt, nachdem sie Jonny gestern in einem perfekten Südstaaten-Slang frech und locker geantwortet hatte.

»Ich glaube, so würde es mir auch gehen«, antwortete ich darauf. »Ich bin in meinem Leben nur einmal umgezogen und habe Monate gebraucht, um mich hier zu Hause zu fühlen.« Ja, ich versuchte, das Thema auf mich zu lenken, um sie aus ihrem Grübeln herauszuholen.

Wie es schien, ging sie auf meinen Versuch ein. »Wie war das für dich, in ein völlig fremdes Land zu ziehen?«

»Ich bin froh, dass ich bereits Englisch sprechen konnte. Nicht so gut wie jetzt, aber es fiel mir nicht schwer, mich zu verständigen. Und trotzdem. Mit vierzehn Jahren war ich nicht darauf vorbereitet. Ich hatte in Deutschland meine festen Abläufe. Die Schule, die Hausaufgaben. Den Gitarrenunterricht, die Nachhilfe. All das musste ich mir hier wieder neu aufbauen.«

»Du spielst Gitarre? In der Schulband?«

Ich verzog mein Gesicht. »Für die Schulband habe ich mit Bass angefangen, weil Jonny – als Bandgründer – seinen Platz an der E-Gitarre nicht abgeben wollte.«

»Jede Wette, dass du um Welten besser spielst als er«, entgegnete sie in einem forschen Ton. Ich lachte. Mir gefiel ihre freche Ader und wie sie ungefiltert ihre Meinung sagte.

»Dein Freund mag uns nicht besonders, oder?«, fragte sie jetzt.

Ich hob eine Augenbraue. Natürlich hatte sie das bemerkt. Es war nicht zu übersehen, wie abweisend er heute gewesen war, als wir sie mit dem Auto mitgenommen hatten und auch schon gestern im Pausenraum, als er mich von Rune weggezogen hatte. »Er hat nur die Band im Kopf. Und deren *Groove*. Und er möchte sich diesen sogenannten *Groove* nicht zerstören lassen.«

»Warum sollten wir seinen *Groove* zerstören?«, fragte Rune verwirrt, doch im nächsten Augenblick schien sie sich die Frage selbst beantwortet zu haben. Sie hatte was mit Roger angefangen gehabt, Roger war bei uns in der Band, wie sie jetzt wusste und ihr Bruder war derjenige, der ihn krankenhausreif geschlagen hatte. Ohne Schlagzeuger, keinen Groove. »Oh, ich verstehe schon.«

Gott, ich hätte mit diesem blöden Groove gar nicht erst anfangen sollen. Denn es folgte eine unangenehme Stille.

»Nachschlag?«, fragte sie und ließ das Thema fallen.

»Nein. Nein, danke. Ich platze gleich«, dann sah ich auf meine Armbanduhr und erschrak. *Ach du Schande*, es war schon spät geworden und ich hatte mein Handy heute Morgen daheim vergessen. Meine Eltern wussten, dass ich nach der Schule Nachhilfe gab, aber diese zusätzliche Stunde war schon lange vorbei.

Rune bemerkte meinen schockierten Ausdruck, doch ich wollte nicht den Eindruck erwecken, dass ich, nachdem wir das Thema Roger angeschnitten hatten, die Flucht ergriff.

»Musst du gehen?«, fragte sie und versuchte zu lächeln.

»Ach was. Nein!« Okay, das kam nicht glaubhaft rüber. Doch Rune lachte. Vielleicht hatte sie bemerkt, dass ich wirklich gehen musste, und zwar nicht wegen ihr.

»Wir sehen uns morgen, Adam«, antwortete sie und ihre Stimme klang sanft und verständnisvoll. Ich war so froh, dass sie meinen Namen amerikanisch aussprach und nicht wie ihre Freundin Mia, mit dem harten A, so wie meine Mutter ihn gesagt hatte.

Als wir aufstanden, blickte sie mich an. Jetzt, als die Sonne langsam unterging, wirkten ihre Augen wieder dunkler und mysteriöser. Ihre Lippen waren heute nicht geschminkt, doch das änderte nichts daran, wie sinnlich sie aussahen. Wenn Rune Roger vor zwei Tagen genauso angeschaut hatte, wie sie mich jetzt ansah, konnte ich seine Aktion, um ehrlich zu sein, nachvollziehen.

Die Welt stand einen kurzen Moment lang still. Die geräuschvolle Kulisse um uns herum rückte auf einmal in den Hintergrund.

Mia kam wieder dazwischen und unterbrach mit ihrer plötzlichen Anwesenheit unseren Blickkontakt.

Ich hob zum Abschied meine Hand, sagte: »Wir sehen uns morgen«, und ging, ohne mich nochmals umzudrehen.

Rune

»Du bist dir sicher, dass es eine gute Idee ist, wenn du dich mit Adam triffst?«, fragte Mia plötzlich neben mir, als ich ihm hinterher sah.

»Wovon redest du? Er hat lediglich mit uns gegessen.«

»Mit uns? Er hat mit *dir gegessen*. Ihr habt euch an den hintersten Tisch gesetzt, wo sich auch niemand neben euch setzen würde. Ich habe dich lachen sehen.« Es klang ein bisschen hart, so wie Mia das sagte. Aber das lag daran, dass das heute kein einziges Mal der Fall gewesen war.

Der Grund dafür war klar. Wir hatten heute im Klassenzimmer, als alle Schüler bereits rausgegangen waren, einen Zettel auf dem Boden gefunden, der wohl von einem Tisch gefallen war. Auf diesem hatten sich zwei Schülerinnen über mich ausgelassen. Ihre Worte mir gegenüber waren abfällig und verletzend gewesen. Es zeigte außerdem, dass das, was mit Roger gelaufen war, schon überall die Runde gemacht hatte.

»Und wenn er auch so einer wie Roger ist und die Situation für sich ausnutzt?«, fragte Mia skeptisch.

In dieser Hinsicht würden wir nie einer Meinung sein. Sie verstand nicht, dass ich mich nicht ausgenutzt fühlte, wenn ich mit jemandem schlief. Doch woher sollte sie auch wissen, dass mir Sex tatsächlich Spaß machte?

Um nicht in eine endlose Diskussion zu verfallen, antwortete ich: »Adam ist nicht so. Er ist anders.«

»Und das weißt du, weil?«, fragte sie kritisch.

Weil ich nicht weiter darüber reden will. Denn gerade, als ich mich von ihm verabschiedet hatte, war da etwas in seinem Blick. Es war so präsent und eindeutig, dass ich mir wünschte, dass er vor zwei Tagen derjenige hinter dem Imbisswagen gewesen wäre und nicht Roger.

Kapitel 6

Adam

Als ich heimkam, war es bereits nach sieben Uhr abends und meine Mutter stand besorgt an der Tür.

»Adam. Wo warst du so lange?« Ihre Stimme war gedämpft. Ich konnte den Fernseher aus dem Wohnzimmer hören.

»Ist Papa schon da?«, fragte ich und sie nickte.

Shit. Mein Vater sah es nicht gerne, wenn ich abends zu lange wegblieb. Und da der vergangene Sonntag bereits einer der großen Ausnahmefälle gewesen war, weil diese Woche keine Prüfungen in der Schule angestanden hatten, hätte ich es mir heute nicht erlauben dürfen.

Für meinen Vater gab es keinen Grund, der rechtfertigte, dass ich unter der Woche nach ihm nach Hause kam. Er drückte ein Auge zu, wenn ich mit unserer Band probte – dass ich dieser überhaupt beitreten durfte, hatte schon sehr viel Überzeugungskraft gekostet. Eine andere Ausnahme machte er, wenn ich mich mit einem ehemaligen Professor für Meeresbiologie traf. Schließlich hatte mein Vater selbst diesen Kontakt hergestellt, da er der Meinung war, es würde mich perfekt für das anstehende Studium vorbereiten.

Er hatte hohe Erwartungen, was mich und meine schulischen Leistungen anging. Was ich ihm nicht verübelte – jedenfalls nicht immer. Aber manchmal wünschte ich mir, ich könnte einfach nur in den Tag hineinleben, so wie die meisten Schüler in meinem Alter.

»Adam«, hörte ich seine tiefe Stimme aus dem Wohnzimmer. Ich schaute Mom an, die mir meinen müden und genervten Blick sofort ansah. Diesen zeigte ich jedoch nur ihr, niemals meinem Vater.

Ich ging zu ihm ins Wohnzimmer hinein.

»Darf ich wissen, wo du heute warst?«, fragte er.

Ich schluckte. »Ich habe unseren Gastschülern ihre Schulbücher gebracht und dabei den Bus zurück verpasst.«

»Warum bist du nicht mit Jonny gefahren?«

Weil der denkt, er könnte sich bei den Gastschülern an irgendeiner unheilbaren Krankheit anstecken. »Er hatte zu tun und konnte nicht auf mich warten.«

»Was ist mit deinem Handy? Hattest du es nicht dabei? Wir haben uns Sorgen gemacht.«

»Das habe ich zu Hause vergessen. Es tut mir leid, dass ihr euch Sorgen gemacht habt.«

Während unseres Gesprächs hatte er nicht aufgeblickt und nur auf den Fernseher gestarrt. Doch bei seiner nächsten Frage sah er mich an. »Wer sind diese Gastschüler?«

»Zwei Jungen und zwei Mädchen von dem diesjährigen Jahrmarkt. Ihre Lehrerin ist krank und deswegen werden sie die nächsten drei Wochen auf unserer Schule unterrichtet.« Wie meistens, wenn ich mit meinem Vater solche Gespräche führte, fühlte es sich an wie in einem Polizeiverhör.

»Kinder vom Jahrmarkt?«, fragte er und nun galt mir tatsächlich seine volle Aufmerksamkeit.

Kinder. Teenager hätte besser gepasst. »Ja, Dad«, antwortete ich nur.

»Verstehe.« Es klang vorwurfsvoll. »Und warum musstest gerade *du* ihnen die Bücher bringen?«

»Weil ich der Schulsprecher bin.« Jetzt klang ich doch etwas genervt und ich bereute es schon im nächsten Moment.

Darauf antwortete er nicht mehr, sondern bewegte seinen Kopf lediglich zu einem langsamen und qualvoll langsamen Nicken.

Er musste nicht aussprechen, was in ihm vorging. Ich wusste, was er von *solchen Leuten* hielt. Sprunghaft, flatterhaft. Das waren noch die angenehmen Ausdrücke.

»Ich habe noch ein paar Dinge für die Schule zu erledigen«, sagte ich und bemühte mich, dabei höflich zu bleiben.

»Ja, mein Junge. Gleich gibt es Abendessen.«

Abendessen. Ich hätte unmöglich sagen können, dass ich bereits gegessen hatte. Würde ich auch nicht.

Als ich mein Zimmer betrat, fand ich sofort mein Handy und die unzähligen ungelesenen Nachrichten. Vor allem die aus dem Gruppenchat von gestern Abend. Ich sah wieder die Bilder von Rogers verletztem Gesicht. So wie er aussah, musste Runes Bruder ihn ordentlich vermöbelt haben. Ich fragte mich, was wohl vorgefallen war. *Roger wollte sein Glück gestern nochmals versuchen, doch da kam ihm irgendein Hulk in die Quere und hat ihn so übel zugerichtet*, so hatte es Jonny jedenfalls erzählt. Aber so, wie ich Nick heute kennenlernte, war er keiner, der einfach wahllos drauf losschlug. Ich bin mir sicher, dass Roger etwas Unangebrachtes zu Rune gesagt und Nick entsprechend reagiert hatte. Und das wird Rune unglaublich unangenehm gewesen sein.

Ich überflog Rogers Nachrichten, die in einem sehr abfälligen Ton geschrieben waren. Gerade als ich die letzte Nachricht zu Ende gelesen hatte, ging bereits eine Neue ein.

Nachricht von Roger: *Shit, Jungs. Bella weiß es jetzt auch und ist fuchsteufelswild. Ich habe keine Ahnung, was sie im Schilde führt.*

Aber mir hat sie bereits ihre erste Abreibung verpasst.

Verständnislos schüttelte ich den Kopf. Bella war Rogers Freundin, jetzt vermutlich Ex-Freundin. Dass sie nicht erfreut reagierte, als sie erfuhr, dass ihr Freund fremdgegangen war, war ihr wohl kaum zu verübeln. Warum tat Roger auch nur so etwas Dummes?

Ich hatte mich die ganze Zeit aus diesem Thema im Gruppenchat rausgehalten, also würde ich mich jetzt auch nicht mehr einmischen. Wenn sie erfuhren, dass ich heute mehr Zeit als geplant auf dem Jahrmarkt bei Rune verbracht hatte, würde das die Gemüter nur unnötig erhitzen. Ich sollte das Thema jetzt ruhen lassen.

Eine private Nachricht von Jonny ging ein: *Und, jemanden auf dem Rummel gefunden, dem du die Bücher übergeben konntest?*

Antwort: *Jep.*

Neue Nachricht von Jonny: *Damit eins klar ist, morgen nehmen wir niemanden von den vieren mit.*

Ich verdrehte die Augen. Warum genau war Jonny eigentlich mein Freund? In meiner momentanen Verfassung antwortete ich nicht darauf. Das Gute an diesen Handy-Konversationen war, dass man sie auch mal unbeantwortet lassen konnte. Ich würde mir zwar morgen wieder was anhören dürfen, doch das war mir jetzt egal.

Ich duschte, machte noch ein paar Schulaufgaben und begab mich schließlich zum Abendessen nach unten.

Rune

Am nächsten Morgen hatten wir Glück, dass Zac – der beste Freund meines Bruders – ein altes Auto aus einer Werkstatt organisiert hatte, mit dem wir die kommenden Wochen zur Schule fahren konnten.

Ich steuerte eine Parklücke an, die so weit wie möglich vom Schulgebäude entfernt lag. Doch als wir ausstiegen, parkten natürlich gerade Jenna und ihre Freundinnen neben uns.

»*Haben die überhaupt einen Führerschein?*«, fragte eine in der Annahme, dass wir sie nicht hörten.

Eine andere sagte: »*So eine alte Schrottkiste.*«

Es war der dritte Schultag und ich hatte schon genug davon.

Jonny und Adam kamen ebenfalls angefahren und Jenna wartete wieder an derselben Stelle wie gestern, um beide abzufangen. Wartete sie mit Absicht auf sie? Entweder sie stand auf Adam oder auf Jonny.

Jonny war, im Vergleich zu Adam, nicht sehr hoch gewachsen. Seine Haare waren blondiert und etwas länger. Kurt Cobain musste sein Vorbild sein. Nachdem ich jetzt wusste, dass er in der Schulband spielte, vervollständigten sein Aussehen und die laute Rockmusik, die er gestern im Auto gehört hatte, das Bild. Er war der perfekte Leadsänger. Er schaffte es gewiss mit Leichtigkeit die Aufmerksamkeit der Leute auf die Bühne zu holen.

Adam bewegte sich heute, wie sonst auch, im Hintergrund. Als ich ihn vor wenigen Tagen zum ersten Mal auf dem Jahrmarkt gesehen hatte, war er mir kaum aufgefallen. Er wirkte zurückhaltend aber freundlich. Erst als er sich das sechste oder siebte Mal am Kassenhäuschen angestellt hatte, um eine Fahrkarte zu kaufen, weckte er mein Interesse. Ich musste an dem Tag lächeln, weil er schon ganz blass um die Nase geworden war. Während der Fahrt waren seine dunkelbraunen Haare in alle Richtungen geflogen. Sein ausgelassenes Lachen war wahnsinnig ansteckend. Doch nach dieser letzten Fahrt hatte ich ihn an diesem Abend nicht mehr gesehen. Es war auch schon spät gewesen und statt Adam hatte sich Roger zu mir gesellt. *Leider.*

Ich seufzte, als ich das Schulgebäude betrat. Es war ruhiger als sonst. Gestern waren es nur ein paar Schüler, die über mich und Roger Bescheid wussten. Heute? Vermutlich schon die ganze Schule. Diese Stille beunruhigte mich. Es war die Ruhe vor dem Sturm.

Hätte ich hier einen eigenen Spind gehabt, wäre das der Moment, in dem ich an diesen herantreten und wüste Beschimpfungen daran hängen sehen würde. Ich war froh, dass das nicht der Fall war und wir uns gleich ins Klassenzimmer begeben konnten.

Als der Unterricht begann, vertieften sich alle in ihre Bücher und das Kapitel, das uns der Lehrer vorgab. Ich hörte immer wieder Getuschel aus verschiedenen Ecken und als Mr Porter die große Tafel hochschob, wurde das Gemurmel lauter und einige fingen an zu lachen.

Erst als ich meinen Blick nach vorne richtete, wusste ich, warum.

Rune ist eine Hure!, stand in Großbuchstaben auf der Tafel geschrieben.

Da hatten wir es. Laut und deutlich schrien mich die Wörter an. Alle Köpfe drehten sich sofort in meine Richtung.

Ich hatte gewusst, dass dieser Moment kommen würde und obwohl ich mental darauf eingestellt sein sollte, war ich es nicht. Es war zu viel. All die Augenpaare, die mich anstarrten und auf meine Reaktion warteten. Ich würde ihnen keine Vorlage geben, die mit weiterem Aufsehen verbunden war. Keine Tränen. Keinen Zusammenbruch.

»Wer war das?«, hörten wir die erboste Stimme von Mr Porter vorne, doch kaum einer beachtete ihn. »Wer, verdammt noch mal, war das!«, schrie er jetzt, schlug seine Faust laut auf den Tisch und hatte auf einmal die Aufmerksamkeit aller Schüler auf sich gezogen.

Ich hatte jetzt jedenfalls genug gesehen. Wortlos packte ich das Buch und mein Heft zurück in die Tasche und verließ das Klassenzimmer. Niemand konnte mich zwingen hierzubleiben. Was wollten sie tun, mich der Schule verweisen? Ich wäre froh darum.

Mia, Tom und Liam folgten mir sofort.

»Was wirst du jetzt tun?«, fragte Mia, während wir in schnellen Schritten den Gang zum Hauptausgang des Gebäudes entlangliefen.

»Nie wieder einen Fuß in diese Schule setzen«, war meine Antwort.

Kurz dachte ich darüber nach, was geschehen würde, wenn wir vier jetzt wieder auf dem Rummelplatz erschienen. Unsere Eltern würden es hinterfragen, sich mit der Schule in Verbindung setzen und mein Vater und Nick hätten einen weiteren Grund das *unangebrachte* Verhalten, das ich an den Tag gelegt hatte, zu verurteilen.

»Bitte bleibt hier«, bat ich die drei plötzlich. Sie sahen mich an, als hätte ich in einer ihnen unbekannten Sprache gesprochen. »Wenn nur ich verschwinde, kann es mir wohl kaum ein Lehrer verübeln. Gehen wir alle wird es vermutlich keine ernst zu nehmenden, schulischen Konsequenzen mit sich ziehen, aber Papa und Nick würden davon erfahren, und das möchte ich nicht.«

»Wir kommen mit dir mit und schwänzen den Tag einfach. Wir gehen nicht zurück zum Jahrmarkt«, stellte Mia fest.

»Rune hat Recht«, sagte Liam neben mir.

»Ich lasse Rune jetzt aber nicht alleine!«, protestierte Mia.

»Ich gehe mit ihr«, hörten wir Adams Stimme plötzlich hinter uns.

Wo kam er auf einmal her? Er hatte die erste Unterrichtsstunde heute nicht bei Mr Porter gehabt. Woher wusste er, dass wir hier waren?

»Und wenn der Vorzeigeschüler den Unterricht schwänzt, geht das in Ordnung?«, entgegnete Mia vorwurfsvoll.

»Ich gehe nach Hause, weil ich mich heute nicht wohl fühle. Das habe ich Mrs Thompson gerade erklärt,« antwortete Adam darauf und ich sah, wie sich sein Brustkorb hob und senkte. Mrs Thompson unterrichtete Physik am anderen Ende des Gebäudes. Er musste gerannt sein, um uns hier abzufangen.

»Es ist okay. Geht ihr drei zurück in den Unterricht. Adam kann bei mir bleiben.« Alle Gesichter drehten sich überrascht zu mir um. Mias Blick zeigte kein Verständnis für meine Entscheidung. Tom und Liam nickten und Adam ... In Adams Augen sah ich Hoffnung. Und er wirkte genauso verblüfft, wie ich mich fühlte.

»Bitte«, fügte ich leise hinzu und sah beunruhigt in die Richtung, aus der wir gekommen waren. Unser Lehrer würde bestimmt bald nach uns schauen. »Sagt Mr Porter, dass ich mich nicht wohl fühle und heute nicht mehr am Unterricht teilnehmen kann.«

Mia atmete schwer ein und wieder aus. »Fein. Wir sprechen uns später.«

Dann gingen sie davon.

Adam und ich blickten uns an.

»Komm. Wir nehmen unser Auto«, sagte ich schließlich und wir verließen das Gebäude.

Kapitel 7

Adam

In schnellen Schritten liefen wir zum Parkplatz und stiegen in das Auto, mit dem Rune und ihre Freunde heute in die Schule gekommen waren.

Ich sah immer noch die Wörter in Großbuchstaben auf der Tafel stehen.

Rune setzte sich hinter das Steuer. Ihre Finger zitterten, während sie den Schlüssel in der Zündung drehte. Das Auto sprang nicht an. Sie versuchte es nochmals, ohne Erfolg. Beim vierten Versuch gab sie auf und ließ sich schwer gegen den Sitz fallen.

»Woher wusstest du, dass wir das Klassenzimmer verlassen haben? Wieso bist du zu uns gerannt gekommen?«, fragte sie mit einem Mal und klang dabei erschöpft.

»Jonny hat mir ein Foto der Tafel geschickt.«

»Natürlich. Und Jonny hatte rein zufällig sein Handy parat, als der Lehrer die Tafel nach oben geschoben hat?«

So hatte ich es noch gar nicht gesehen. Er hatte doch nicht ... »Er hat damit nichts zu tun.«

Rune kommentierte meine Verteidigung nicht, sondern starrte durch die Windschutzscheibe nach draußen.

»Soll ich fahren?«, fragte ich schließlich. Erschrocken drehte sie sich zu mir, als hätte ich sie aus ihren Gedanken gerissen.

Sie nickte, stieg aus, lief um das Auto herum und drückte mir die Autoschlüssel in die Hand, während ich die Beifahrertür öffnete. Als ich losfuhr, sprach niemand ein Wort. Ich sah immer wieder zu ihr herüber, erkannte ihr entmutigtes Gesicht, ihre traurigen Augen.

Ich wusste, welcher Ort jetzt der richtige war, an den wir fahren könnten. *Pismo Beach* war eigentlich ein Touristenmagnet, doch ich kannte eine Stelle, die einsam und verlassen war, vor allem jetzt im März. Bei den heutigen fünfzehn Grad Celsius, würde sie menschenleer sein. Die Fahrt dauerte keine zwanzig Minuten, doch sie fühlten sich unendlich und leer an. Ich hasste es, dass Rune sich wegen so einer kindischen Aktion runterziehen ließ. Aber wer hätte das nicht.

Als ich das Auto parkte, hörte man die Möwen über uns schreien und weiter entfernt die Wellen laut brechen. Vorne am Rand der Klippen erwartete uns ein Ausblick, der mir immer wieder den Atem raubte, obwohl ich selbst schon unzählige Male hier gewesen war.

Sie beobachtete mich, während ich ausstieg und vor dem Auto auf sie wartete. Die kalte Meeresluft wehte mir um die Ohren und ich zog mir die Mütze auf, die ich in meiner Jackentasche fand. Als Rune die Beifahrertür öffnete, zog sie den Reißverschluss ihrer Lederjacke weiter zu. Wortlos liefen wir nebeneinander her, bis wir die Stelle erreichten, an der ich mich auf einen großen Stein setzte. Reglos blieb sie neben mir stehen und betrachtete die endlosen Weiten des Ozeans. Dieser Anblick schien in ihr etwas zu bewirken. Ich merkte, wie sich ihre Haltung entspannte. Sie atmete die salzige Luft mehrmals tief ein und wieder aus und setzte sich neben mich.

»Wusstest du davon?«, fragte sie schließlich. »Wusstest du schon vorher, dass jemand so etwas auf die Tafel schreiben würde?«

»Was? Nein! Hätte ich es gewusst ...«

»Hättest du mich gewarnt?«, fiel sie mir ins Wort.

»Ja. Natürlich. Dann wäre dir das erspart geblieben.«

»Was aber nichts an der Tatsache ändert, dass alle in der Schule so über mich denken.«

Ich antwortete nicht darauf. Vermutlich hatte sie recht.

»Ich hasse die Highschool. Ich hasse diesen Ort. *Gott, im Moment hasse ich sogar mich selbst*«, fuhr sie fort und ich ballte meine Fäuste zusammen. *Ich* hasste die Person, die diese Wörter an die Tafel geschrieben hatte und die Tatsache, dass sie Rune so über sich selbst denken ließen.

Ich sah wieder zurück auf das Wasser und beobachtete die Wellen, wie sie laut an den Klippen hinauf schäumten.

»Denkst du dasselbe wie die anderen?«, fragte sie mich jetzt. Himmel, sie ließ ihren Gedanken heute ungefiltert freien Lauf.

»Nein«, antwortete ich und meinte es auch so. Ich klang mit meiner Antwort kein bisschen überheblich und hoffte, sie glaubte mir.

»Weißt du, warum ich es tue?«

»Warum du was tust?«, fragte ich und wusste nicht, worauf sie hinaus wollte.

»Warum ich mit Typen schlafe, ohne sie wirklich zu kennen.« Sie meinte das tatsächlich ernst.

Ich schluckte und schüttelte den Kopf. Ihre tiefgrauen Augen fixierten mich.

Dann sah sie wieder zurück auf das Meer. »*In diesen kurzen Augenblicken bin ich nicht das Zigeunermädchen, das man schräg von der Seite anschaut. Ich bin für einen kurzen Moment begehrenswert, attraktiv, beliebt. Das bin ich sonst nicht. Nie.*«

Ich konnte es nicht fassen. Wie konnte sie nur so über sich denken? »Ich hoffe, du weißt, dass das Blödsinn ist«, entfuhr es mir scharf, weil ich das nicht so stehen lassen konnte.

Fragend sah sie mich an. »Woher willst du das wissen? Hast du schon mal so ein Leben geführt, in dem du nie irgendwo zu Hause warst? In dem dich andere in deinem Alter anschauen, als wärst du jemand Sonderbares, ja, Abstoßendes?«

Natürlich hatte ich keine Ahnung davon. Unsere Lebensweisen waren von Grund auf verschieden. Vielleicht führte ich, im Gegensatz zu ihr, ein wohlbehütetes und beständiges Leben. Doch ich würde nicht zulassen, dass sie so über sich sprach oder dachte.

Auf einmal brannte mir etwas anderes auf der Zunge, das ich unbedingt loswerden musste, bevor ich den Mut dafür verlor: »Du bist das hübscheste Mädchen, das mir jemals begegnet ist. Kein Mädchen, das ich vorher getroffen habe, war jemals so frei, selbstbewusst und unabhängig. Ich kann nicht glauben, dass du Wert auf das legst, was die anderen von dir denken.« Ich klang strenger als gewollt. Doch ich musste sichergehen, dass das was ich sagte, auch bei ihr ankam.

»Ich lege keinen Wert darauf. Es macht mir nur manchmal bewusst, dass ich dieses Leben, das ich jetzt habe, nicht mehr führen möchte. Ich möchte jemand von euch sein. Nicht immer woanders sein. Ich habe das Gefühl, innerlich zu zerbrechen. Der Rummel ist mein Zuhause, ich kenne kein anderes Leben. Doch dann sehe ich all die jungen Leute in den Städten, in die wir fahren. Sie führen Beziehungen, gehen auf Partys, machen ihren Abschluss, besuchen anschließend das College.« Verzweifelt zählte Rune all die Punkte auf, die sie so beschäftigten.

»Warum kannst du nicht aufs College gehen?«, fragte ich.

»Um meiner Familie und meinen wenigen Freunden für immer den Rücken zu kehren? Mein Vater würde es mir niemals verzeihen. Mein Bruder und ich werden sein Geschäft weiterführen. Komme, was wolle.«

Ich verstand ihren Zwiespalt und so nickte ich. Ich selbst wusste nur zu gut, wie es war, seine Familie nicht enttäuschen zu wollen.

Wir blickten gemeinsam auf das offene Meer. Unzählige Fragen fuhren mir durch den Kopf. Doch ich wollte sie nicht bedrängen.

»Bitte lass dich von dem, was in der Schule passiert ist, nicht runterziehen. Du bist toll, so wie du bist«, sagte ich leise. Ich wollte sie trösten und ihr sagen, dass alles gut werden würde. Doch ich hatte keine Ahnung wie.

Rune sah mir wieder in die Augen. »Danke.«

»Wofür?«, fragte ich überrascht, denn ihre Mundwinkel setzten zu einem winzigen, dezenten Lächeln an.

»Fürs Zuhören. Es fällt mir oft schwer, meine Gedanken zu ordnen. Und wenn ich das tue, tue ich das meistens für mich allein. Dabei bin ich so oft von mir selbst schockiert, dass ich mich anschließend zutiefst für das, was in mir vorgeht, schäme. Dass du mir zugehört hast, bedeutet mir viel.«

Ich war sprachlos und konnte nichts mehr dazu sagen. Je länger ich darüber nachdachte, umso geehrter fühlte ich mich, dass sie sich mir gegenüber so geöffnet hatte. Das merkte Rune auch und in ihren Augen blitzte jetzt wieder kurz ihre kühne und tapfere Seite auf. Dann lächelte sie, atmete erleichtert aus und schaute zu unserem Auto zurück.

»Hast du Lust auf eine kleine Achterbahnfahrt?«, fragte sie und ließ mir keine Zeit zu antworten. Sie zog mir die Mütze vom Kopf, setzte sich diese auf und rannte davon.

Ich grinste, fuhr mir kurz durchs Haar und lief ihr nach

zum Auto. Dort wartete sie bereits hinterm Steuer und lächelte frech. Ihre dunkelroten Locken schauten unter meiner Mütze heraus.

»Steig ein, wir haben nicht viel Zeit«, sagte sie und sah ungeduldig auf die Uhr.

Wir fuhren zurück in die Stadt und ich musste zugeben, dass ich mich schon wohler gefühlt hatte auf einem Beifahrersitz. Sie fuhr, gelinde gesagt, wie eine Irre die engen Straßen an den Klippen entlang. Stieg immer dann noch mal aufs Gas, wenn ich schon längst auf die Bremse gedrückt hätte. Als sie einmal bemerkte, wie ich mich unauffällig am Türgriff festhielt, lachte sie. *Ihr Gelächter war ansteckend.*

Sie zog eine Bremsspur, als sie auf dem Kiesplatz des Jahrmarkts abrupt zum Stehen kam.

»Beeil dich, wir haben höchstens zwanzig Minuten!«, rief sie und stürmte aus dem Auto.

Ich wusste zwar nicht, was sie vorhatte, doch ich machte mit.

Wir rannten an all den Trailern vorbei, neben denen wir gestern zusammen gegessen hatten, und kamen schließlich zum altbekannten *Devil Rock*.

»Mein Vater und Nick sind heute zwei Ortschaften weiter, um nach Ersatzteilen zu schauen. Nichts Ernstes, nur etwas das wir immer auf Vorrat brauchen«, während sie sprach, ging sie in das Kassenhäuschen hinein und drückte irgendwelche Knöpfe. Als sie herauskam, öffnete sie daneben eine große Metallklappe und betätigte dort verschiedene Hebel. »Los, steig schon mal ein! Wagen Nummer drei – in dem spürst du die Kräfte am besten!« Jetzt wurde ihre Stimme lauter, weil Musik anfing aus den Boxen zu dröhnen.

Ich dachte nicht lange nach und stieg sofort ein. Der Wagen

begann sich zu bewegen. Hastig legte ich die Gurte an und sah, wie Rune zu mir gerannt kam, um sich neben mich zu setzen. Ihr Körper prallte dabei unsanft gegen meinen und nun legte auch sie die Gurte an. Schon im nächsten Moment nahm das Gefährt so schnell Geschwindigkeit auf, dass ich mich fragte, was passiert wäre, wenn sie sich eine Sekunde länger Zeit gelassen hätte.

Sie krallte sich an mir fest und rief: »Wundere dich nicht, wenn es heute etwas schneller wird. Ich habe extra für dich ein bisschen Pfeffer dazugegeben ...«

Ich schluckte und merkte, wie der Wagen rasant an Tempo zunahm. *Das würden wir nicht überleben.*

»Lächle, Adam. Am Ende ist das alles, was wir tun können«, rief sie mir ins Ohr. Ihre Haare wehten mir dabei unentwegt ins Gesicht. Meine Mütze war ihr längst vom Kopf geflogen. Die Musik schallte laut über den leeren und verlassenen Jahrmarkt und alles, was ich hörte und sah, waren ihr ausgelassenes Lachen und ihre leuchtenden Augen, in die ich mich schon beim allerersten Mal an diesem Ort verliebt hatte. Der süße Geruch ihrer Haare und ihres Körpers, der mir jetzt so nah war wie nie zuvor, ließen mich meine Angst vergessen. Hier und jetzt wollte ich nirgendwo anders sein. Gemeinsam lachten und schrien wir um unser Leben und es hätte nicht schöner sein können.

Rune

Die Fahrt endete und ich blickte in Adams lächelndes Gesicht. Als wir aus dem Wagen stiegen, taumelte er die metallischen Stufen hinab und blieb unten an einem Geländer stehen, an dem er sich festkrallte. Seine Knöchel traten dabei weiß hervor.

»Ich möchte dich ja ungern drängen, aber wir sollten dringend von hier verschwinden«, sagte ich.

Er atmete schwer. »Ich bin gleich soweit.«

Ich verkniff mir ein Lächeln. Dass ich diese Geschwindigkeiten gewohnt war, konnte man mir nicht verübeln. Aber für Adam war es vielleicht eine Stufe zu viel gewesen.

Dann sah ich auf der anderen Seite des Festplatzes meinen Vater aus dem Kleintransporter steigen. Jetzt sollten wir wirklich schnellstens das Weite suchen.

Ohne Adam noch mal zu warnen, packte ich ihn an seinem Handgelenk und zog ihn zurück zum Auto, das zum Glück hinter den Trailern stand und somit außerhalb der Sichtweite meines Vaters.

»Rune«, hörte ich Nick plötzlich hinter mir. *Shit.* »Hast du gerade den Roller Coaster laufen lassen? Müsstest du nicht in der Schule sein?«

»Hat Papa das mitbekommen?«, fragte ich besorgt, ohne auf seine Fragen einzugehen.

Er schüttelte den Kopf. »Nein, Mias Mutter hat mich gefragt, warum wir früh am Morgen schon die Musik bei der Testfahrt laufen lassen.«

Ich atmete erleichtert aus. »Du sagst Papa doch nichts, oder?«

Nick schaute Adam an und erkannte ihn wieder. Er presste seine Kiefer aufeinander. Es war wie eine stille Warnung. Doch er sagte nichts und kommentierte auch die Tatsache nicht weiter, dass ich nicht in der Schule war.

»Beeilt euch, bevor Papa kommt«, entgegnete er nur und ich sprang auf.

Dabei festigte ich meinen Griff um Adams Handgelenk und zusammen rannten wir davon.

Sein dunkles Haar wirkte jetzt fast schwarz, weil er tatsächlich etwas blass geworden war. Selbst seine Lippen hatten an Farbe verloren. Doch ich konnte mich in diesem Moment nicht um ihn kümmern. Wir mussten jetzt schnellstens gehen.

Ich fuhr los, planlos irgendwohin, um nicht mehr gesehen zu werden.

»Fahr zu mir nach Hause. Mein Vater ist bei der Arbeit und auch meine Mutter ist heute Vormittag wieder in der Bibliothek«, sagte Adam plötzlich neben mir. *Okay.*

Ich konnte mich an den Weg dorthin erinnern, weil sein Haus in der Nähe der Bäckerei lag. Mit dem Auto würden wir keine fünf Minuten brauchen.

Als wir ankamen, stieg Adam als Erster aus und lief sofort die Stufen der Veranda hinauf. Ich beeilte mich, um mit ihm Schritt zu halten. Oben angekommen, riss er die Tür auf und sagte: »Fühl dich wie zu Hause, ich bin sofort wieder da.«

Ohne mich noch einmal anzusehen, ging er in einen der hinteren Räume. Vermutlich das Badezimmer. Ich schmunzelte. Ein bisschen tat er mir leid, vielleicht hätte ich nicht die volle Power auf unserem *Devil Rock* aufdrehen sollen.

Ich schaute mich etwas um und erkannte jetzt erst das perfekt eingerichtete Wohnzimmer und die anliegende gemütliche Küche. Es war ein Haus, wie es fast jede normalverdienende Familie in Nordamerika besaß. An der Wand hingen einige

Bilder, die ich begutachtete. Adams Vater war groß und hatte kaum Haare auf dem Kopf. Seine Mutter hatte dieselben liebevollen Augen wie Adam.

Ich lief in die Küche, öffnete ein paar Schränke auf der Suche nach einem Glas und bediente mich an der Milch aus dem Kühlschrank.

Die Tür aus dem Raum, in den Adam vorhin verschwunden war, öffnete sich wieder.

»Geht es dir gut?«, fragte ich.

»Jetzt wieder, ja.« Er sah noch etwas benommen aus und ich erkannte, dass er sich mit Wasser das Gesicht frisch gemacht hatte. »Möchtest du ein paar Kekse zu der Milch?«

Ich nickte erfreut. »Das wäre meine nächste Frage gewesen.«

Er holte eine Packung aus dem Schrank, die sich als meine Lieblingssorte Cookies herausstellte. Ein zufriedenes Seufzen entglitt meiner Kehle, als ich einen ins Glas Milch tunkte und genüsslich ein Stück davon abbiss. Als ich Adam dabei anschaute, wich er mir mit seinem Blick sofort aus.

Ich schmunzelte und setzte mich auf den Barhocker an der Küchentheke, wo ich nach einem weiteren Cookie griff. »Jetzt bist du an der Reihe. Erzähl mir etwas über dich, Adam West«, sagte ich und hielt mir kauend eine Hand vor den Mund.

Er verzog seinen rechten Mundwinkel und versuchte zu lächeln. »Über mich gibt es nicht viel zu erzählen.«

»Keine Sorge. Ich erwarte keinen Seelenstrip, wie ich ihn dir vorhin geboten habe.«

»Ach so, sag das doch gleich«, antwortete er theatralisch und legte sich scheinbar erleichtert eine Hand auf die Brust. Irgendwie war er süß, wenn sich sein zurückhaltendes Ich wieder in den Hintergrund stellte. Er war immer so bedacht darauf, das

Richtige zu sagen. Nicht nur vor mir, sondern generell. Im Unterricht sowie auch in den Pausen. Ich hatte in den wenigen vergangenen Tagen genug Zeit gehabt, ihn zu beobachten, und das hatte ich länger getan, als ich sollte. Mia hatte mich ein paar Mal dabei erwischt, es aber zum Glück unkommentiert gelassen.

Warum auch immer sagte mir mein Instinkt, dass ich ihm vertrauen konnte. Was ich mir dabei gedacht hatte, als ich vorhin auf den Klippen so offen zu ihm war, wusste ich selbst nicht. Es kam einfach über mich und danach ging es mir ein bisschen besser.

Mia war meine beste Freundin und wusste darüber ebenso Bescheid, doch bei ihr traf ich bei diesem Thema auf wenig Verständnis. Nicht weil sie mich nicht verstehen wollte, sondern weil sie es einfach nicht konnte. Ich erwartete auch nicht von Adam, dass er mich verstand. Doch der Gedanke, dass er einen kurzen Blick in mein Innerstes bekommen hatte, gab mir ein Stück Sicherheit.

»Ich werde nach der Highschool Meeresbiologie studieren. Der eigentlich einzige Grund, warum wir nach Kalifornien gezogen sind. Mein Vater ist selbst Biologe. Botaniker, um genau zu sein. Er arbeitet in der Lebensmittelindustrie. Als ich ihm vor ein paar Jahren sagte, dass ich einen ähnlichen Weg einschlagen möchte, setzte er alles in Bewegung, mir diese Chance zu ermöglichen.«

»Das heißt, du möchtest später mal mit Delphinen tauchen?«

Er lächelte. »Das ist leider Wunschdenken. In Wahrheit werde ich vermutlich mehr Zeit im Labor verbringen als auf oder im Wasser. Zumindest in der Anfangszeit. Aber ich bin offen für alles, was kommen mag nach meinem Studium.«

»Dann bist du bestimmt eine richtige Wasserratte«, stellte ich fest und er nickte.

»Ich schwimme, seitdem ich ein kleiner Junge bin und hier habe ich endlich gelernt, wie man auf richtigen Wellen surft.«

Er surfte also? So etwas hätte ich mir denken können bei seiner sportlichen Statur und leicht sonnengebräunten Haut. Auch seine Haare waren länger als bei den meisten Jungs. Auf einmal schossen mir Bilder durch den Kopf, die ihn in einer Badehose zeigten, klatschnass aus dem Wasser kommend. Und wie er dabei seine dunklen Haare aus der Stirn strich. Ich schüttelte den Kopf.

»Was ist?«, fragte er überrascht, weil er meine Geste gesehen hatte.

»Ich habe mich nur gefragt, warum du nicht viel sonnengebräunter bist, wenn du regelmäßig surfen gehst.« *Gut rausgeredet.*

»Na ja, regelmäßig ist es nicht. In den Sommerferien konnte ich das oft tun. Doch jetzt im März ist mein ganzer Körper von Neopren bedeckt und somit gibt es nicht viele Stellen, die sich währenddessen bräunen könnten«, erklärte er mir. Die Tatsache, dass er in einem enganliegenden, dunklen Anzug surfte, brachte weitere Fantasien zu Tage. »Ich werde auch meistens erst rot, bevor ich braun werde. Also kein besonders schöner Anblick«, murmelte er nachdenklich.

Ich musste lachen. Er gab sich keine Mühe mir die Dinge, die ihn vielleicht weniger attraktiv machen könnten, vorzuenthalten. Doch Adam war attraktiv. Dass er sich selbst nicht so sah und auch keinen Wert darauf legte, war eine Sache, die ich sehr an ihm mochte.

»Adam, der pflichtbewusste Einserschüler, der seine Zukunft in einem Labor verbringen wird. Der nur in den kalten Monaten im Neoprenanzug surfen geht und im Sommer statt braungebrannt, feuerrot aus dem Wasser steigt. Du manövrierst dich selbst immer mehr auf eine Nerd Schiene«, witzelte ich.

»Sehr komisch.«

»Oh, entschuldige. Habe ich etwa einen wunden Punkt getroffen?«, neckte ich ihn.

Er hob eine Augenbraue. »Um ehrlich zu sein, ja. Ich wurde früher in der Schule in Deutschland oft dafür gehänselt.«

»Dafür, dass du Meeresbiologe werden möchtest?«

»Für meine guten Noten. Weil ich mehr Zeit zu Hause verbracht habe als unter Menschen.«

Ich glaubte nicht, was Adam mir da erzählte. So wie ich ihn bisher kennengelernt hatte, machte er nicht den Eindruck, unbeliebt zu sein.

»Meine Mutter wusste genau, was damals in der Schule vor sich ging. Mein Vater hatte es zwar auch mitbekommen, doch er wollte es nicht verstehen. Jedenfalls zogen wir dann sowieso weg und als wir uns hier einigermaßen eingelebt hatten, konnten Mom und ich ihn überreden, mich für die Schulband anzumelden. So wurde Jonny zu meinem Freund und auch die anderen fingen gar nicht erst an, in mir den unbeliebten Streber zu sehen.«

»Du warst wirklich unbeliebt?« Ich war baff. Ja, er war oft zurückhaltend und ruhig. Er war ein vorbildlicher Schüler. Aber das war kein Grund, jemanden zu hänseln.

»Es war kompliziert. Die Schule kann ein grausamer Ort sein. Außerdem hört sich mein Name in der deutschen Aussprache noch lange nicht so cool an wie in der Englischen. Dank meiner Mutter und Mia hast du diese Aussprache ja bereits mehrmals gehört.«

»Ich finde die deutsche Aussprache deines Namens gar nicht so schlimm«, sagte ich und lächelte in mich hinein. »Aber du verstehst wenigstens, warum ich froh bin, bisher keine Schule von innen gesehen zu haben.«

»Hier in Amerika ist es anders. Ich gehöre zwar nicht zu den Top Ten auf der Beliebtheitsskala, aber ich habe keine negativen Erfahrungen mehr gemacht. Zum Glück.« Erleichterung schwebte in seinem Tonfall mit und ich konnte es verstehen.

»Ich kann es nicht leiden, wenn über Menschen geurteilt wird, obwohl man sie nicht einmal kennt und sich auch nicht die Mühe macht, daran etwas zu ändern.« Er wurde plötzlich sehr ernst bei diesem Thema. Jetzt verstand ich auch warum. Ein Teil von ihm wollte mich schützen, deswegen war er gleich zu mir gekommen, als er das Bild der Tafel auf seinem Handy gesehen hatte. Er selbst war auch schonmal dieser Junge gewesen, den die Schüler verurteilten, obwohl sie ihn nicht einmal kannten.

»Ich werde nicht für immer auf dieser Schule bleiben. Es sind nur noch zweieinhalb Wochen«, gab ich tapfer von mir. Und ich würde tapfer sein. Dessen war ich mir jetzt sicher. Auch wenn mich die Worte auf der Tafel heute verletzt hatten, musste ich mir nur immer wieder vor Augen führen, dass ich all diese Leute nie wieder sehen würde.

Adams dunkelblaue Augen bohrten sich durch mich hindurch. Ich erkannte die Tiefen des Ozeans in seiner Iris und ich wusste, dass er für mich da sein würde. Egal, was die nächsten Wochen mit sich brachten.

Kapitel 8

Adam

Dieser Vormittag mit Rune hätte niemals enden dürfen. Wir blieben in der Küche und sie fing an, die Kapitel des Buches weiterzulesen, mit dem sie heute im Unterricht bei Mr Porter begonnen hatten.

Ich beschäftigte mich derweil mit den Matheaufgaben, die wir bis morgen abgeben sollten – oder sagen wir, ich versuchte es. Wenn ich Rune dazu etwas fragte, dann nur, um ihre Aufmerksamkeit zu bekommen. Die meiste Zeit war ich damit beschäftigt, heimlich ihre zarten Hände zu beobachten oder die feinen Sommersprossen in ihrem Gesicht, während sie sich Notizen machte. Wenn sie Abschnitte aus der Schullektüre laut vorlas, konnte ich nicht aufhören, in ihre stahlgrauen Augen zu sehen. Oder ihr hübsches Lächeln zu betrachten, das immer dann auftauchte, wenn ich etwas sagte, das sie amüsierte.

»Du willst mir jetzt nicht ernsthaft erzählen, dass du die Antwort dazu nicht weißt?«, fragte sie mich erstaunt, als ich ihr eine wirklich dämliche Frage stellte. *Okay*, ich sollte damit aufhören, sonst würde es bald auffallen. »Und du willst ein Einserschüler sein?« Sie kicherte fast ein wenig wohlwissend. Ja, ich war wohl aufgeflogen.

Immer noch grinsend schüttelte sie den Kopf. »Ich hätte nicht gedacht, dass hinter deiner ruhigen und zurückhaltenden Fassade ein eigentlich ganz lustiger Typ steckt.«

Ich riss meine Augen übertrieben weit auf. »Eigentlich?«

Jetzt lachte sie. »Ja, aber auch nur, wenn du willst. Ich glaube Jenna findet das auch. Hast du mal gehört, wie laut sie in den Pausen lacht, wenn du etwas sagst?«

Jenna? Warum mussten wir jetzt über Jenna sprechen? »Ja, mag sein.«

Rune schlug das Buch zu. Wir würden heute wohl nicht mehr produktiv sein. »Mag sein? Sie steht auf dich. Erst war ich mir nicht sicher, ob sie auf dich oder Jonny abfährt. Aber ich denke, du bist der Auserwählte.«

Ich verzog das Gesicht. Jenna war süß und sah gut aus. Das wusste sie sowie jeder Junge auf der Schule. Zufälligerweise wusste ich von Jonny auch, dass sie gut küsste und ... noch etwas anderes.

Ich räusperte mich. »Und wenn schon«, gab ich unbeteiligt von mir. Erstens, weil ich nichts von dieser Theorie hielt und zweitens, weil sie mich nicht interessierte.

»Warum so verhalten, Mr West?«, stichelte sie weiter.

Ich seufzte. »Jenna ist mir egal.«

Runes Blick wurde neugierig und ihre Pupillen weiteten sich. »Welcher Junge interessiert sich nicht für Jenna Hanson? Du bist doch nicht etwa ... vom anderen Ufer?«

Ich lachte nervös auf. »Nein. Das bin ich nicht.«

Sie nickte und verzog ihre Lippen zu einem frechen Grinsen. »Okay, gut zu wissen.«

»Warum? Dachtest du, ich wäre schwul?«

»Nein. Wärst du es, wärst du der erste Schwule, den ich kennenlerne, der keinen Wert auf sein Äußeres legt.«

»Seit wann sind alle schwulen Männer eitel? Und ... Moment mal. Wieso lege ich kein Wert auf mein Äußeres?«, hakte ich jetzt nach.

»Deine Frisur sitzt nicht. Einfach nie. An keinem einzigen Tag, an dem ich dich gesehen habe, waren deine Haare auch nur einmal frisiert oder akkurat gestylt«, sie lachte herzhaft. »Schaust du überhaupt in den Spiegel, wenn du morgens das Haus verlässt?«

Ich grinste, weil sie nicht aufhören konnte, aus voller Seele zu lachen. »Ja, natürlich. Was stimmt nicht mit meinen Haaren?« Nervös fuhr ich mir durch den Schopf, weswegen Rune noch mehr lachte. Der letzte Haarschnitt war vielleicht wirklich schon etwas länger her.

»Darf ich mal?«, fragte sie ungeniert und wartete nicht auf eine Antwort, sondern fuhr mir mit beiden Händen durch die Haare. Mich überkam eine Gänsehaut. Sie sah mich dabei nicht an und konzentrierte sich nur auf das Wirrwarr zwischen ihren Fingern.

»So ... so solltest du es tragen«, murmelte sie zufrieden, nachdem sie mir alle Strähnen, die mir sonst immer quer in die Stirn fielen, einheitlich nach hinten gestrichen hatte. »Komm, schau es dir an!«

Aufgeregt stand sie auf und begleitete mich in das Badezimmer, wo wir ihr Werk im Spiegelschrank betrachteten.

In unserem Spiegelbild wanderte ihr Blick von meinen Haaren zu den Augen. Dort blieben sie einen Herzschlag zu lange aneinanderhaften.

Bis ich sah, wie sie ihre Handfläche hob, »Haarwachs«, sagte und mit ihren Fingern wackelte. Ich öffnete den Schrank, vor dem wir standen, und suchte nach dem Döschen, das ich so gut wie nie benutzte. Ich schloss die Tür wieder und reichte es ihr.

Jetzt, als wir voreinander standen, musste sie sich auf ihre Zehenspitzen stellen, um mein Haar zu erreichen. Als ich ein bisschen in die Knie ging, lächelte sie. Ich auch. Sie stand so dicht vor mir, dass ich ihren Atem auf meinen Lippen spüren konnte. Ein paar kurze Handgriffe später, biss sie sich zufrieden auf die Unterlippe.

»Voilà. Sieh nur, dein Gesicht kommt so viel besser zur Geltung«, stellte sie fest.

»Ich dachte, ich wäre siebzehn und nicht siebenundzwanzig«, sagte ich verwundert zu ihr und meinem Spiegelbild.

Sie hatte meine Haare streng nach hinten gelegt, jedoch nicht plattgedrückt, sondern so, dass man die gewellte Struktur immer noch erkennen konnte.

Sie zuckte nur mit den Schultern und kicherte. »Ist das ... etwas Schlechtes?«

»Es sieht so anständig aus«, lautete meine Antwort darauf.

»Anständig«, wiederholte sie. »Also die perfekte Frisur für Adam West«, spaßte sie und ich grinste.

»Meiner Mutter würde es gefallen«, sagte ich, als sich im selben Moment die Tür hinter uns weiter öffnete.

»Was würde mir gefallen?«, hörten wir meine Mutter in diesem Moment fragen.

Rune fiel vor Schreck die Dose mit dem Haarwachs aus der Hand. Ich hörte, wie Plastik von der Verpackung absprang und in eine Ecke flog.

»Mom!«, rief ich erschrocken und mit belegter Stimme, da ihre Anwesenheit mir fast die Sprache verschlagen hatte. Was machte sie denn schon hier?

Sie musterte Rune genau, scannte sie von oben bis unten. Ich konnte ein Zucken in ihren Augenwinkeln erkennen. Vor Entsetzen? Oder was ging ihr durch den Kopf? »Müsst ihr nicht in der Schule sein? Was tut ihr hier eigentlich?«, fragte sie streng.

Dieser Ton stand ihr nicht.

»Wir ... ehm ... Wir haben an einem Projekt gearbeitet und jetzt wollten wir nur etwas ausprobieren«, versuchte ich, mich rauszureden.

»Um elf Uhr morgens?«, hinterfragte sie zu Recht.

»Hausarbeit. Eine Hausarbeit in einer Freistunde.« Gott, wen wollte ich hier eigentlich verarschen?

»Ich denke, wir sollten jetzt auch gehen. Der Unterricht wird bald wieder beginnen«, hörte ich Rune plötzlich neben mir, die voll auf meine Lüge mit einstieg und sich damit wahrscheinlich nicht gerade beliebt bei meiner Mutter machte.

»Ja, wir werden jetzt wieder gehen.« Ich ging auf Mom zu, die zwar einen Kopf kleiner war als ich, aber trotzdem sehr respekt-einflößend war. Und das sagte auch ihr tadelnder Blick aus. Die Tatsache, dass sie kein Wort mehr sagte, schwächte die Situation nicht gerade ab.

»Bis dann, Mom«, verabschiedete ich mich.

»War schön, Sie kennenzulernen, Mrs West«, rief Rune, während wir den Gang zur Küche entlangliefen, unsere Sachen zusammenpackten und das Haus so schnell wir konnten verließen.

Im Auto setzte sich Rune hinter das Steuer und fuhr die schmale Straße zurück in die Stadt.

»Ich weiß nicht, wie es dir geht, aber ich bin am Verhungern«, murmelte Rune und sah mich, dafür, dass sie eigentlich viel zu schnell fuhr, ununterbrochen an.

Unauffällig griff ich mit einer Hand an den Türgriff. »Würdest du vielleicht ... auf die Straße sehen ... wenn du mit mir sprichst?«

Rune lachte, doch tat mir den Gefallen und sah wieder nach

vorne. »Weißt du, wo man hier gute vegetarische Burger essen kann?«

»Vegetarische Burger? Okay. Fahr hier entlang.« Ich deutete ihr an, auf der Kreuzung rechts abzubiegen. In wenigen Minuten würden wir die Innenstadt erreichen.

Wir betraten eins meiner Lieblingslokale, das sonst nach dem Unterricht immer voll war mit Schülern aus unserer Highschool. Doch jetzt um diese Zeit war hier kaum etwas los.

Ich bestellte einen Cheeseburger mit Bacon und Avocado. Rune einen Veggieburger, eine Spezialität, für die dieser Laden in der ganzen Umgebung bekannt war. Mit unseren Pommes und Softdrinks setzten wir uns an einen freien Platz. Im Hintergrund lief ein bekannter Song aus den Charts, zu dem Rune die ganze Zeit mitsummte, während sie ihren Burger genoss.

»Wir sind ganz schön gearscht, wenn du mich fragst«, fing sie an und ich blickte von meinem Burger auf.

»Für eine Lady eine ganz schön harte Ausdrucksweise«, witzelte ich.

»Ich bin alles, aber keine Lady«, sagte sie bestimmt. Aber sie lächelte dabei. Ja, vermutlich hatte sie Recht und das war auch der Grund, warum ich sie so mochte. »Wird deine Mutter dir die Lügengeschichte abkaufen?«, fragte sie schließlich.

»Nein. Bestimmt nicht. Die viel wichtigere Frage ist aber, ob sie es meinem Vater erzählen wird.«

»Wäre das ein Problem?«

»Ein Problem? Das wäre der Weltuntergang«, antwortete ich und senkte den Blick auf meinen Teller.

»Oh«, machte sie und hielt sich eine Hand vor den Mund. »Meine Chancen auf die perfekte Schwiegertochter habe ich in dem Fall schon verspielt, habe ich Recht?«

Ihr Versuch mich aufzumuntern funktionierte und ich schmunzelte. »Ja. Der Zug ist abgefahren, Rune.«

»Verdammt!«, spielte sie mit. »Wo ich gerade dabei war, mich in deine neue Frisur zu verlieben.«

Meine Hand legte sich automatisch auf mein Herz, geknickt sah ich sie an. »Nur in meine neue Frisur?«

»Haha, sehr komisch«, sagte sie.

Wir saßen uns gegenüber, sie warf mir einen wahnwitzigen Blick zu und wuschelte mir plötzlich mit ihren fettigen und salzigen Fingern durch mein Haar, so dass die Strähnen wieder in alle Richtungen standen.

»Danke für den heutigen Vormittag, Adam.« Ihr Ton war plötzlich ernst und nicht mehr so lässig wie wenige Sekunden zuvor.

»Und ich danke dafür, dass mich meine Eltern nun enterben werden, weil ich für ein Mädchen den Unterricht geschwänzt habe! Das habe ich doch gerne getan.«

Sie warf sich eine der letzten Pommes in den Mund. »Du hast einem Mädchen in Not geholfen. Das werden sie dir schon nicht verübeln.«

»Da kennst du meinen Vater nicht.«

»Dann sollte ich ihn besser auch nicht kennenlernen.«

Ich schüttelte den Kopf und schaute auf mein Tablett. »Das solltest du wirklich nicht.«

»Aber Adam?«, sagte sie dann, griff nach meiner Hand, damit ich ihr ins Gesicht sah. »Ich bin froh, dich kennengelernt zu haben. Auch wenn ich nicht lange in dieser Stadt bleibe, gibt es hier jemanden, an den ich immer gerne zurückdenken werde.«

Kapitel 9

Adam

Nach dem Mittagessen verabschiedeten wir uns. Rune ließ mich zu Hause raus und fuhr davon. Sie sagte nicht wohin. Zurück auf den Rummelplatz konnte sie nicht, dafür war es zu früh.

Meine Mutter hielt sich in dem kleinen Garten hinter unserem Haus auf und so nutzte ich die Gelegenheit, mich unbemerkt in mein Zimmer nach oben zu schleichen.

Ich warf meinen Rucksack in eine Ecke und ließ mich aufs Bett fallen. Unbewusst hatte ich begonnen mir durch mein wachs- und salzverschmiertes Haar zu fahren. Runes Finger heute mehrmals darin gespürt zu haben, war eigenartig und schön. Ich wollte jeden Tag diese Rune erleben. Frech, entspannt, fröhlich und ausgelassen. Es war, als hätte es den Vorfall mit der Beschimpfung an der Tafel nie gegeben. Der Gedanke, dass fast jeder Schüler so über sie denken könnte, bedrückte mich.

Ich dachte an ihre Worte zurück. »*In diesen kurzen Augenblicken bin ich nicht das Zigeunermädchen, das jeder schräg von der Seite anschaut. Ich bin für einen kurzen Moment begehrenswert, attraktiv, beliebt. Das bin ich sonst nicht. Nie.*«

Hatte sie deswegen mit Roger geschlafen? Weil sie sich begehrenswert fühlen wollte? Ich konnte nicht glauben, dass sie so über sich selbst dachte. Für mich war Rune das hübscheste Mädchen, das ich jemals getroffen hatte. Nicht nur ihr Äußeres, sondern vor allem das, was sie ausstrahlte. Ihr Lachen steckte mich an, jedes Mal, weil es manchmal verrückt war, aber immer herzlich und voller Leben. Wenn ihre sonst so ernste und geheimnisvolle Miene sich öffnete, war es, als würde die Wärme der grellen Morgensonne den Tau der Nacht verjagen und den kühlen Nebel vertreiben.

Rune war wie eine Wildblume. Auch wenn sie nicht wusste wohin sie gehörte, blühte sie, egal wo der Wind sie und ihre Familie hintrieb. Für mich blühte sie, und sie musste dafür nicht die Dinge tun, die sie mit anderen Jungs getan hatte. Für mich war sie perfekt, so wie sie war.

»Adam?«, hörte ich plötzlich Mums Stimme und schrak auf. Sie stand in der Tür zu meinem Zimmer. »Können wir reden?« Jetzt klang sie nicht mehr so streng wie vor kaum einer Stunde.

Ich nickte und setzte mich.

»Warum bist du nicht in der Schule?«, war das Erste, das sie wissen wollte.

Ich zögerte. »Weil es mir heute Morgen nicht gut ging.«

Sie hob eine Augenbraue. Nicht vorwurfsvoll oder verärgert. Aber skeptisch. Sehr skeptisch. »Ist das so?«, fragte sie.

Ich seufzte. »Nein«, antwortete ich schließlich. Doch mehr nicht.

»Ist es wegen dieses Mädchens?«

»Ihr Name ist Rune«, stellte ich klar.

»Rune. Ist es wegen Rune?«, wiederholte sie.

Ich zuckte mit den Schultern. »Jemand hat beleidigende Dinge über sie an die Tafel geschrieben. Ich wollte sie nicht alleine lassen, als sie aus der Schule gestürmt ist.«

Mom schluckte und sah mich mit einem Ausdruck in den Augen an, den jede Mutter mit den Jahren perfektionierte. Es war dieser eine wissende Blick, der auch ein wenig verständnisvoll wirken mochte. Einer, der sagte: *Oh, Adam.*

»Sie ist neu in der Stadt und wird nicht lange bleiben. Sie gehört zu einer der Schaustellerfamilien des Jahrmarkts«, erklärte ich.

»Eines der Mädchen, denen du die Schulbücher gestern gebracht hast?«, erkundigte sie sich und ich nickte.

Sie seufzte. »Oh, Adam«, entfuhr ihr schließlich ein wenig erschöpft. Ich blickte in ihr besorgtes Gesicht.

»Was dein Vater davon hält, muss ich dir nicht sagen, oder?«, fuhr sie weiter fort.

»Was ist daran auszusetzen, dass ich einem Mädchen Beistand geleistet habe, das fürchterlich beleidigt wurde? Mama! Sie haben sie als Schlampe bezeichnet! Das ist sie nicht.« Mit meinem Blick flehte ich sie an, ihm nicht zu erzählen, dass ich mit dieser Schülerinnen den Unterricht geschwänzt hatte.

»Du weißt, was dein Vater von diesen Menschen hält«, antwortete sie darauf nur.

Ich verdrehte die Augen, denn meiner Mutter gegenüber konnte ich mein Unbehagen zu seiner Einstellung zeigen. Ich mochte es nicht, dass mein Vater über Menschen urteilte, nur weil sie keinen festen Wohnsitz hatten. Für ihn waren das Vagabunden, die sich nur herumtrieben.

»Ich werde es ihm nicht erzählen, weil ich denke, dass es nicht nochmals vorkommen wird. Richtig?« Ihr mahnender Blick sagte aus, dass sie es auch genau so meinte. Ich konnte ihr vertrauen, dieses eine Mal blieb unter uns. Doch dass sie ein nächstes Mal nicht duldete, weil sie meinem Vater auch kein weiteres Mal etwas verschweigen würde.

Als ich nicht darauf antwortete, hakte sie nochmals nach: »Richtig, Adam?«, und hob dabei wieder eine Augenbraue.

Ich resignierte. »Ja, Mom. Es wird nicht nochmals vorkommen.«

Sie versuchte zu lächeln und streichelte mir kurz über die Schulter. »Kümmere dich bitte um die Hausaufgaben und erkundige dich bei deinen Mitschülern, was du im Unterricht verpasst hast.«

Ich nickte.

»Ich gehe wieder in die Bücherei, um eine Kollegin abzulösen. Im Anschluss fahre ich zum *Grocery Store*. Wir sehen uns zum Abendessen«, sagte sie noch und verließ das Zimmer.

Als sie weg war, atmete ich tief durch. Rune war vielleicht perfekt für mich, doch sie würde nie perfekt für meine Familie sein. Vor allem nicht für meinen Vater. Sie war das perfekteste und zugleich falscheste Mädchen für mich.

Zwei Stunden später klingelte es an unserer Haustür. Es war Jenna. Sie hatte sich bereit erklärt, mir die Unterlagen der heutigen Stunden vorbeizubringen. Jonny war mal wieder zu beschäftigt mit ›Gott weiß was‹.

»Hi, Adam«, grüßte sie mich herzlich. »Ich habe alles dabei, was du heute verpasst hast.«

»Hey, Jenna. Danke, das ist nett von dir.« Ich blieb an der Tür stehen und wartete, dass sie mir ihre Kopien überreichte. Sie rührte sich nicht.

»Möchtest du ... reinkommen?«, fragte ich verwundert.

Jetzt lächelte sie. »Gerne, dann kann ich dir auch ein paar Dinge dazu erklären.«

»Okay, klar«, sagte ich und öffnete ihr die Tür ein weiteres Stück.

Sie trat ein und ließ sich am Küchentisch nieder.

»Geht es dir denn besser?«, wollte sie wissen.

Ich kratzte meinen Nacken. »Ja, danke. Ich habe gestern wohl etwas Falsches gegessen.«

Sie kramte ein paar Unterlagen aus ihrer Tasche. Ich setzte mich neben sie.

»Also, pass auf«, fing sie an und reichte mir drei vollgeschriebene Blätter. »Hier ist meine Mitschrift aus dem Physikunterricht. Ich habe sie dir kopiert, du kannst sie also behalten. Die Hausaufgaben, die wir bekommen haben, findest du auf der letzten Seite.«

Aus irgendeinem Grund zeigte sie mir die erwähnte letzte Seite nicht, sondern legte bereits das nächste Heft demonstrativ darauf. »Und das sind die Kapitel, die wir bis Freitag lesen müssen. Davon habe ich dir keine Kopie gemacht, du solltest dir das also notieren.« Jenna tippte mit ihren roten Fingernägeln auf die aufgeschlagene Seite ihres Schulhefts.

»Oh, okay.« Ich bedankte mich und machte mir meine Notizen. Aus dem Augenwinkel erkannte ich, wie sie mich dabei beobachtete.

Ich musste an das denken, was Rune heute Vormittag gesagt hatte. Ich war nicht an Jenna interessiert. Sie war mal mit Jonny zusammen gewesen. Oder besser gesagt, hatten sie ein paar Mal was miteinander. Schon allein diese Tatsache war ein Grund, keine Annäherungsversuche zuzulassen. Der viel bedeutendere Grund allerdings war ein anderes Mädchen. Ich dachte an Rune und seufzte.

»Geht es dir wirklich besser?«, hörte ich Jenna plötzlich. Sie legte einen Arm um meine Schulter. »Du siehst immer noch ein bisschen blass aus.«

Ich schüttelte meinen Kopf. »Alles okay. Wirklich«, versicherte ich ihr und stand auf um mich ihrer Berührung zu entziehen. »Möchtest du etwas trinken?«

Ich sah, wie sie gekränkt zurück auf ihre Bücher hinabschaute. »Nein ... Nein, danke.«

Gegen die Küchenzeile gelehnt, trank ich einen Schluck Saft.

»Hast du die Liste, welche Schüler sich für den Spendenflohmarkt angemeldet haben?«, fragte sie dann und wechselte somit das Thema. Dieser Spendenflohmarkt wurde einmal im Jahr von den Schulsprechern des letzten Highschool-Jahres organisiert. Schüler mit ihren Familien konnten sich bei uns anmelden und wir kümmerten uns um den Aufbau der Stände, hielten mit der Schulleitung Rücksprache und sorgten auch für Essen und Trinken. Die meisten Eltern beteiligten sich großzügig, somit mussten wir nur eine Liste führen, um sicherzugehen, dass für Abwechslung zwischen all den Snacks und Kuchen gesorgt war.

»Ja, es haben sich schon einige Schüler angemeldet. Wenn ich heute dazu komme, werde ich noch die restlichen Flyer in der Stadt verteilen.«

Jenna lächelte erleichtert. »Das klingt gut. Ich kann dir dabei helfen, wenn du möchtest.«

»Das musst du nicht, wirklich. Ich bin wieder fit.«

Das Lächeln, das sie mir jetzt schenkte, war beinahe bedrückt. »Denkst du, unsere Gastschüler möchten auch am Flohmarkt teilnehmen? Vielleicht haben sie ein paar Dinge, die sie gerne verkaufen oder sogar verschenken möchten?«

»Wie kommst du darauf?«, fragte ich kritisch. Es war mir zu schnell herausgerutscht, doch Jenna merkte, dass ich ihren Kommentar als unpassend empfand.

»Ach, nur so. Entschuldige, es ist ja auch schon viel zu spät, um sich noch anzumelden.« Sie stand auf und legte einen weiteren Stapel Notizen auf den Tisch. Ein Schatten hatte sich über ihr Gesicht gelegt. Ihre Unterlagen packte sie zurück in die Tasche. »Das sind die restlichen Mitschriften.«

Ich bedankte mich und sie ging in Richtung der Haustür. »Wir sehen uns morgen, Adam.«

»Ja, danke, dass du mir alles vorbei gebracht hast.« Ich hob meine Hand zum Abschied.

Sie zuckte mit einem Mundwinkel und grinste zaghaft. »Keine Ursache. Bis dann.« Mit diesen Worten verließ sie das Haus.

Ich ging zurück an unseren Küchentisch und blätterte wahllos durch all die Kopien. Auf der letzten Seite der Physikunterlagen sah ich schließlich das, was sie vorhin versucht hatte, vor mir zu verbergen. Mit einem roten Kugelschreiber hatte sie: ›Lieber Adam‹ geschrieben und darunter: ›möchtest du mich zum Frühlingsball begleiten?‹

Fassungslos starrte ich die Worte an und hörte nicht einmal mehr den Song, der aus dem Radio lief. Rune hatte Recht gehabt ...

Kapitel 10

Adam

Der Wecker klingelte zur selben Uhrzeit, wie jeden Morgen, aber diesmal lag ich schon vorher minutenlang reglos und wach in meinem Bett. Ich hatte jedes einzelne Wort gehört, das meine Eltern miteinander gewechselt hatten.

Es war wie verhext. Mein Vater hatte ausgerechnet Mrs Thompson, unsere Physiklehrerin, gestern Abend noch an der Haltestelle getroffen, wo er den Bus zur Arbeit nahm. Natürlich hatte sie ihm ihre besten Genesungswünsche für seinen Sohn ausgesprochen. Herrgott. Ich hatte noch nie den Unterricht geschwänzt. Noch nie in meinem ganzen Leben. Als er zum Abendessen nach Hause kam, hatte er mich sofort darauf angesprochen. Mom und ich hatten glücklicherweise dieselben Antworten gegeben. Dass ich mich nicht wohl gefühlt hatte und, dass es vermutlich an irgendeinem verdorbenen Lebensmittel lag, das ich am Tag zuvor gegessen hatte. Meine Mutter schlug sich tapfer, doch ich sah ihre Verzweiflung. Nicht nur ich. Mein Vater war nicht blöd und obwohl er es irgendwann gut sein ließ, wusste ich, dass unsere Lüge an einem seidenen Faden hing.

So war auch dies wieder das Thema Nummer eins in ihrer heutigen Diskussion, die ich durch die dünnen Wände bis zu mir nach oben hörte.

»Claudia, er hat das noch nie getan. Er kam noch nie früher nach Hause wegen ein paar Bauchkrämpfen«, hörte ich die

Stimme meines Vaters.

*»Thomas, ich kann es dir nicht oft genug sagen. Der Junge war krei-
debleich, als ich nach Hause kam. Ich habe keine Ahnung, was es war,
was er gegessen hat. Aber es ging ihm nicht gut«,* sagte meine Mutter
zum wiederholten Mal.

Solange niemand von uns das Gegenteil behauptete, würde
ich schon nicht auffliegen. Oder?

Obwohl es für mich längst an der Zeit war, aufzustehen, blieb
ich liegen, weil ich wusste, dass mein Vater das Haus bald verlassen würde.

Keine zehn Minuten später war es soweit. Ich hörte, wie die
Haustür ins Schloss fiel und machte mich schnellstens für die
Schule bereit.

Unten in der Küche begrüßte mich meine Mutter mit einem
besorgten Blick. »Er glaubt uns nicht. Wie erwartet.«

Ich seufzte. »Es wird nicht wieder vorkommen, Mom. Das
habe ich dir doch versprochen.« Hatte ich das? Keine Ahnung.
Aber wenn ich meine Mutter so leiden sah, musste ich das sagen.

Sie antwortete nicht, sondern reichte mir die Tüte mit dem
Brot, damit ich mir mein Frühstück zubereiten konnte.

»Die zwei Käsekuchen für Samstag hast du nicht vergessen,
ja?«, erinnerte ich sie, weil sie für den Spendenflohmarkt ange-
boten hatte, welche zu backen. Außerdem wollte ich dringend
das Thema wechseln.

Sie sah mich fast anklagend an. »Wieso sollte ich das vergessen? Habe ich so etwas jemals vergessen?«

»Nein, natürlich nicht. Entschuldige.« Ich sollte mich jetzt auf
den Weg machen. Aus dem Küchenfenster sah ich, dass Jonny
bereits draußen auf mich wartete.

Kurz bevor ich das Haus verließ, hörte ich meine Mutter:

»Adam. Denk an dein Versprechen.«

Ich sah sie an. Ihr Blick blieb an mir haften. Aus tiefster Seele flehte sie mich an, mich an ihre Worte zu erinnern. Das erkannte ich nicht nur an ihrem Tonfall, sondern an ihren Augen. Ich nickte nur und ging hinaus.

Als wir das Schulgebäude betraten, war alles wie immer. Fast. Nur Jenna wartete heute nicht auf uns. Erst jetzt wurde mir bewusst, dass sie die letzten Wochen wirklich jeden Morgen hier gestanden hatte.

Keine Ahnung, was ich ihr auf ihre Frage wegen des Frühlingsballs antworten sollte. Als sie gestern bei mir war, war es komisch zwischen uns gewesen. Entweder, weil ich das, was Rune gesagt hatte, die ganze Zeit im Hinterkopf hatte oder weil Jenna einen merkwürdig abfälligen Tonfall eingeschlagen hatte, als sie darauf anspielte, dass unsere Gastschüler ja bestimmt auch genug Dinge hätten, die sie auf dem Flohmarkt verkaufen oder sogar verschenken könnten.

Ich war nicht blind. Jenna war ein hübsches Mädchen. Dadurch, dass Jonny mit ihr schon mal etwas hatte, wusste ich leider Dinge, die ich nicht wissen musste. Doch ich hatte keine Augen für sie. Nicht früher und vor allem nicht jetzt. Das Mädchen, dem meine ganze Aufmerksamkeit galt, betrat gerade das Klassenzimmer.

Rune sah verschlafen aus. Ihre Augen wirkten sonst immer so wach und aufmerksam. Geheimnisvoll und konzentriert, doch nie wie heute müde und ausgelaugt.

Um uns herum wurde es still. Vielleicht weil alle darauf warteten, dass wieder etwas passierte. Vermutlich waren sowieso alle der Überzeugung gewesen, dass Rune heute nicht kommen würde. Doch sie war hier und dafür hätte ich sie am liebsten geküsst, zumindest aber umarmt. Vor uns waren noch zwei Plätze frei, auf die sich Mia und sie setzten.

Ich sah, dass Jonny seine Augen verdrehte, doch ich beachtete ihn nicht weiter.

Rune schenkte mir einen sanften Augenaufschlag. Jeder Blinde erkannte darin, dass sie sich freute, mich zu sehen. Die kleinen Müdigkeitsfältchen unter ihren Augen verschwanden fast, als sie mir zulächelte. Erleichtert lächelte ich zurück. Aus irgendeinem Grund hatte ich Angst, dass sie unseren gestrigen Vormittag vergessen oder als belanglos abgetan hätte. Hatte sie nicht. Das erkannte ich sofort.

Wir kamen nicht dazu miteinander zu sprechen, da die Lehrerin just in diesem Moment das Zimmer betrat und mit dem Unterricht begann. Die ganze Stunde dachte ich nur an Runes wunderschöne und glückliche Augen und wie ausgelassen wir gestern miteinander umgegangen waren. Ich war so abgelenkt, dass ich den Faden mehr als einmal verlor.

Was Rune mit ihrer alleinigen Anwesenheit bei mir bewirkte, war unfassbar. Noch nie hatte ich für ein Mädchen so etwas empfunden. Sie ließ mich alles um mich herum vergessen.

In der Pause wechselten wir das Klassenzimmer. Rune erwischte mich auf dem Gang – ohne Jonny – und kapselte sich von ihren drei Freunden ab.

»Hey«, grüßte sie mich liebevoll. »Alles okay zu Hause?«

Ich schaute zu ihr herunter. Ihr heute nicht so gelocktes Haar war mir sofort aufgefallen. Es war jetzt so lang, dass es ihr fast bis zum Bauchnabel reichte. Sie trug einen schwarzen Pullover, dessen Ärmel zu lang waren. Einen dunkelgrauen, knielangen Rock. Darunter eine dunkle Strumpfhose und ihre abgenutzten Boots, die sie immer trug.

Ich hob eine Augenbraue. »Eigentlich nicht. Wie der Zufall es wollte, ist mein Vater gestern auf Mrs Thompson getroffen. Er glaubt Mom und mir kein Wort. Doch meine Mutter ist hartnäckig geblieben. Zum Glück. Ich hoffe, unsere Lüge wird nicht auffliegen.«

»Wir müssen nicht über deinen Vater reden, wenn du nicht möchtest!«, entgegnete sie tapfer. Sie wirkte, als hätte sie meinen besorgten Tonfall bemerkt. Was dann geschah, während wir nebeneinander herliefen, war überraschend, einmalig und so wertvoll, dass ich die Luft anhielt vor Aufregung.

Rune machte einen weiteren Schritt auf mich zu, nahm meine Hand in ihre und zog mich an meinem Unterarm näher an sich heran. Ihre Finger gruben sich tief in die empfindliche Haut meines Handgelenks. Die wenigen Meter zum Klassenzimmer gingen wir so nebeneinander her. Es hatte etwas von einer heimlichen und stillen Vereinbarung. Sie sagte kein Wort, sondern lächelte nur, als sie den überraschten Ausdruck in meinen Augen sah.

So schnell, wie diese Berührung zustande kam, so schnell endete sie auch wieder.

»Hast du heute nach der Schule schon etwas vor?«, fragte sie mich und obwohl sie mich wieder losgelassen hatte, spürte ich ihre warmen Finger immer noch auf meiner Haut.

Ich schluckte. »Heute Mittag?«

Sie schmunzelte, vermutlich weil ich so perplex und unbeholfen vor ihr stand. *Heute Mittag ...*

»Heute Mittag probe ich mit unserer Band. Es ist Donnerstag«, erwähnte ich, als wäre das die Erklärung des Jahrtausends. Dabei wollte ich mich nur rückversichern, dass heute wirklich

Donnerstag war. Lieber Himmel, Rune brachte mich völlig aus dem Gleichgewicht, wenn ich schon die Wochentage durcheinanderbrachte.

»Oh, okay«, lautete ihre Antwort darauf.

»Warum? Was ist heute Mittag?«, wollte ich nun wissen.

»Ich habe mich gefragt, ob du vielleicht Lust hättest, auf dem Jahrmarkt vorbei zu kommen. Regina macht wieder diese leckeren Teigtaschen, die dir so geschmeckt haben. Und vielleicht hättest du Lust, eine Runde auf dem Riesenrad zu fahren. Es ist garantiert harmloser als ein Ritt auf *Devil Rock*«, zog sie mich auf und grinste frech. »Versprochen.«

Gekränkt schürzte ich die Lippen. »Sehr komisch, Rune.«

Jetzt lachte sie.

Doch dann begann ich, über ihr Angebot nachzudenken. Die Bandprobe war mir heilig. Eigentlich. Roger lag noch mit seinen Verletzungen im Krankenhaus. Das hieß, dass Jonny und ich alleine proben würden, soweit wie wir ohne Schlagzeug kamen. Nicht weit, das wussten wir. Doch wir hatten vereinbart, dass wir uns trotzdem treffen würden, um all die Songs durchzugehen, die wir auf dem Frühlingsball spielen wollten. Anderseits wäre die Bandprobe das perfekte Alibi, um den Nachmittag mit Rune zu verbringen. Das müsste ich nur Jonny erklären.

»Weißt du was? Ich denke, das wird schon in Ordnung gehen. Wann soll ich bei euch sein?«, fragte ich sie.

»Das überlasse ich dir. Komm einfach vorbei, wenn du Zeit hast. Wir sind nach der Schule sowieso dort«, entgegnete sie und wirkte dabei so, als wollte sie sich ihre Vorfreude nicht zu sehr anmerken lassen. Doch es war kaum zu übersehen.

Kapitel 11

Rune

Ich war dabei, die Wagen unseres Devil Rocks zu reinigen, als ich Schritte hinter mir hörte. Sie waren langsam, doch zielstrebig. Ich wusste sofort, dass es Adam war.

Als ich mich umdrehte, sah ich in sein lächelndes Gesicht. Seine Haare hatte er wieder nach hinten frisiert, so wie ich es ihm empfohlen hatte. Heute Morgen in der Schule hatte er sie noch nicht so getragen. Ich schmunzelte darüber, was ihm sofort auffiel, da seine Augen strahlten.

»Wie hast du es geschafft, dich von Jonny loszureißen?«, fragte ich interessiert. Denn offensichtlich hatte Adam mich der Bandprobe tatsächlich vorgezogen.

Er schüttelte den Kopf. »Ich laufe Gefahr aus der Band zu fliegen, aber das würde er nie wagen.«

»Und hast du ihm gesagt, warum du keine Zeit für ihn hast?«, wollte ich wissen. »Damit ich mich auf die noch giftigeren Blicke vorbereiten kann, die er mir morgen zuwerfen wird.«

Adam zögerte. »Möglich, dass er dich morgen nicht beachten wird, ja.«

»Uh, was für eine Schande«, scherzte ich. »Ich denke, damit werde ich leben können.«

Adam seufzte und zeigte auf den Wagen, den ich reinigte. »Kann ich dir behilflich sein?«

Ich starrte auf den Putzlappen und das Reinigungsmittel in meiner Hand. »Wenn du möchtest, gerne. Dann ist das erledigt und ich kann Feierabend machen. Es fehlt sowieso nicht mehr viel.« Ich drückte ihm den Eimer Wasser in die Hand und die Bürste, die daran hing. »Du bist für das Gröbste zuständig und ich für das Finish«, wies ich ihn an, er nickte und machte sich sofort an die Arbeit.

»Du hattest übrigens Recht«, fing er an, »wegen Jenna.«

Ich hob eine Augenbraue. »Ja? Wieso?«

»Sie hat mich gefragt, ob ich mit ihr zum Frühlingsball möchte.«

Wusste ich es doch. »Ha! Hätte ich doch bloß um Geld gewettet.« Ich gab mir alle Mühe den kleinen Funken Enttäuschung, der sich in mir bildete, nicht preiszugeben. »Und was hast du geantwortet?«, fragte ich.

»Noch gar nichts. Sie hat mir eine Nachricht auf den Physiknotizen hinterlassen. Seitdem habe ich sie nicht mehr gesehen.«

»Feigling«, murmelte ich, doch Adam hörte es.

»Ich?«

»Nein, nicht du. Jenna. Wenn sie mit dir zum Frühlingsball gehen möchte, hätte sie dich direkt fragen können. Nur eine Nachricht auf einem Zettel zu hinterlassen ist doch kindisch, oder nicht?«

Er zuckte mit den Schultern.

»Wirst du mit ihr hingehen?«, wollte ich wissen.

Jetzt seufzte er. »Unsere Schulband hat dort ihren jährlichen Auftritt. Wir werden den ganzen Abend beschäftigt sein. Das weiß Jenna eigentlich und deswegen war ich auch letztes Jahr und bei all den anderen Veranstaltungen immer ohne Begleitung da. Sie hätte mehr Spaß, wenn sie mit jemand anderem dorthin ginge.«

»Das ist eine sehr nett formulierte Abfuhr«, sagte ich und

musste kichern.

Er verzog sein Gesicht. »Es ist keine Abfuhr. Es ist nur ein nett gemeinter Hinweis.«

»Verstehe«, gab ich von mir und ging zum nächsten Wagen, um diesen zu putzen.

Frühlingsball, eines der Dinge, die ich in meiner Jugend nie erleben würde. Nicht in meiner Jugend und auch sonst nie.

»Wann hast du Zeit für die Hausarbeiten oder generell für Dinge, die die Schule betreffen?«, rief er mir über einen Wagen zu. Hatte er gemerkt, dass ich mit meinen Gedanken dabei war abzuschweifen? Vielleicht war ich froh um den Themenwechsel. »Wenn du jeden Tag hier arbeitest, bleibt nicht viel Zeit für … anderes, oder?«

»Unter der Woche arbeite ich abends höchstens zwei Stunden im Kassenhäuschen. Die Hausaufgaben oder Ähnliches erledige ich vorher. Und die Wagen putze ich heute nur, damit …«, fing ich an und hielt abrupt inne.

Adam hörte auf zu schrubben und sah mich aufmerksam an.

»Damit mir mein Vater heute Abend freigibt«, beendete ich meinen Satz.

»Oh«, entfuhr ihm und mehr nicht. Ich lächelte.

Ich konnte nicht leugnen, dass es mir sehr gefiel, wenn die Dinge, die ich tat oder sagte, Adam aus dem Konzept brachten. Er wirkte dann immer ein wenig nervös und so überrascht, dass es ihm oft die Sprache verschlug. Ich mochte das an ihm, denn es machte ihn menschlich und greifbar. Er war nicht so arrogant wie die anderen Typen, die ich in den letzten Monaten kennengelernt hatte. Adam war anders und besonders.

Weil er plötzlich so unbeholfen und wenige Meter vor mir stehen blieb, spritzte ich ihm mit dem Reinigungsmittel gegen die Brust, auf sein weißes Shirt.

Er riss die Augen auf. »Hey!«

Ich kicherte und im selben Moment landeten Wassersprit-zer aus dem Eimer, den er bei sich trug, in meinem Gesicht. »Adam! Das Wasser ist dreckig!«, kreischte ich.

»Und das Reinigungsmittel hinterlässt Flecken auf meinem Shirt«, hielt er dagegen.

»Als ob dich das interessiert«, antwortete ich immer noch lachend und spritzte ihn ein weiteres Mal an.

»Okay. Du hast es so gewollt«, drohte er und warf mir mit seiner Hand weitere Wassertropfen entgegen. Diesmal war es sogar ein ganzer Schwall.

»Hör auf!«, schrie ich und versuchte mich hinter einem Wagen zu verstecken, da Adam ganz und gar nicht vor hatte, aufzuhören.

Als er nah genug stand, konnte ich ihm den Eimer Wasser entziehen und fing schließlich an, auch ihn mit dem dreckigen Wasser vollzuspritzen. Er fluchte und lachte und rannte um die Wagen, um mir und dem Wasser zu entkommen. Seine Frisur wurde wieder einmal ruiniert. Während er davoneilte, behielt er mich im Auge, indem er sich immer wieder zu mir umdrehte.

Bis zu dem Moment als ich stolperte und ihm in die Arme fiel. Der Eimer entleerte sich vollständig zwischen uns.

»Oh, Shit«, entfuhr es ihm. »Alles okay?«

Mein Gesicht klebte fast an seiner nassen Brust und unbeholfen sah ich ihm von unten in die Augen.

»Ja, alles okay«, murmelte ich außer Atem. »Entschuldige.« Dann sammelte ich mich auf, doch blieb bei ihm stehen. Wortlos sahen wir uns an.

Es war, als hätte jemand die Pause-Taste gedrückt. Er hielt

mich fest, seine Berührung ließ nicht nach. Im Gegenteil. Unaufdringlich drückte er mich enger an sich heran und ich ließ es zu. Unsere Gesichter kamen sich näher und ich spürte sein pochendes Herz gegen meine Brust.

»Rune?«, hörten wir plötzlich eine männliche Stimme hinter uns. Es war mein Vater.

Wir ließen voneinander ab. »Ja, Dad?«

»Bist du hier fertig?«, wollte er wissen und verzog dabei keine Miene. Er hatte sehr wohl bemerkt, dass dieser – in seinen Augen – *fremde* Typ und ich, kurz davor waren, uns zu küssen. Aber anscheinend interessierte es ihn nicht.

»Ja, ich bin in fünf Minuten fertig«, bestätigte ich und er nickte.

»Gut«, war seine einzige Antwort darauf, bevor er wieder davonging.

Ich sah zu Adam, dem dieser Auftritt einen sichtlichen Schrecken eingejagt hatte. Aber mein Vater war harmlos. Meistens endeten die Geschichten mit den Jungs wie mit Roger im Krankenhaus. Und daran war kein geringerer als Nick schuld. Doch für meinen Vater blieb ich die Drahtzieherin, die uns alle überhaupt in diese Situation brachte. Anschließend ignorierte er mich tagelang, so wie nach dem Vorfall mit Roger.

»Komm, uns fehlen nur noch die zwei«, sagte ich und zeigte auf die zwei Wagen direkt neben uns. Ich nahm ihm den leeren Eimer ab und füllte ihn wieder mit frischem Wasser.

Heute war ein sonniger Tag in San Luis Obispo. Unsere Klamotten würden schnell wieder trocknen. Wir gingen zurück an die Arbeit und wechselten kein Wort mehr miteinander. Ich blickte immer wieder zu ihm herüber, doch er war ausschließlich mit dem Reinigen der Wagen beschäftigt. Er machte auch nicht den Eindruck, mich mit Absicht nicht ansehen zu wollen, er schien tatsächlich abwesend und in seine Gedanken vertieft.

Wenige Minuten später waren wir fertig. Ich bat Adam darum, an unserem Fahrgeschäft auf mich zu warten. Währenddessen ging ich zu den Trailern, wo ich meinen Vater informierte, dass ich fertig sei und gleichzeitig eine frische Teigtasche holte, so wie ich es Adam heute Morgen versprochen hatte. Sie waren noch warm. Ich wickelte sie in ein paar Krepptücher und lief in eiligen Schritten zurück zu ihm.

Er zog einen Mundwinkel hoch, als er mich sah, und ich beeilte mich noch ein bisschen mehr. »Komm, wir setzten uns ins Riesenrad, bevor die ersten Gaste kommen.«

»Ist das ... denn in Ordnung?«, wollte er wissen.

»Na klar. Mias Eltern lassen es ein paar Minuten vorher sowieso laufen, damit es von weitem mehr Eindruck schindet.«

Mia saß in dem Kassenhäuschen und las ein Buch. Als sie uns sah, nickte sie uns zu und stoppte das große Gefährt. »Wagen dreiundzwanzig. Du weißt ja, wie alles funktioniert«, rief sie herüber und vertiefte sich wieder in ihrer Lektüre.

Ich nickte und winkte Adam zu mir herbei, der auf einmal stehen blieb. »Na komm schon. Auf was wartest du?«, rief ich.

Er schüttelte den Kopf. »Ja, ja ich komme.«

Wir setzten uns in die Kabine und Mia brachte das Riesenrad wieder zum Laufen. »Was ist, hast du Angst?«, fragte ich und erst jetzt schien er mich wieder wahrzunehmen. Seine Augen blickten gespannt aus der offenen Kabine hinaus.

»Nein. Ich habe keine Angst«, versicherte er mir, ohne mich anzusehen. »Ich habe die Gegend nur noch nie von hier oben aus gesehen.«

Dadurch, dass Mia das Rad ohne Unterbrechung fahren

ließ, weil noch keine anderen Gäste einstiegen, gewannen wir schnell an Höhe.

»Ich bin schon lange nicht mehr hier oben gewesen«, gab ich zu.

»Warum? Du könntest jeden Tag damit fahren. Oder nicht? Dieser Ausblick ist beachtlich.« Adams Körperhaltung war angespannt. Er saß aufrecht und sah mich kaum an, weil er von der Aussicht so gefesselt war. Dabei drehte er seinen Kopf ständig hin und her, um alles sehen zu können.

»Ja, ich könnte jeden Tag fahren, wenn ich wollte. Aber irgendwann wird es zur Gewohnheit«, gestand ich.

Dann blickte er mich wieder an. »Das ist schade.«

»Ja, ist es. Man verliert den Fokus für die schönen Dinge, wenn man jeden Tag auf diesem Wahnsinn namens Jahrmarkt aufwächst.«

»Ich finde, du machst nicht den Eindruck, dass du den Glauben an die magischen Dingen verloren hast.« Adam sprach so aufrichtig und ehrlich, dass mich ein kurzer Schauer überkam. Ich kannte diesen Jungen kaum ein paar Tage, doch wenn er mich so ansah wie jetzt, hatte ich das Gefühl, dass er mich sah. Und nicht irgendein Zigeunermädchen, das nur für das Eine gut genug war.

Trotzdem hatte er versucht, mich vorhin zu küssen. Er ließ sich so sehr von dieser Fahrt ablenken, dass ich langsam das Gefühl hatte, als würde er das mit Absicht tun. Warum? Damit er nicht wieder in Versuchung kam mich zu küssen?

»Hier, nimm die Teigtasche, bevor sie kalt wird.« Ich reichte sie ihm.

»Oh, lecker. Allein beim Anblick läuft mir das Wasser im Mund zusammen.«

Ich lächelte und beobachtete ihn unauffällig. Sein weißes Shirt hatte gelbliche Flecken vom Reinigungsmittel abbekommen. Seine hellblaue Jeans, sowie die beigen Sneakers waren vom schmutzigen Wasser dreckig geworden. Mein schwarzer Pullover fühlte sich zwar nur nass an, doch er war mindestens genauso dreckig.

»Ich habe dir doch von Mrs Cunningham erzählt, unserer Lehrerin?«, fing ich an. Das Riesenrad befand sich jetzt fast ganz oben.

Adam nickte nur, weil er nicht mit vollem Mund sprechen wollte.

»Sie ist schwer krank und wird nicht mehr mit uns reisen können. Die Ärzte haben ihr dringend davon abgeraten.«, erzählte ich und konnte den traurigen Unterton in meiner Stimme nicht kaschieren.

»Das tut mir leid. Wird es ihr denn irgendwann wieder besser gehen? Ich meine, wenn sie sich lange genug erholt hat ...«, fragte er vorsichtig nach. Doch ich schüttelte den Kopf.

»Sie wird zurück zu ihrer Familie nach England gehen. Ich glaube nicht, dass ich sie jemals wiedersehen werde.«

Adam schwieg.

Keine Ahnung, warum ich dieses Thema angeschnitten hatte. Doch ich hatte das Bedürfnis, darüber zu reden. Mia, Tom und Liam, sowie unsere Familien, hatten davon gestern Nacht erfahren, weswegen ich kaum ein Auge zugemacht hatte. Ich wusste, dass wir bestimmt bald eine neue Lehrerin bekommen würden. Doch Mrs Cunningham war unersetzbar. Sie hatte so viel Allgemeinwissen und Lebenserfahrung. Sie hörte einem zu und sie schätzte uns als Schüler und Personen wert. Sie wusste, was in uns steckte und hatte immer versucht, unsere Interessen und

Talente hervorzurufen und zu stärken. Sie machte uns Mut und versprach, dass ihre manchmal sehr strenge Ader nur zu unserem Vorteil sei. Und sie behielt Recht. Viele der Themen, die wir in den letzten Tagen in der Schule angeschnitten hatten, waren uns bekannt. Wir hatten keine Probleme mitzuhalten.

»Das heißt, ihr werdet länger bei uns auf der Schule bleiben?«, hakte Adam jetzt neugierig nach. Ich hörte auch einen kleinen Hoffnungsschimmer in seiner Stimme mitschwingen.

»Nein, das nicht. In knapp zwei Wochen werden wir unsere Zelte wieder abbauen und in die nächste Stadt reisen.« Das war eine Tatsache, die ich leider nicht verschweigen durfte. Natürlich war ihm das klar. »Vielleicht haben wir bis dahin einen neuen Lehrer oder Lehrerin. Ich hoffe es. Ich bin nicht scharf drauf, die nächste Highschool zu besuchen.«

»Ich bin froh, dass du auf unsere Schule gekommen bist«, hörte ich ihn plötzlich leise, doch bestimmt sagen. Er sah mich an und das Riesenrad blieb stehen. Wir befanden uns nun auf dem höchsten Punkt.

Als Antwort darauf konnte ich ihm nur ein vorsichtiges Lächeln zurückgeben. Auch er deutete ein Lächeln an.

Wir saßen uns gegenüber und stillschweigend hielt er mir seine Hand entgegen. Wortlos nahm ich sie an. Mit seinem Daumen streichelte er meinen Handrücken. Ich war überrascht, dass er diesmal die Initiative ergriffen hatte. Da mir mein Kummer wegen Mrs Cunningham deutlich anzumerken war, war es eine tröstende Geste.

Das Riesenrad setzte sich wieder in Bewegung und wir blieben wortlos voreinander sitzen. Trotz der Stille war es angenehm, hier mit ihm in dieser kleinen Kabine zu sitzen und seine Hand zu halten.

Als wir wieder unten waren, rief uns Mia von ihrem Platz aus zu: »Noch eine Runde?«

Ich nickte und das Gefährt fuhr wieder hinauf.

Adam hatte die Teigtasche bereits gegessen und nun umgriff er auch mit seiner anderen Hand die meine. Sein Blick war ein bisschen verträumt und ruhig. »Mir wäre es lieber, wenn *du* mich zum Frühlingsball begleiten würdest«, sagte er unerwartet und schaffte es kaum, meinem Blick standzuhalten. Innerlich musste ich lächeln, weil er plötzlich so schüchtern wirkte. Doch auch etwas anderes passierte in mir. Ich hatte tatsächlich Bilder vor Augen, die mich und ihn in einer pompös geschmückten Schulsporthalle zeigten. Wie ich ein hübsches Kleid trug und er ein lässiges Hemd mit einer Jeans. Wie wir miteinander tanzten uns umarmten und ... uns küssten.

Die Plakate des Frühlingsballs waren schon überall in der Schule und in den Fluren zu sehen. Ich kannte das Datum. Es war genau der Tag, an dem wir von hier abreisen würden.

Adams Händedruck verstärkte sich ein wenig. Jetzt sahen wir uns in die Augen. Die Kabine, in der wir saßen, war nicht riesig. Unsere Oberkörper waren nach vorne gelehnt und der Blickkontakt war so intensiv, dass ich die Fahrt und alles um mich herum vergaß. Ich berührte mit meiner freien Hand seine Wange und mit dem Daumen seine Lippen. Er lehnte sich weiter nach vorne, so wie auch ich. Jetzt waren sich unsere Gesichter wieder so nah wie vorhin.

Das Riesenrad erreichte seine volle Höhe und blieb ganz oben stehen.

»Ich wünschte, dieser Moment würde für immer halten«, flüsterte er und sah auf meine Lippen hinab. Ich nickte nur, nahm den Finger von seinen Lippen und küsste ihn. Dieser Kuss war zart, sorglos und echt. Er war perfekt, weil es Adam war, den ich küsste.

Kapitel 12

Adam

Runes Lippen zu spüren, sie zu schmecken. Ich verlor mich in den zarten Berührungen und Liebkosungen, die wir auf der höchsten Stelle des Riesenrads miteinander teilten. Die Welt stand still und gehörte nur uns beiden. Für mich war dieser Moment alles. So kostbar und so rein. Ich konnte ihren leisen Atem hören, wie sie zwischen ihren Küssen nach Luft schnappte und nach mehr verlangte. Ich nahm ihr Gesicht in meine Hände, fuhr mit meinen Fingern durch ihr volles Haar. Sie seufzte leise und zog mich an meinen Armen näher zu sich heran. Dabei ließ ich mich auf die Knie sinken, um ihr näher zu sein.

Mein Oberkörper befand sich zwischen ihren Beinen, als sie mich losließ und zu mir hinunter sah. Sie wirkte losgelöst, aber immer noch schien sie etwas zu beschäftigen. Ganz egal, welche Zweifel sie hatte, ich wollte sie ihr nehmen, sowie alle Sorgen und negativen Gedanken. Also lächelte ich und setzte zu einem weiteren Kuss an. Ich spürte ihre kalten und zarten Finger auf meiner Haut, an meinen Ohren, in meinem Haar. *Gott*, ich wollte sie so sehr. Ich wollte alles von ihr.

Das Riesenrad setzte sich wieder in Bewegung und unsere Berührungen wurden leichter. Sie nahmen ab, so dass sich unsere Lippen nur noch flüchtig begegneten. Wir hatten schon über die Hälfte an Höhe verloren und würden bald wieder unten sein. Unsere Lippen berührten sich kaum noch und wir lächelten. Wenige Meter vor dem Boden setzte ich mich zurück auf meinen Platz, doch unsere Hände blieben ineinander verschlungen.

Als wir unten ankamen, stand Mia vor unserer Kabine. »Schöne Aussicht gehabt?«, fragte sie wohlwissend. Es war vermutlich nicht zu übersehen, was wir oben getan hatten.

Rune nickte. »Ja, die hatten wir.« Sie stieg aus, ließ meine Hand nicht los und zusammen gingen wir davon. Um uns herum hatten weitere Menschen den Rummelplatz betreten. Der allabendliche Rummel würde bald beginnen.

»Vorschlag.« Ich blieb stehen und zog sie an mich heran. Aufgeweckt sah sie mich an und ihre Augen glänzten vor Freude. »Du hast mir deinen heimischen Ausblick gezeigt, jetzt zeige ich dir meinen.«

Mit dem Auto, mit dem Rune und ihre Freunde zur Schule kamen, fuhren wir ans Meer. Es war eine ähnliche Stelle wie die am *Pismo Beach*, wo wir vor wenigen Tagen zusammen gewesen waren. Doch die Stelle, die ich ihr heute zeigen wollte, war so viel besser, denn sie lag noch höher auf den Klippen. Bei den letzten Sonnenstrahlen des Tages würde uns ein unglaublicher Ausblick erwarten.

Wir fuhren ein paar Meilen auf dem Highway No. 1 entlang und erreichten schließlich die besagte Stelle. Die Sonne würde in anderthalb Stunden untergehen, wir hatten jetzt den besten Zeitpunkt erwischt.

Als ich ausstieg, folgte ich dem inoffiziellen Weg. Neben uns nichts als grüne und steinige Weiten. Man hörte kaum ein Auto auf dem Highway fahren. Es waren ein paar Meilen bis zum Klippenrand zu Fuß und Rune hakte sich bei mir ein. So musste es sich anfühlen, liebestrunken zu sein. Anders konnte ich mir dieses Gefühl nicht erklären. Ich spürte immer noch ihre Lippen auf meinen, sie schmeckte tatsächlich wie *Kassins frühe Herzkirschen* aus unserem Garten in Deutschland.

Wir setzten uns auf die Wiese und betrachteten den dunkelblauen und endlosen Ozean, der vor uns lag.

»Wow, Adam. Das ist wunderschön hier!« Ihre Stimme klang so glücklich und erfüllte mein Herz mit Freude. »Wusstest du, dass ich nach all den Jahren auf dem Rummel immer noch die Schmetterlinge in meinem Bauch spüre, wenn ich auf einer Achterbahn sitze?«, sagte sie dann verträumt.

Ich lächelte. »Dasselbe Gefühl habe ich, wenn ich meine Zeit hier am Meer verbringe. Die Luft beflügelt mich. Diese Unendlichkeit des Wassers setzt Gefühle in mir frei, die ich nicht beschreiben kann. Bevor ich mich verliere, helfen mir die Wellen zur Ruhe zu kommen, und wenn ich lange genug hier sitze, finde ich zwar nicht immer alle Antworten, doch ich vergesse die Fragen. Und das sind mit Abstand die besten Schmetterlinge, die man spüren kann, oder nicht?«

Rune antwortete nicht, sondern legte ihren Kopf auf meine Schulter. Wir verharrten eine Ewigkeit in dieser Position. Ich hörte ihren ruhigen Atem, die Möwen über uns und die Wellen, die an den Klippen abprallten. Dabei wünschte ich mir, dass ich auch die Fragen vergessen könnte, die mir im Kopf herumschwirrten, seitdem wir uns geküsst hatten. Ich war in Rune verliebt, vermutlich war ich das von dem Moment an gewesen, an dem ich sie durch die verkratzte Scheibe des Kassenhäuschens gesehen hatte.

Doch war sie auch dabei Gefühle für mich zu entwickeln? Oder sah sie in mir nur einen der Jungs mit denen sie normalerweise …

»Woran denkst du?«, fragte sie leise, ohne mich anzusehen.

»An alles.«

»Ist *alles* etwas Gutes oder etwas Schlechtes?«

Ich schielte zu ihr herüber und sah, dass sie ihre Augen geschlossen hatte. »Ich schätze beides«, antwortete ich.

Dann öffnete sie ihre Augen wieder und drehte ihren Kopf zu mir. »Dann möchte ich es nicht wissen.« Sie klang nicht betroffen oder gekränkt, sondern gelassen und ein wenig abwesend.

Eine angenehme Stille, vermischt mit den Geräuschen des Ozeans, umhüllte uns wieder. Bis ich ihre warme Stimme erneut hörte: »Adam?«

»Ja?«

»Ich glaube, du hast Recht. Ich habe den Glauben an die magischen Dinge im Leben nicht verloren. Unser Kuss war magisch. Die Art und Weise, wie du mich ansiehst auch. Mit dir hier zu sitzen ist eins der schönsten Dinge, die ich jemals erlebt habe. Ich glaube, Adam, dass alles was wir gemeinsam machen, die schönsten Dinge unseres Lebens werden könnten.«

Mein Herzschlag setzte aus, alles in mir begann zu kribbeln. *Könnten.* Sie sprach das aus, was mir schon seit Stunden durch den Kopf ging. Wir könnten gemeinsam noch so vieles erleben, doch das würde nicht geschehen. Rune gehörte nicht hierhin, sie führte ein ganz anderes Leben als ich. Und was mich betraf ... Ich dachte an die Worte meines Vaters und wusste, dass er Rune niemals akzeptieren würde. Er würde mich nicht verstehen – nicht verstehen wollen.

Ich konnte darauf nicht antworten.

»Ich mag dich, Adam«, flüsterte sie und vergrub sich wieder mit ihrem Gesicht an meiner Schulter. Ihre Stimme wurde beinah von den lauten Geräuschen der Wellen übertönt, doch ich hatte sie gehört. Ich hatte jedes einzelne Wort gehört.

Kapitel 13

Juni 2018 – San Diego, Kalifornien

»Hey, wo warst du so lange? Wir warten schon eine Ewigkeit auf dich!«, Cathys Stimme hallt schrill durch das Lokal und Rune hält einen Moment lang inne, bevor sie ihr Lächeln aufsetzt.

»Entschuldigt bitte, ich wurde aufgehalten, es tut mir leid«, antwortet Rune souverän und freundlich. »Was habe ich verpasst?«

Cathy klopft auf den freien Platz neben ihr. »Nicht viel. Silvia hat nur gerade wieder von ihrem Abenteuer mit Dave erzählt und Lorelei hat ...«

»Nicht! Ich möchte es ihr erzählen!«, fährt Lorelei ihrer Freundin über den Mund. »Tobi und ich haben uns verlobt!«

Wow. »Wow, Lorelei. Das ist großartig. Herzlichen Glückwunsch«, Rune gibt sich Mühe, den richtigen Ton anzuschlagen, als sie das sagt. Was ihr aber viel eher auf der Zunge liegt, sind Sätze wie: *Eine Verlobung? Ernsthaft? Du bist zweiundzwanzig Jahre alt – warum tust du so etwas?*

Cathy ist mit ihren sechsundzwanzig Jahren eine der Älteren im Bunde der vier Freundinnen. Sie ist ebenfalls, wie jetzt auch Lorelei, mit ihrer großen Liebe verlobt. Der Glückliche lebt jedoch wegen seines Jobs auf der anderen Seite des Kontinents, weswegen sich Rune mit Cathy eine Wohnung im Zentrum von San Diego teilt. Außerdem verdankt Rune auch ihren neuen Job ihrer Mitbewohnerin. Cathys Mom ist die Chefin des Immobilienbüros, für das Rune arbeitet.

Dann ist da noch Silvia, sie ist ebenfalls in Cathys Alter. Rune mag sie gern, weil sie ihr Herz auf der Zunge trägt und genau so ehrlich ist, wie Rune es gerne wäre.

Wie sie es früher einmal war ...

Und Lorelei ... Das einzige, das Rune mit Lorelei gemeinsam hat, ist das Alter.

»Tobi hat sich bei seinem Antrag so viel Mühe gegeben!«, quiekt Lorelei erfreut und beginnt – vermutlich schon zum wiederholten Mal heute Abend, von ihrem Heiratsantrag zu erzählen.

Rune hört aufmerksam zu. Doch wie aus einem Reflex, beginnt sie, sich eine Strähne ihres kurzen Haars um den Finger zu wickeln. Das tut sie immer, wenn ihr langweilig wird. Wieder hat sie sich ihre Haare ein weiteres Stück abschneiden und frisch blondieren lassen. Ihr Hairstylist fand diesmal Gefallen an ihrem Naturhaarton und überredete sie, einen hellen Kupferton mit einfließen zu lassen. Solange ihr der Langhaarbob erhalten blieb und ihr Stylist die Haare anschließend glättete, hatte sie keine Einwände. Das Wichtigste: Nichts soll mehr an das einst lockige und rothaarige Mädchen von damals erinnern.

»Und ich habe Ja gesagt!«, ruft Lorelei erfreut und klatscht in die Hände. *Natürlich hast du das.*

Rune lächelt und bestellt beim Kellner, der gerade an ihnen vorbeiläuft, einen Drink.

»Was ist mit deinem Blazer passiert?«, möchte Cathy auf einmal wissen und fährt mit ihren dünnen Fingern über den teuren Stoff, den Rune gerade über die Stuhllehne gelegt hat.

»Ist mir vorhin, als ich aus dem Taxi gestiegen bin, heruntergefallen«, lügt sie.

»Ist das etwa Sand?«, geht Cathy weiter darauf ein.

»Möglich. Wir leben in San Diego. Es mag sein, dass auf den Straßen auch mal Sand zu finden ist.« Rune klingt nicht unfreundlich, doch zynisch und vielleicht etwas zu schnippisch, dafür, dass der Abend erst begonnen hat. Meistens erreicht sie diesen Punkt erst später, und überwiegend zu Hause, wenn Cathy sie zum wiederholten Mal darauf anspricht, warum sie eigentlich immer so ernst ist und kein Interesse daran zeigt, mit ihren Freundinnen herumzualbern.

Herumalbern - warum zur Hölle sollte Rune das tun? Es reicht schließlich, wenn sich alle drei anderen gackernd und kichernd einen Drink nach dem nächsten gönnen und das ganze Lokal unterhalten. Rune redet sich ein, dass sie das nicht braucht, weil sie sowieso nicht hierher passt. Doch sie weiß genau, dass diese drei Frauen die einzigen Menschen sind, die sie zwischendurch, auch wenn es nur ganz kurz ist, zum Lachen bringen.

Silvia stupst Rune an die Schulter. »Vorne an der Bar - der Typ mit den blonden Haaren. Der starrt schon die ganze Zeit zu dir herüber«, murmelt sie hinter vorgehaltener Hand.

Rune schließt die Augen und lächelt. »Nicht heute, Silvia«, antwortet sie.

»Jetzt schau wenigstens mal hin. Du weißt sonst nicht, was dir entgeht! Vertrau mir, er sieht wirklich gut aus«, bittet Silvia aufrichtig und nicht so plump wie die anderen zwei es tun würden, wenn es darum geht, Rune zu verkuppeln.

Rune wagt einen Blick zu dem Unbekannten. Attraktiv, ja. Definitiv. Mit seiner sonnengebräunten Haut und den gestylten, blonden Haaren sieht er zum Anbeißen aus. Das weiße Lächeln, die durchtrainierten Oberarme und die starke Brust, die sich durch sein Shirt abzeichnet. Ein perfekter Sunnyboy, die es hier in San Diego zu Genüge gibt.

»Hübsch«, lautet Runes Urteil.

»Nur hübsch?«, spottet Silvia. »Dieser Typ ist heiß!«

Runes Blick weicht nicht mehr von ihm ab und Mister Sunnyboy hat das jetzt ebenfalls bemerkt.

»Oh, Shit. Er kommt direkt auf uns zu«, stellt Silvia fest.

Runes Augen bleiben an ihm haften, während er auf sie zu geht. Sie erkennt ein verschmitztes Lächeln auf seinen Lippen.

»Warum läuft er vorbei?« Silvia fällt aus allen Wolken.

Er ist unaufdringlich und verhalten. Das gefällt Rune. Wäre er jetzt am Tisch stehen geblieben, um ihr unangebrachte Sprüche ins Ohr zu säuseln, hätte er seine Chance verpasst. Doch er hat seine Augen für sich sprechen lassen und erwischt damit den richtigen Nerv bei Rune.

Die Lautstärke der Musik im Lokal nimmt zu, so auch die Stimmen der Menschen, die sich miteinander unterhalten. Cathy und Lorelei sind immer noch vertieft in ein Gespräch über der Verlobung. Silvia schenkt Rune einen wissenden Blick.

»Das letzte Mal ist schon länger her, habe ich recht?«, stellt Silvia fest. Silvia ist die einzige, die weiß, wie Runes Einstellung zu Männern ist. Weil sie auch die einzige ist, die es versteht. Für Cathy und Lorelei bleibt Rune der ewige Single. Single stimmt, was aber nicht heißt, dass sie deswegen enthaltsam lebt. Doch diese Tatsache möchte Rune vor den beiden nicht offenbaren.

»Das letzte Mal ist erst ein paar Tage her«, gibt Rune zu.

Silvia lächelt interessiert. »Oh, verstehe. Du hast mir davon gar nichts erzählt.«

Rune vergewissert sich, dass Cathy und Lorelei immer noch abgelenkt sind. »Weil Wörter diese drei Minuten nicht beschreiben können«, gibt sie trocken von sich und Silvia verfällt in schallendes Gelächter, womit sie die Aufmerksamkeit der zwei anderen Freundinnen wieder auf sich lenkt.

»Was ist so komisch? Haben wir was verpasst?«, möchte Lorelei wissen.

»Nichts, außer nichtssagende drei Minuten«, scherzt Silvia.

Rune dreht sich in die Richtung, in die Mister Sunnyboy gelaufen ist. Sie streicht sich eine Haarsträhne hinters Ohr, steht auf und zupft sich ihren Bleistiftrock zurecht.

»Ich bin gleich wieder da«, sagt sie und verlässt den Tisch.

Sie läuft an den anderen Gästen vorbei und versucht die Richtung zu orten, in die er gegangen sein könnte.

Als sie den schmalen und spärlich beleuchteten Gang betritt, sieht sie ihn bereits hinten gegen eine Wand gelehnt stehen. Er hält seine starken Arme vor der Brust verschränkt und bewegt den Blick vom Boden in Runes Richtung. Er lächelt, diesmal nicht mehr verschmitzt, sondern frech und sexy.

Er grüßt sie mit einem furchtlosen »Hey« und geht zwei Schritte auf sie zu. Jetzt, wo er vor ihr steht, stellt sie fest, wie riesig er ist. Er muss fast zwei Meter groß sein. Ihre schmale und winzige Statur neben ihm muss zerbrechlich wirken.

Er hält ihr seine Hand entgegen und Rune weiß genau: Nimmt sie sie an, ist das die stille Einwilligung dafür, mehr als nur verheißungsvolle Blicke miteinander zu tauschen.

Ein kühnes Lächeln legt sich über ihre Lippen. Diese in sich gekehrte und zarte Fassade von damals, hat sie schon lange abgeworfen. Sex mit fremden Typen ist nicht mehr der stille Ruf nach Anerkennung. Heute tut sie es mutwillig, um Befriedigung zu erlangen. Doch vor allem, um die Welt um sich herum zu vergessen, wenigstens für diesen einen Moment.

Sie greift nach seiner riesigen Hand und spürt wie heiße Funken zwischen ihnen springen. Sie weiß jetzt schon, dass diese Nummer so viel länger und besser wird, als die drei Minuten mit dem letzten Typen.

Mister Sunnyboy zieht Rune mit sich in einen Gang, oder ist es ein Nebenzimmer? Es spielt keine Rolle, denn Rune konzentriert sich nur noch auf seine sinnlichen Lippen, die genau wissen, wie sie die ihren küssen müssen.

Es folgen ungeduldige Bewegungen, leises Keuchen und Stöhnen, weil sie nicht erwischt werden möchten. Das verspielte doch drängende Miteinander. Rune kennt es, alles daran. Es ist ihr so geläufig, als würde es zur Tagesordnung gehören.

Doch es ist ganz egal, wie sehr sie sich darauf konzentriert, bei der Sache zu bleiben. Es ist immer wieder dieselbe Person, die sie vor ihrem geistigen Auge sieht. Adam.

Auch wenn es schon so lange her ist, spürt sie nur ihn ... jedes Mal und immer wieder.

Der Schatten wusste es,

doch die Sterne versprachen mir Ewigkeit.

– von Marie Döling –

Kapitel 14

März 2013 – San Luis Obispo, Kalifornien

Adam

Die Vorbereitungen für den Spendenflohmarkt liefen auf Hochtouren. Jenna hatte sich in der Schule krankgemeldet, doch heute früh schrieb sie mir eine Nachricht, dass sie zum Flohmarkt wieder da sein würde, um mich zu unterstützen. Einen kurzen Moment fragte ich mich, warum eigentlich. Denn ich war nicht unbedingt auf ihre Unterstützung angewiesen. Sie meinte es sicher nur gut und außerdem war sie sehr pflichtbewusst.

Es brachte jedoch ein weiteres Problem mit sich: Ich hatte auf ihre Frage, ob wir zusammen zum Frühlingsball gehen wollten, immer noch nicht geantwortet. Und meine Antwort würde ihr nicht gefallen.

Mütter, Väter und ihre Kinder liefen herum, bauten noch die restlichen Stände auf und schleppten alles aus ihren Autos auf den großen Vorplatz unserer Highschool. Meine Mutter kümmerte sich bereits um den Verkauf von Kaffee und Kuchen, und ich half den Leuten sich zu orientieren. Mein Vater würde heute nicht hier sein, das war er nie. Solche schulischen Veranstaltungen waren nichts für ihn. Außerdem würde er heute Mittag zu einer Fortbildung fahren und erst Montagabend zurück sein. Mir kam das mehr als gelegen.

Rune stand mir den ganzen Tag hilfsbereit zur Seite. Die

meisten Leute waren sehr entzückt von ihrer süßen und freundlichen Art. Sie lächelte andauernd und witzelte herum. Ihre gute Laune war ansteckend.

Dieser Tag hätte so gut werden können, wenn nicht Jenna aufgetaucht wäre, mit zwei Stunden Verspätung.

»Adam, ich wusste gar nicht, dass wir noch Unterstützung gebraucht haben«, sagte sie in einem bissigen Ton. Dabei scannte sie Rune von oben bis unten ganz genau ab.

»Ach weißt du Jenna, ich war einfach gerade in der Gegend und dachte, ich packe mal mit an. Du weißt, das kann ich gut. Läuft doch alles, nicht wahr Adam?«, wandte Rune ein. Ich stand etwas überrumpelt daneben, nickte aber.

Jenna antwortete nicht, sondern warf mir ein gespieltes Lächeln zu. Rune schwieg nun. Jenna war die letzte Person, die wir jetzt gebrauchen konnten.

Der zweitletzte Mensch, den ich heute brauchen konnte, kam gerade auf uns zugelaufen. Jonny ... Seitdem ich ihm am Donnerstag für die Bandprobe abgesagt hatte, sprach er kein Wort mehr mit mir. Das war jetzt zwei Tage her und so langsam sollte er wirklich wieder ansprechbar sein. Ein bisschen machte ich mir Sorgen, ob ich meinen Platz in der Schulband damit gefährdet hatte.

»So, dann wollen wir mal sehen, was es hier heute günstig zu ergattern gibt.« Es klang dreist, wie er das sagte, aber so war er nun einmal.

Auf der Straße vor unserer Schule staute sich langsam der Verkehr, weil Fahrer und Beifahrer interessiert zu uns hinüber sahen. Einige Autos bogen auch auf unseren Schulparkplatz, dieser füllte sich stetig. Dieser Flohmarkt würde ein großes Ereignis werden. Erstaunlich viele Menschen hatten sich gemeldet, die bereit waren, Ausrangiertes für einen guten Zweck zu verkaufen.

Seitdem Jenna und Jonny erschienen waren, hatte Rune sich leider in ihr Schneckenhaus zurückgezogen und ich sah, wie unwohl sie sich fühlte.

»Jenna, hier ist der Plan für die noch fehlenden Stände. Würdest du die Aussteller anweisen, ihre Plätze einzunehmen?«, bat ich sie höflich.

»Kann das nicht weiterhin Rune machen?«, fragte sie vorwurfsvoll. »Ich denke, sie hat das ganz gut im Griff. Außerdem wollte ich gerne etwas mit dir besprechen«, stichelte sie weiter.

Stutzig sah ich sie an. »Nein, ich brauche Rune jetzt woanders. Was gibt es denn zu besprechen?«, erkundigte ich mich, doch wusste bereits, wohin das führen würde.

Jenna ließ ihre Schultern sinken und wirkte genervt. Jonny stand immer noch neben uns und ich fragte mich, ob er nichts Besseres zu tun hatte.

»Ach Adam, du schuldest mir noch eine Antwort«, entgegnete sie mir plötzlich bittersüß. *Wow.* Den Ton hatte sie wirklich gut drauf. Das Problem dabei war bloß, dass sie dieses Süße in ihrer Ausdrucksweise einfach nicht ehrlich rüberbrachte. »Kommst du mit mir nun zum Frühlingsball, oder nicht?«, stellte sie mir schließlich die Frage.

Rune räusperte sich neben mir und wackelte ungeduldig von einem Bein auf das andere. Die Situation musste ihr unglaublich unangenehm sein. Jonny hingegen blickte uns mehr als nur interessiert an. Als würde er darauf warten, dass gleich eine Bombe platzte. Er wusste längst, dass ich nur noch Augen für Rune hatte. Schließlich hatte ich wegen ihr auch die Bandprobe sausen lassen.

»Ich kann nicht mit dir zum Frühlingsball gehen, Jenna. Tut mir leid. Ich werde mit Rune dorthin gehen«, antwortete ich stolz und griff nach Runes Hand.

Seitdem wir hier waren, hatten Rune und ich uns nicht berührt, geschweige denn geküsst. Es war, als wäre der Nachmittag auf dem Riesenrad unser kleines Geheimnis. Nur wir wussten davon und eventuell Mia, die uns gesehen hatte.

Jenna fielen nach meiner Antwort fast die Augen aus dem Kopf. »Mit *Rune?* Diesem ... diesem *Mädchen?*«, sie wedelte mit der Hand in Runes Richtung und sagte Mädchen in einem solch abfälligen Ton, dass mir augenblicklich der Kragen platzte.

»Jenna!«, zischte ich erbost. »Was fällt dir ein, so über sie zu sprechen?«

Jenna verdrehte die Augen. »Was denn? Soll ich sie eine Zigeunerin nennen? So nennen sie doch alle und da war das noch nett ausgedrückt.«

Ich schüttelte verständnislos den Kopf. Dass Jenna auch zu den Menschen gehörte, die Rune so verurteilten, hätte ich gleich wissen müssen.

»Ach, wen interessiert es auch. Ich bin hier sowieso überflüssig. Am besten gehe ich wieder nach Hause«, gab Jenna nun schmollend von sich, drehte sich um und ging.

»Ich denke, ich sollte jetzt auch gehen«, hörte ich Rune leise neben mir sprechen.

»Du bleibst hier!« Ich drückte ihre Finger fest.

»Adam, bitte. Lass mir einen kurzen Moment«, bat sie mich aufrichtig und ich ließ los.

Sie ging davon, in die Richtung der Schule, die heute geöffnet hatte, damit all die Flohmarktbesucher und Aussteller dort die Toiletten benutzen konnten.

»Scheiße, Mann. Hast du sie auch gefickt?«, fragte Jonny herablassend.

Wütend drehte ich mich um und schlug ihm gegen die Brust. Am liebsten hätte ich woanders hingezielt. »Was stimmt nicht bei dir, Mann?«

Er riss die Augen auf, als wäre ich nicht mehr bei Sinnen. »Entschuldige bitte, dass ich das ausspreche, was alle denken. Sie hat Roger nach einem Abend rangelassen und dich vermutlich auch nachdem du mit ihr einen Nachmittag verbracht hast, anstatt zur Bandprobe zu kommen.«

»Du bist echt nicht mehr ganz dicht. Pass auf, wie du über sie redest, sonst«, fing ich an, ihm zu drohen, doch hörte abrupt wieder auf.

»Sonst was? Willst du dich wegen deiner kleinen Freundin etwa schlagen?«

»Sonst kannst du dir bald einen neuen Bassisten suchen und deine Scheißsongs alleine spielen!«, beendete ich meinen Satz. *Verdammt*, das war eigentlich nicht geplant. Ich wollte nicht aus der Band aussteigen. Denn sie hatte mir einst sehr viel bedeutet.

»*Fuck*, Adam, was redest du denn da? Ich habe gleich gewusst, dass dieses Mädchen unseren Groove durcheinanderbringt. Sie hätte Roger und dich niemals ranlassen dürfen.«

»Hör zu, zwischen uns lief bisher nichts und das mit Roger war ein Fehler!«, lautete meine Antwort darauf, dabei ging es ihn nicht einmal etwas an. Doch es war die Wahrheit.

»Scheiße, echt nicht? Deswegen lässt du nicht locker und zeigst Jenna jetzt die kalte Schulter«, sagte er felsenfest von seiner Theorie überzeugt.

»Nein! Weil Rune mir etwas bedeutet, deswegen!«, rief ich jetzt so laut, dass einige Leute sich verwundert nach uns umdrehten. Es war mir egal, denn ich stand dazu.

»Du hast echt einen Knall, Alter«, war alles, was Jonny dazu einfiel. Mit einem Kopfschütteln lief er davon und ich machte mich auf den Weg in die Schule.

Als ich am Kaffee- und Kuchenstand vorbeiging, warf mir meine Mutter einen auffallend besorgten Blick zu. Möglicherweise, weil sie alles gehört hatte. Sie wusste in diesem Moment, dass ich nicht mehr in der Lage war, mein Versprechen zu halten. Denn ich würde mich jederzeit wieder mit Rune treffen und sogar für sie den Unterricht schwänzen, wenn es denn sein musste. Ich würde alles für sie tun. Alles. Und *das* war es, was meine Mutter in diesem Moment registriert hatte.

Kapitel 15

Rune

Ich hasste diese Schule, vor allem aber die Schüler.

Jenna war ein Biest. Mia und ich hatten es von Anfang an gesehen. Und jetzt war ich ihre Zielscheibe Nummer eins, weil Adam mit mir zum Ball gehen wollte. Doch dass das gar nicht möglich war, musste ich ihm unbedingt erklären.

»Rune! Bist du hier drin?«, hörte ich ihn in die Mädchentoiletten rufen. Ich hatte mich in einer der Kabinen verschanzt und trat nun aus dieser heraus. Ich stellte mich ans Waschbecken, um meine Hände zu waschen.

»Ja, ich bin hier«, antwortete ich und sah seine Gestalt am Türrahmen stehen.

Mit seinen Augen flehte er mich liebevoll an, zu ihm zukommen, was ich auch tat. Ich wollte mir den heutigen Vormittag nicht vermiesen lassen. Von niemandem.

»Du bist meine Assistentin heute. Du darfst nicht einfach so verschwinden«, scherzte er und ich versuchte zu lächeln. »Können wir den Vormittag heute einfach genießen?«

Ich nickte und gemeinsam gingen wir wieder hinaus. Seine Hand, die er mir reichte, als wir das Gebäude verließen, nahm ich dankend an. Auch draußen unter all den Menschen, machte er nicht den Eindruck, dass er mich loslassen würde.

Mittlerweile herrschte hier schon mehr Ordnung und Ruhe. Alle Stände waren aufgebaut, die Menschen, die etwas verkauften, waren bereit und empfingen bereits die ersten Interessenten und Käufer.

Adam und ich schlenderten händchenhaltend an allen Ständen vorbei und ignorierten die skeptischen Blicke unserer Mitschüler. Sein Griff um meine Finger war so fest, dass ich sie bald nicht mehr spüren würde. Doch das war mir egal. In diesem Augenblick gehörten wir zusammen und das sollte jeder sehen.

Wir blieben an einem Stand stehen, auf dem wunderschöne antiquarische Schätze zu finden waren. Vermutlich Erbstücke. Ich ließ Adams Hand los, um mich etwas umzusehen. Altes Geschirr, Besteck in Kupferfarbtönen, ein abgenutzter und goldener Bilderrahmen, Kerzenständer. Ich fragte mich, wie viele Generationen diese Dinge schon erlebt haben mussten. Ich sah eine Art Schmuckkästchen, sie war klein, wirkte aber so, als hätte sie schon unzählige Geheimnisse gehütet.

»Du kannst sie gerne öffnen«, bot mir die freundliche Frau hinter dem Tisch an.

Adam stand ein paar Schritte von mir entfernt. Im Augenwinkel erkannte ich, dass er mich beobachtete.

Ich schob den Deckel des Kästchens nach oben und entdeckte diverse Schmuckstücke. Zwei Ringe, eine Brosche. Auch diese wirkten bereits abgetragen und trotzdem unheimlich kostbar. Schließlich zog ich eine Kette heraus. Sie war bronzefarben, genauso wie der Anhänger, der daran hing. Unter all den dunklen Farben leuchtete mir der überwiegend hellblaue Hintergrund dieses Anhängers entgegen. Es war eine kleine Weltkarte, auf der unsere Kontinente zu sehen waren. Die Abbildung versteckte sich hinter einem etwas verkratzten, halbrunden Glas. Irgendetwas an dieser Kette verzauberte mich, zog mich regelrecht an. Ich betrachtete sie sekundenlang.

»Gefällt sie dir?«, fragte die Verkäuferin.

»Ja, sie ist sehr hübsch«, antwortete ich und legte sie behutsam zurück. Adam war bereits am nächsten Stand zu finden, so bedankte ich mich bei der Dame und holte ihn wieder ein. Er legte einen Arm um meine Schulter und lächelte.

Fast zwei Stunden später saß ich an einem der Tische in der Nähe des Kaffee- und Kuchenstands. Ich beobachtete, wie Adam sich angespannt mit seiner Mutter unterhielt, doch hörte nicht, was sie miteinander redeten. Nicht zum ersten Mal fiel mir auf, dass sie in Englisch kommunizierten. Das war nicht selbstverständlich, wenn man bedachte, dass Deutsch ihre Muttersprache war.

Ich fragte ihn, ob alles okay wäre, als er sich zu mir setzte.

»Alles okay«, bestätigte er mir und reichte mir eines von den zwei Stücken Kuchen. »Hier, probiere mal den Käsekuchen meiner Mutter. Der Beste, wenn du mich fragst und nach einem deutschen Rezept meiner Oma.«

Ich nahm zwei Happen und nickte zustimmend.

»Warum sprichst du mit deiner Mutter eigentlich kein Deutsch?«, fragte ich schließlich, weil es mich tatsächlich interessierte.

Adam kaute zu Ende und sagte: »Tun wir, aber nur, wenn wir alleine sind.«

»Warum?«

Adam verzog einen Mundwinkel. »Weil mein Vater uns das so eingetrichtert hat. Er möchte, dass ich als integrierter Einwanderer angesehen werde, der sich in die Gesellschaft einbringt und die Landessprache spricht.«

»Steht er denn nicht zu dem Land, aus dem ihr kommt?«

»Was? Gott, doch, natürlich. Er hat Deutschland vielleicht

den Rücken gekehrt, was aber lange nicht heißt, dass er sich nicht mehr als Deutscher sieht. Trotzdem ist er der Meinung, dass wir hier die Landessprache zu sprechen haben. Das würde mir Respekt verschaffen, bei Schülern, Lehrern und für meine berufliche Zukunft. Alle sollen sehen, dass ich mich angepasst habe und die englische Sprache perfekt beherrsche.« Er äußerte sich so, als würde er jedes Wort rezitieren. Ich mochte mir nicht vorstellen, wie oft Adam das schon von seinem Vater zu hören bekommen hatte.

»Außerdem ist es unhöflich, wenn ich mich in einer Sprache unterhalte, die sonst keiner versteht. Finde ich.«

»Ihm ist deine schulische Laufbahn sehr wichtig, oder?«, hakte ich nach.

»Nicht nur die Schulische. Auch das Studium, das ich nach diesem Schuljahr beginnen werde und meine gesamte spätere Karriere.« Wenn Adam von seinem Studium sprach, strahlten seine Augen vor Freude. Das war mir auf den Klippen am Meer schon aufgefallen, bei denen wir nach dem Riesenradbesuch waren. Auch wenn ihn eine Sekunde zuvor unausgesprochene Dinge belasteten, denn auch das hatte ich ihm bisher immer angesehen, erhellte sich seine Miene von einem Moment auf den anderen, wenn er über Meeresbiologie sprach.

Ich musste gestehen, dass ich ihn für seine Passion beneidete. Wenn er anfing, über die biologische Vielfalt der Weltmeere zu erzählen, erstrahlte sein Gesicht und damit seine ganze Person. Es war wundervoll.

»Ich wünschte, ich hätte auch eine Leidenschaft für irgendetwas«, gab ich ehrlich zu und Adam sah mich aufmerksam an.

»Deine Vorliebe ist es, das gefährlichste Fahrgeschäft Nordamerikas auf Hochtouren zu drehen und einen verängstigten

Jungen damit fahren zu lassen«, scherzte er und ich kicherte. Wenn ich an den Tag zurückdachte und daran, wie blass Adam nach unserem Ritt plötzlich geworden war, musste ich schmunzeln.

»Nimmst du mir das sehr übel?«, fragte ich entschuldigend.

»Nein, schon okay.« Seine Stimme klang betroffen.

»Ich würde aber gerne etwas mehr über deine andere Passion erfahren«, platzte es plötzlich aus mir heraus. Denn ich spielte auf etwas Bestimmtes an.

Ahnungslos sah er mich an. »Was meinst du?«

»Du hast mir doch erzählt, dass du in eurer Band zwar Bass spielst, aber genauso gut Gitarre spielen kannst.«

»Na ja, gut ist ein wenig übertrieben«, spielte er es sofort herunter.

»Würdest du für mich spielen?« mit großen Augen sah ich ihn bittend an. Ich spürte ein aufgeregtes Kribbeln in mir, wenn ich mir Adam hinter einer Gitarre vorstellte. Um ehrlich zu sein, konnte ich mir das bildlich perfekt vorstellen. Doch ich wollte es nicht für immer nur in meiner Fantasie erleben. Ich musste es mit meinen eigenen Augen sehen und vor allem die Musik hören.

Er schluckte und wirkte mit einem Mal ein bisschen aufgekratzt. »Das möchtest du wirklich?«

Ich nickte aufgekratzt. »Ja, das möchte ich wirklich.«

»O-okay.« Er atmete tief durch. »Gehst du schon mal zum Musikraum? Wenn er abgeschlossen ist, warte einfach dort. Ich komme gleich nach.«

Ich konnte mein erfreutes Grinsen gar nicht mehr ablegen. »Ja! Bis gleich.« Eilig stand ich auf und machte mich auf den Weg.

Kaum fünf Minuten später kam er joggend auf mich zu und

hielt in seiner Hand den Schlüssel für den Musikraum.

»Wo hast du den denn so schnell aufgetrieben?«, fragte ich verwundert.

»Jonny ist selbst schuld, wenn er die Fenster seines Wagens andauernd offen lässt. Den Schlüssel verwahrt er immer im Handschuhfach.«

Vom Musikraum führte eine kleine Tür in ein Nebenzimmer, in dem es stickig war, weil sich darin nur ein Fenster befand. Dieses war von einer riesigen Pauke bedeckt, auf der weitere Kisten standen. Sie versperrten die Sicht nach draußen.

»Und hier wollt ihr musikalische Glanzleistungen vollbringen?«, hakte ich verunsichert nach.

Tische standen an den Wänden, darauf türmten sich verstaubte Stühle. In einer Ecke befand sich ein altes und abgewetztes Ledersofa. Mit viel Mühe erkannte ich seine ursprüngliche dunkelbraune Farbe.

»Ich habe nie etwas von Glanzleistungen gesagt«, reagierte Adam grinsend und holte aus einem Schrank einen Gitarrenkoffer heraus.

Als er sie auspackte, fragte ich: »Ist das deine eigene Gitarre?«

Er schüttelte den Kopf. »Nein. Sie gehört der Schule. Ich habe seit Ewigkeiten nicht mehr gespielt.« Dann bat er mich, auf dem Sofa Platz zu nehmen, zog sich einen Stuhl zurecht und setzte sich vor mich hin.

Ohne ein weiteres Wort, fing er an, die Gitarre zu stimmen und dazu ein paar Töne zu summen.

»Bereit?«, fragte er mich plötzlich.

Ich nickte und spürte, wie sich meine Wangen erhitzten. Das hier geschah tatsächlich! Ich musste aufgeregter sein als er. Er begann, die ersten Akkorde zu spielen und mir kam die Melodie sofort bekannt vor. Als Adams sanfte und tiefe Stimme den Text dazu sang, bekam ich eine Gänsehaut. Mich durchfuhr ein kalter Schauer. Nie hätte ich gedacht, dass er sich für diesen Song entscheiden würde. Der Song war fast so alt wie wir und ich kannte ihn gut. Zu gut. Er lief schon seit Jahren immer wieder im Radio und durch seine melancholische Stimmung, weckte er nicht nur positive Erinnerungen in mir.

Als ich mit den Jahren verstanden hatte, dass meine Mutter bei meiner Geburt gestorben war, hatte ich oft mit Schuldgefühlen zu kämpfen gehabt. Mein Vater machte mir nie irgendwelche Vorwürfe und dennoch. An meinen Geburtstagen begoss er sein Leid mit seinem Freund *Jonny Walker*. Er litt noch immer unter dem Verlust meiner Mom.

Der Song von Elliott Smith, den Adam heute wählte, war einer der vielen, die ich an solchen Tagen hörte. Der Text von *Between The Bars* hatte mich schon immer zum Nachdenken gebracht. War es nicht ironisch, dass dieser Song auch als Metapher für Alkoholismus stehen konnte und, dass mein Vater es schaffte, das ganze Jahr keinen Schluck zu trinken, außer am Todestag meiner Mutter? Und er es jedes Mal so übertrieb, dass er tagelang kaum ansprechbar war?

Adam betrachtete die Saiten, während er spielte und ließ all sein Gefühl hineinfließen. Er hatte keine Ahnung, was das in mir auslöste. Der Tod meiner Mutter war etwas aus meinem Leben, das ich nicht gerne mit der Welt teilte.

Je länger ich ihm zuhörte, und jetzt wahrhaftig vor Augen sah und vor allem hörte, wie einfühlsam er sang, umso mehr fing ich an zu glauben, dass dieser Song gar nicht so düster und traurig war. Er füllte jedes Wort so wunderbar mit Emotion, ich war ganz hingerissen. Vielleicht war es Schicksal, dass er gerade diesen Song wählte. Vielleicht war es Schicksal, dass ich Adam hier in Kalifornien treffen sollte.

Erst als der Song endete, schaute er wieder auf. In meinen Augen hatten sich Tränen gesammelt. Er erschrak kurz, legte die Gitarre sofort auf die Seite und machte einen großen Schritt auf mich zu, um sich neben mich zu setzten.

»Alles okay?«, fragte er fürsorglich.

Ich griff nach seiner Hand und merkte gar nicht, dass weitere Tränen aus meinen Augen liefen. »Das war wunderschön, Adam. Du hast ein unglaubliches Talent. Ich beneide dich darum.«

Er schüttelte den Kopf und schwieg.

»Adam. Ich werde mit dir nicht zum Frühlingsball gehen können«, gab ich mit leiser Stimme von mir und umgriff seine Finger so fest ich konnte.

Er sah erst auf unsere verschlungenen Hände und mir schließlich wieder ins Gesicht. Dabei wirkte er irgendwie so, als hätte er es geahnt. »Ich habe es befürchtet. Als ich es im Riesenrad erwähnte, bist du nicht darauf eingegangen«, er ließ einen Stoß Luft aus seiner Nase, »stattdessen hast du mich geküsst.«

Sein Lächeln war traurig, aber nachsichtig und rücksichtsvoll. *Gott*, was tat Adam bloß mit mir? Von Tag eins an war mir klar gewesen, dass er nicht so war, wie all die anderen Jungs. Er sah in mir nicht nur das willige Zigeunermädchen. Unser erster und bisher einziger Kuss war der auf dem Riesenrad. Romantisch, nicht fordernd und unglaublich liebevoll. Und auch anschließend, als wir den restlichen Nachmittag auf den Klippen verbrachten, drängte mich Adam nicht. Jeder andere Junge hätte es getan und ich hätte eingewilligt, weil ich es immer tat. Er gab mir Zeit, wollte mich kennenlernen, sah in mich hinein.

Seine verliebten Blicke waren alles, was ich brauchte, um zu wissen, dass er für mich da sein würde und dass er mich so akzeptierte, wie ich war.

»Wir werden abreisen am Tag des Frühlingsballs«, wollte ich erklären, doch Adam antwortete nicht darauf.

Er griff in die Tasche seiner schwarzen Jeansjacke und zog etwas heraus. Ich konnte nicht erkennen, was es war, weil er die Finger darum geschlossen hielt.

»Für dich«, sagte er leise und starrte auf seine Hand. Als er sie langsam öffnete, erkannte ich die Kette mit dem kleinen Weltatlas-Anhänger. »Damit du dich erinnerst, dass wir immer unter demselben Himmel sein werden. Egal, wie viele Meilen zwischen uns liegen mögen.«

Kapitel 16

Adam

Als Rune den kleinen Anhänger in meiner Handfläche sah, schossen weitere Tränen in ihre Augen. Stumm und aufgewühlt starrte sie ihn an, als wäre er das Wertvollste der Welt. Sie traute sich kaum, ihn anzufassen.

Ich ließ die Glieder über meine Finger gleiten, öffnete den Verschluss und legte die Kette um Runes Hals. Ihre nassen Augen blickten mich an, nachdenklich, verloren und hilflos.

»Ich kann dich nicht so sehen, Rune«, entwich mir leise.

»Dann küss mich«, flüsterte sie. Ihre Stimme war nur noch ein Hauch von nichts, heiser und haltsuchend.

Unsere Gesichter waren sich so nah, dass nicht mehr viel fehlte, bis sich unsere Lippen endlich wieder berühren würden. Meine Augen wanderten von ihrem Gesicht zu dem Anhänger, der sich jetzt an ihre Haut schmiegte. Ohne es wirklich zu merken, hatte sich mein Atem beschleunigt. Ich war nervös, weil ich sie in so einem verwundbaren Moment nicht küssen konnte. Es wäre nicht richtig. Wir waren allein, niemand würde hier nach uns suchen. Außerdem war die Tür zu diesem Nebenzimmer nur mit dem Schlüssel zu öffnen, den ich gerade bei mir trug.

Rune legte ihre schmalen Finger an meine Wange und forderte mich auf ihr wieder in die Augen zu sehen. Ihre Tränen, die langsam trockneten, waren wie kleine Zeichen auf ihrer Haut zu sehen. Plötzlich war da etwas in ihrem Blick, das mich wieder an die geheimnisvolle Rune erinnerte. Sie sah mich an, wie an dem Tag als ich sie das erste Mal auf dem Jahrmarkt am Kassenhäuschen getroffen hatte. Unerschütterlich und ruhig, doch völlig entschlossen.

Ihre Iris verdunkelte sich. »Bitte, küss mich«, bat sie nochmals, es war viel mehr eine Aufforderung, als eine Bitte.

Mit ihrem Gesicht kam sie näher. Sie schmiegte ihre Wange an meine und flüsterte: »Bitte küss mich, Adam. Wir haben nicht mehr viel Zeit und ich ertrage es nicht mehr, nur in meinen Träumen von dir berührt zu werden.« Runes Lippen strichen sanft über mein Ohr, dann hinunter zu meinem Hals.

Ich schloss die Augen und versuchte das angespannte Gefühl in mir zu ignorieren. Ich hatte noch nie ... Na ja, ich war nicht ganz unerfahren, aber ich war noch nie so weit gegangen. Einerseits wollte ich Rune nicht enttäuschen, vor allem aber war ich nicht bereit, etwas zu tun, das ihr das Gefühl geben könnte, dass ich diese Situation ausnutzte.

»Ich bin nicht wie die anderen, Rune«, hörte ich mich sagen. Doch in Wahrheit wusste ich gar nicht mehr, wo mir der Kopf stand. Ich musste vernünftig sein, für sie, für uns.

Sie hörte auf, meinen Hals zu liebkosen und blickte mich mit ihren ehrlichen Augen an. Ihre Lippen zuckten kaum merklich, doch ich nahm ein Lächeln darauf wahr. Ich erkannte, dass sie sich auf die Innenseite ihrer Backe biss und eine Augenbraue hob.

»Ich verrate dir jetzt etwas«, vernahm ich ihre Stimme. Es war wie in einem Traum. Alles schien so verworren und ungreifbar. »Wärst du wie all die anderen, wären wir jetzt nicht hier, denn wir hätten bereits an dem Tag miteinander geschlafen, an dem wir den Unterricht geschwänzt haben. Wärst du wie all die anderen, hätte ich dich nicht gebeten, für mich zu spielen und ich hätte dir niemals meine Tränen gezeigt.«

In meinem Kopf, der verloren und weit ab von der Realität schien, ergaben ihre Worte Sinn.

»Ich habe noch nie einen Jungen so nah an mich herangelassen«, fuhr sie fort.

Dafür, dass sie vor wenigen Sekunden noch fast auf meinem Schoß gesessen hatte, hatte sie jetzt etwas Abstand genommen. Sie sah mich an, als würde sie auf eine Antwort warten.

Ich schüttelte den Kopf, um diesen unsichtbaren Nebel aus meiner Sicht zu rütteln. Ich stand völlig neben mir. Der Gedanke, Rune zu berühren, sämtliche Stellen ihres Körpers an meinem zu spüren und womöglich mit ihr zu schlafen, hatte jegliches Denkvermögen in mir ausgeschaltet. So etwas war mir noch nie passiert.

Sie griff erneut nach meiner Hand, die auf meinem Oberschenkel ruhte. Dunkler Nagellack schmückte ihre Nägel, ihre Haut war weich und warm. Ihre andere Hand wanderte zielsicher auf meinem Oberschenkel entlang. Dort würde sie nicht nur sehen, sondern gleich spüren, dass mein Körper immer noch auf dem Stand war, dass er nicht nur in ihren Träumen von ihr berührt werden wollte. Als ihre Hand die Stelle erreichte, worunter es unangenehm eng in meiner Jeans wurde, durchfuhr mich ein heftiges Gefühl der Erregung. Sie hatte keine Ahnung, wie oft *ich* bereits von ihr geträumt hatte und was wir in meinen Träumen alles getan hatten.

Energisch griff ich nach ihrer Hand und entfernte sie mit einer unerwartet groben Bewegung von meinem Schritt. Rune sah mich überrascht an. Ohne ein Wort zu sagen, zog ich sie an ihrem Handgelenk näher zu mir heran, so schnell, dass sie sich rittlings auf meinen Schoß setzen musste. Gemeinsam rutschten wir an die Sofalehne, wo wir einen Moment lang innehielten. Wir atmeten schwer, mein Herz hämmerte wie wild und schmerzhaft gegen den Brustkorb. Ihre Augen sprachen: Auf was wartest du? Und mein Körper sagte dasselbe. Einen tiefen Atemzug später zog ich sie an ihren Hüften fest an mich heran und unsere Lippen trafen sich, endlich. Es war die eine langersehnte Berührung, auf die sie gewartet hatte. Auch ich hatte das jetzt mit jeder Faser meines Körpers so sehr gebraucht.

Es war nicht die Vernunft, die an diesem Vormittag, in den dunklen vier Wänden unseres Proberaums, siegte. Es war die Schwäche gepaart mit der Lust zweier Menschen, die es in diesem Moment nicht besser wussten. Wir waren uns so nah wie nie zuvor und wir ließen es zu. Auch wenn wir uns damit unsere Herzen brechen würden. Wir waren verloren und doch war dieses Erlebnis mit Rune auf dem Sofa, neben verstaubten Stühlen und Instrumenten, das Atemberaubendste meines jungen Lebens.

Kapitel 17

Adam

Ich habe mich immer gefragt, wann der Tag kommen würde, an dem alles zusammenbrechen würde. Denn es war nur eine Frage der Zeit, das wussten wir beide.

Nun fiel es uns schwer, uns voneinander zu trennen. Den Raum zu verlassen würde bedeuten, uns unserem Schicksal zu stellen. Runes freier Vormittag ging zu Ende und sie machte sich auf den Weg zurück zum Jahrmarkt, wo sie später wieder im Kassenhäuschen arbeiten würde.

Als wir uns verabschiedeten, hatte ich das Bedürfnis, sie an mich zu ziehen und nie wieder loszulassen.

»Sehen wir uns morgen?«, fragte ich vorsichtig, bevor sie in das Auto stieg.

Ihre Lippen formten sich zu einem Lächeln und ich sah, dass die zarte Haut um ihren Mund ein wenig gerötet und gereizt war. Ich hätte sie sofort noch einmal küssen können, immer und immer wieder.

»Ich werde morgen den ganzen Tag arbeiten müssen. Doch du kannst mich besuchen kommen, sobald ich Feierabend habe ...«

Mit einem Nicken willigte ich ein und hielt ihre Hand länger, als ich sollte.

»Ich muss wirklich gehen, Adam«, hauchte sie leise und gab mir einen letzten Kuss auf die Wange. Mich überkam sofort wieder ein wohliger Schauer. *Himmel,* ich war verloren. Das merkte sie auch und lächelte amüsiert.

»Bis morgen«, sagte ich schließlich und hob zum Abschied nochmals eine Hand.

Zu später Stunde ging auch der Flohmarkt endlich zu Ende und da Jenna nicht mehr aufgetaucht war, half mir meine Mutter die Spenden einzusammeln. Zu Hause würden wir die Einnahmen zählen. Eigentlich wollte Mrs Garner ebenfalls hier sein, um das eingenommene Geld sicher im Schultresor zu verwahren. Doch sie konnte aufgrund eines Familiennotfalls nicht kommen und bat mich, es ihr Montagvormittag in der Schule zu überreichen. Ich hatte ein mulmiges Gefühl dabei, doch was blieb mir anderes übrig?

Den ganzen Tag über hatte meine Mutter kein Wort mehr mit mir gesprochen. Sie hatte das, was heute mit Jenna und Rune passiert war, genauestens beobachtet. Und nachdem ich anschließend die zwei Stücke Kuchen bei ihr holte, hatte sie mir in einer unterschwelligen Deutlichkeit Sätze eingetrichtert wie: *Ich meinte es ernst, als ich dich darum bat, keine weiteren Risiken einzugehen. Ich werde deinen Vater nicht nochmals anlügen. Du hast mir versprochen, dass es nicht mehr vorkommen wird*.

Doch was genau meinte sie? Durfte ich mich in meiner sowieso schon eingeschränkten Freizeit nicht mehr mit Rune treffen? Wo lag das Problem? *Du weißt, wo das Problem liegt*. Wenn mein Vater wüsste, mit welchem Mädchen ich mich traf und welche Herkunft sie hatte, würde er das nicht gutheißen. Schlimmer noch, seiner Auffassung nach wären sie und ihre ganze Familie sowieso völlig skrupellos und kriminell veranlagt. Und das würde er ihr, sowie uns allen, nur allzu deutlich zu verstehen geben. Ich verdrehte meine Augen und bekam heftige Bauchschmerzen bei dem Gedanken daran. Das Beste für uns alle war, mein Vater erfuhr nie davon. Keine Ahnung, wie ich das schaffen sollte, da ich mich definitiv weiterhin mit Rune treffen würde. Das durfte und konnte mir keiner nehmen.

Ich lag im Bett und starrte die Decke über mir an. Die Sonne war bereits untergegangen. In meinen eigenen dunklen vier Wänden versuchte ich, all die Gedanken zu ordnen. Es war schier unmöglich. Am Tag des Frühlingsballs würde Rune abreisen, das wäre heute in zwei Wochen. Der Gedanke daran, sie gehen lassen zu müssen, ließ mein Herz schmerzhaft zusammenkrampfen. Unsere Geschichte durfte in zwei Wochen nicht schon zu Ende sein. Das konnte ich doch nicht zulassen? Was ich für Rune empfand, war nicht von dieser Welt. Wir mussten eine Lösung finden.

Der nächste Morgen kam zu schnell, vermutlich, weil ich die halbe Nacht wachgelegen hatte. Ich war ratlos und all die negativen Gedanken in meinem Kopf bedrückten mich mehr, als ich es zugeben konnte.

Ich hörte unsere Türklingel und sah überrascht auf die Uhr. Wer klingelte an einem Sonntag in dieser Herrgottsfrühe? Ich hörte Mums Stimme, die durch das Treppenhaus meinen Namen rief. Und schließlich: »Jonny ist hier.«

Jonny? Was wollte er denn hier? Ich zog mir ein Shirt über und schlüpfte in die Jeans, die von gestern noch auf dem Boden herum lag.

»Hey, Mann. Guten Morgen«, grüßte er freundlich, als ich die Treppen herunter kam.

»Ist etwas passiert?«, wollte ich wissen. Denn diese Uhrzeit und vor allem die Freundlichkeit, die er heute an den Tag legte, waren nicht gerade typisch für ihn.

»Nein, nein. Alles in Ordnung. Hast du eine halbe Stunde für mich?«, fragte er und sah verunsichert zu meiner Mutter.

Sie merkte, dass wir etwas zu klären hatten. »Ich werde mich im Garten um die Wäsche kümmern und anschließend das Frühstück vorbereiten. Du bist in einer halben Stunde wieder da, ja?«, bat sie mich und ich nickte. Mein Vater war zu seiner Fortbildung weg, somit wäre es in Ordnung, wenn wir heute nicht um Punkt acht Uhr frühstückten.

Zusammen mit Jonny ging ich hinaus zu seinem Wagen.

»Fahren wir eine Runde?«, fragte er und setzte sich bereits hinter das Steuer. Etwas war komisch heute. Er war doch sonst auch nicht so freundlich. Außerdem wirkte er extrem verunsichert und auch das passte nicht zu ihm.

Als ich mich ebenfalls setzte und die Beifahrertür schloss, tastete er seine Hosentaschen ab. »Oh, verdammt. Jetzt habe ich tatsächlich mein Portemonnaie bei euch zu Hause vergessen«, fiel ihm plötzlich ein.

»Warum legst du dein Portemonnaie bei uns ab?«, hakte ich skeptisch nach.

»Vermutlich ist es mir aus meiner Hosentasche gefallen, als ich den Autoschlüssel herausgenommen habe, keine Ahnung. Wartest du kurz hier? Ich bin gleich zurück.«

Ich zuckte mit den Schultern, doch er war bereits wieder aus dem Auto gestiegen. Ich sah, wie er das Haus betrat, ohne nochmals zu klingeln.

Dort brauchte er, dafür dass er nur sein Portemonnaie vom Boden aufheben musste, ziemlich lang. Vermutlich überhäufte er meine Mutter wieder mit irgendwelchen Floskeln, so wie er es sonst tat.

Als er zurückkam, fuhr er sofort los.

»Warum bist du so schräg drauf?«, wollte ich schließlich wissen. Irgendetwas stimmte nicht mit ihm.

»Mmh, was?« Er schien völlig abwesend. »Ich bin nicht schräg drauf.«

»Wo fahren wir hin?«

»Ich lade dich auf einen Kaffee ein«, entgegnete er kühl.

Ungläubig sah ich ihn von der Seite an, doch er konzentrierte sich nur auf die Straße, die heute nicht einmal besonders stark befahren war.

Ich hinterfragte es nicht, denn ich wusste, wenn er mich auf einen Kaffee einlud, würde er mir vermutlich etwas beichten müssen. Nur was? Wollte er mich aus der Band werfen? Mir die Freundschaft kündigen?

Meine Gedanken kreisten seit gestern nur noch um Rune und wie es mit uns weitergehen sollte. Ich erwischte mich dabei, dass die Band und Jonny mich in diesem Moment erstaunlich wenig kümmerten. Das waren ganz neue Seiten.

Als wir unser Stammcafé betraten, setzten wir uns an einen Tisch am Fenster. Jonny trommelte ungeduldig darauf herum.

»Roger kommt morgen wieder zur Schule. Er wurde gestern aus dem Krankenhaus entlassen«, erzählte er dann endlich.

Roger, der war in meinen Gedanken bereits in den Hintergrund gerückt. Natürlich musste ausgerechnet er jetzt wieder auf der Bildfläche erscheinen.

»Okay, das ist gut. In dem Fall geht es ihm besser?«, fragte ich anstandshalber nach.

»Ja. Aber das wüsstest du selbst, wenn du dich zwischendurch auch mal nach ihm erkundigt hättest. Hättest ihn ruhig mal besuchen gehen oder ihm wenigstens mal eine Nachricht schreiben können.« Jonny klang vorwurfsvoll. Und vielleicht meldete sich in mir kurz ein schlechtes Gewissen. Immerhin waren wir Bandkollegen.

»Warum sitzen wir hier? Damit du mir einreden kannst, ich hätte mich mehr um Roger kümmern sollen?« Ich verstand nach wie vor nicht, was das hier werden sollte und das gab ich ihm deutlich zu verstehen.

Die Kellnerin brachte unsere Getränke. Als sie wieder ging, ließ sich Jonny gegen die Stuhllehne fallen. »Adam, Mann. Dieses Mädchen bringt nur Unruhe rein. Jenna ist völlig außer sich. Unsere Mitschüler zerreißen sich ihre Mäuler, weil du und Rune gestern auf dem Flohmarkt umeinander herumgeschlichen seid wie räudige Hunde. Dabei liegt Roger im Krankenhaus wegen ihr!«

»Moment mal, Stopp!«, fuhr ich dazwischen. »Roger liegt nicht im Krankenhaus wegen ihr. Er hat sich an sie rangeschmissen und ihr einen Tag später vermutlich beleidigende Dinge an den Kopf geworfen, weswegen bei ihrem Bruder die Sicherungen durchgebrannt sind. Rune kann dafür nichts. Außerdem hatte Roger eine Freundin. In meinen Augen hat er diese Abreibung mehr als nur verdient.«

»Gypsy-Girl hätte Roger einfach nicht gleich ranlassen sollen«, entfuhr es ihm einen Ticken zu laut. Ich sah schon in seinem nächsten Augenaufschlag, dass er es bereute.

Mir verschlug es fast die Sprache. »Ich dachte wirklich, wir wären Freunde. Aber in der letzten Zeit erkenne ich dich gar nicht wieder.«

Er lachte künstlich auf. »Was? Das sagst gerade *du*? Wer hat sich denn seit einer Woche aus unser aller Leben zurückgezogen, um Zeit mit einem Mädchen zu verbringen, das sowieso bald Geschichte sein wird?«

Ich hatte mein Getränk nicht einmal angerührt. »Deswegen sitzen wir also hier? Um uns gegenseitig zu sagen wie scheiße wir sind?«

»Um ehrlich zu sein, wollte ich mich eigentlich für gestern auf dem Flohmarkt entschuldigen. Aber dann wurde es hier auf einmal sehr komisch.«

Ich schüttelte den Kopf. Darauf würde ich ihm keine Antwort geben.

»Vergiss das Mädchen, Adam. Glaub mir, es ist das Beste für dich. Klar sie ist heiß. Mann, jeder Typ auf der Schule steht auf sie. Aber sie wird bald weg sein. Raffst *du* das denn nicht?« Er seufzte laut. »Ich sage dir das als dein Freund.« Seine Stimme nahm nun einen bedauernden Klang an und er ließ die Schultern sacken.

»Rune bedeutet mir etwas, das habe ich dir gestern schon gesagt. Und ich will nicht hören, wie du sie schlecht machst! Du, Jenna und vermutlich die ganze Schule. Das hat sie nicht verdient! Es regt mich auf, es verletzt mich! Raffst du das denn nicht?«, gab ich die Frage nun zurück.

Jonny schüttelte verständnislos den Kopf. »Hast du mir eigentlich gerade zugehört?«

»Vermutlich mehr als du mir. Ich glaube, wir sind hier fertig.« Ohne eine Antwort zu erwarten, stand ich auf und verließ das Lokal.

Die kühle Brise, die heute wieder über San Luis Obispo lag, tat mir gut und der Spaziergang nach Hause auch.

Kapitel 18

Adam

Es war bereits dunkel, als ich das belebte Gelände des Jahrmarkts betrat. Meine Mutter hatte gefragt, ob mit Jonny alles in Ordnung war, als ich vorhin nach Hause gekommen war. Ich behauptete, dass ich mich später mit ihm und Roger treffen würde, um die Songs für den Frühlingsball zu proben.

Als ich im Bus Richtung Jahrmarkt fuhr, versuchte ich das schlechte Gewissen, das immer lauter wurde, zu überhören. Ich gaukelte meiner Mutter vor, dass ich mich mit der Band verabredet hatte, zu der ich wohl gar nicht mehr gehörte. Nur, um mich mit einem Mädchen zu treffen, das so perfekt und falsch zugleich war.

Als ich mich dem Kassenhäuschen näherte, sah ich ein kleines Mädchen zwischen all den Menschen stehen. Es war höchstens vier Jahre alt. Die Kleine weinte bitterlich und rief nach ihrer Mama. Die Leute, die an ihr vorbeiliefen, beobachteten das Geschehen und schauten sich suchend um, doch niemand wurde aktiv. Ich joggte zu dem Mädchen hinüber und sah, dass Rune auch angerannt kam.

»Wo ist meine Mama?«, fragte das Mädchen tränenüberströmt und irgendwie erleichtert, dass jemand helfen würde.

»Weißt du noch, wo du sie zuletzt gesehen hast?«, fragte Rune mit liebevoller Stimme und kniete sich neben sie.

Das Mädchen fing wieder an zu weinen. »Neeein.«

»Wie heißt du denn?«, wollte Rune jetzt wissen.

»Lucy«, wimmerte sie.

»Lucy, ich möchte dir helfen, deine Mama zu finden. Wenn ich dich auf den Arm nehme, siehst du mehr. Dann können wir zusammen nach ihr suchen«, erklärte Rune sanft und Lucy nickte tapfer.

Ich stand neben den beiden, als eine Frau von hinten an Runes Schulter zerrte. »Hey!«, keifte sie und war den Tränen nah. »Was machst du mit meiner Tochter?!«

Das Mädchen drehte sich sofort von Runes Arm weg und fiel ihrer Mutter in die Arme.

»Ich wollte ihrer Tochter nur helfen, Sie zu finden«, versuchte Rune zu erklären. Doch es war zwecklos. Die Frau war völlig außer sich.

»Deswegen musst du nicht mit ihr von hier verschwinden!«, schimpfte sie aufgebracht.

»Ich ... ich wollte doch nicht ...«, stammelte Rune, als ich mich dicht neben sie stellte und ihre Hand nahm. Im Weggehen raunte die Frau ein »*Zigeuner*«.

»Meine Freundin wollte nur helfen, Miss. Sie haben Ihre Tochter ja wieder gefunden, kein Grund ausfallend zu werden«, rief ich ihr nach.

Als mich die Frau sah, schien sie sich ein wenig zu beruhigen. Doch sie antwortete nicht, sondern lief davon.

Rune rührte sich nicht, als sie den beiden nachsah. Ich musste nicht fragen, ob alles okay war, ich sah, dass sie sich falsch behandelt fühlte.

Ich fragte mich, was in diese Frau gefahren war. Es war kein Geheimnis, dass Rune auf den ersten Blick *exotisch* wirkte. Sie sah nicht aus wie das gestylte Püppchen oder das nette Mädchen von nebenan, so wie neunundneunzig Prozent der anderen in ihrem Alter. Ihre abgetragenen Boots fielen sofort ins Auge, heute trug sie auch wieder die dunkelrote Lederjacke, die ihre beste Zeit hinter sich hatte. Ihre Haare waren wieder wild und lockig. Der Nagellack auf ihren Fingern war wie immer an den äußersten Stellen abgeblättert. Doch das war Rune und es störte sie nicht. Sie wusste, dass sie nicht dieses typische und modische Mädchen war. Aber wie konnten solche nichtigen Äußerlichkeiten die Leute so reagieren lassen? Die Tatsache, dass sie sich so selbstsicher verkörperte, machte sie vollkommen und perfekt.

»Komm, lass uns gehen. Nick übernimmt das Kassenhäuschen«, bat sie mich und wir gingen über den Platz. Vorbei an den leuchtenden und grellen Neonlichtern, die überall um uns herum hell blinkten. Vorbei an johlenden Kindern und Erwachsenen, die sichtlich viel Spaß hatten. Lautes Knallen war zu hören, während wir an den Schießbuden vorbeiliefen.

Rune starrte auf den Boden, während sie eilig den Kiesplatz entlangging. Mir war klar, dass sie hier wegwollte. Was die Frau zu ihr gesagt hatte, war unverschämt und verletzend gewesen. Und Rune fühlte sich deswegen sichtlich unwohl.

Wir erreichten das Riesenrad, das, nach *Devil Rock* und vor allem abends, eines der meistbesuchten Attraktionen war. Abrupt blieb ich stehen und griff nach Runes Hand. Sie fuhr vor Schreck zusammen, doch sie hatte keine Zeit sich zu wundern, da ich sie bereits in meine Arme zog und fest hielt. Zuerst wirkte sie angespannt, doch umso fester ich sie an mich presste, umso ruhiger wurde sie. Ihr Körper entspannte sich spürbar. Sie wirkte nicht mehr so aufgewühlt. Ich fuhr mit meinen Händen an ihrem Hals hoch und durch ihr Haar an ihrem Hinterkopf entlang. Ich küsste sie zärtlich. Sie seufzte gegen meine Lippen.

Erst als ich mir sicher war, dass sie sich wirklich beruhigt hatte, löste ich mich von ihr. Ihre Augen strahlten nicht mehr diese Verletzlichkeit von gerade eben aus. Als sie mich anblickte, bedankte sie sich wortlos. Ich lächelte, strich eine Strähne aus ihrem Gesicht und wir gingen weiter. Händchenhaltend ließen wir den schrillen und lauten Rummelplatz hinter uns.

Mit einem Mal wurde es so dunkel, dass ich im ersten Moment nur Umrisse von dem erkannte, was sich um uns befand. Wir gingen ein paar Schritte und ich erkannte, dass wir die Wohnwagen der Schausteller erreichten. Als wir das letzte Mal hier waren, wirkte alles farbenfroh und lebendig. Heute war es ruhiger und ein wenig verlassen. Es war, als wären wir die einzigen Menschen weit und breit. Rune führte mich an den Trailern vorbei, blieb vor einem stehen, der wohl ihrer Familie gehörte. Dort ging sie hinein und kam wenige Sekunden später mit einer karierten Wolldecke wieder raus. Sie führte mich durch einen aufgeschnittenen Zaun. Es wurde noch dunkler um uns herum. Vorher hatten die Lichter des Rummelplatzes spärliche Schleier auf uns geworfen. Jetzt jedoch war es finster und die Geräusche des Rummels traten so weit in den Hintergrund, dass wir sogar das Zirpen der Grillen hörten.

»Komm, ich zeige dir meine Lieblingsstelle«, sagte Rune. »Sie liegt auf einem Hügel, gleich dort oben.«

Wir gingen eine kleine Steigung hinauf, die aber so lange anhielt, dass ich schnaufend ausatmete, als wir endlich oben ankamen. Von hier hatte man einen wunderbaren Blick über den Jahrmarkt und auf die Lichter der Stadt, die sich ein Stück hinter dem Rummel befanden.

Rune legte die Decke auf das Gras unter uns, setzte sich und ich tat es ihr gleich. Meine Augen hatten sich mittlerweile an die Dunkelheit gewöhnt und ich erkannte Felder neben uns, Bäume und ansonsten nur den nachtschwarzen Himmel und den Vollmond, der sich hinter ein paar dünnen Wolken befand.

»Bist du oft hier?«, fragte ich immer noch schwer atmend und zog meine Sweatjacke aus. Obwohl es heute Abend wieder schnell abkühlte, war ich bei diesem Anstieg hier hoch ins Schwitzen gekommen, weil wir uns so beeilt hatten.

»Jeden Abend«, bestätigte sie. »Manchmal begleitet mich Mia, aber sie bevorzugt irgendwann lieber ihr Bett und so bleibe ich hier allein.«

»Sie bevorzugt ihr Bett und geht mit den Hühnern schlafen?«, hakte ich lächelnd nach.

»Nein, eigentlich nicht. Aber sie liegt noch stundenlang in ihrem Bett und liest Bücher. Meistens die ganze Nacht.«

»Dafür sieht sie morgens aber sehr ausgeschlafen aus«, stellte ich fest.

»Das liegt vermutlich an ihren Genen. Das Gen der Schaustellerkinder«, antwortete Rune schmunzelnd.

Dann wurde es wieder still zwischen uns.

»Das, was die Frau vorhin gesagt hat ...«, fing ich an und wollte eigentlich nochmals bekräftigen, dass Rune sich das nicht zu Herzen nehmen sollte.

Doch Rune unterbrach mich: »Es ist nicht das erste Mal, dass ich so etwas zu hören bekomme. Mach dir keinen Kopf.«

Versuchte sie tatsächlich, mir einzureden, dass ich mir keinen Kopf machen sollte? Ich ging nicht darauf ein. »Das was sie gesagt hat, war nicht richtig. Es war unverschämt und respektlos. Es war ...«

»Adam«, murmelte sie und legte eine Hand auf meinen Oberschenkel. »Hör auf. Würde ich mir jedes Mal den Kopf wegen so etwas zerbrechen, wäre ich nicht mehr hier, sondern irgendwo in einer Klinik. Es ist nichts Neues.« Ihre Stimme klang traurig, doch gefasst.

Sie seufzte und drehte ihren Kopf zurück zu dem Lichtermeer, das vor uns lag. »Auch das was über mich an der Tafel geschrieben stand, ist etwas, das ich bereits in anderen Teilen Nordamerikas zu hören bekommen habe. Und wenn ich die Stadt verlasse, lasse ich es hinter mir. Ich muss wieder bei Null anfangen, sobald wir den nächsten Ort erreichen. Jedes Mal. Es ist ein verfluchter Teufelskreis.«

Die Stimmung war bedrückt und ich sagte das, was mir mit einem Mal auf der Zunge lag. »Dann bleib bei mir, Rune.«

Es war ein kurzer Satz, der aber so viel aussagte, dass sich mein Magen verkrampfte. »Bleib hier«, wiederholte ich.

Ihr Gesicht drehte sich ruckartig zu mir.

»Schließ mit mir das letzte Schuljahr ab. Danach werden wir schon irgendwie etwas finden. Einen Job, eine Wohnung. Ich werde dich unterstützen. Egal was kommt. Ich bin für dich da«, plapperte ich drauf los und wusste nicht einmal, was da überhaupt aus meinem Mund heraus kam.

Runes Augen füllten sich mit Tränen, doch sie schwieg.

»Keinen Teufelskreis mehr. Keine neuen Ortschaften und fremden Gesichter mehr. Ein kleines Zuhause. Ein Ort, an dem du bleiben kannst«, führte ich weiter aus und hoffte inständig auf eine Antwort von ihr.

»Adam ...«, flüsterte sie mit belegter Stimme.

Flehend sah ich sie an. Ich wollte, dass es ihr besser ging und ich würde alles dafür tun.

»Du weißt, dass das nicht geht«, antwortete sie und weinte. »Du kannst mich nicht retten.« Ihr letzter Satz klang so gequält, dass ich ein unangenehmes Stechen in meinem Herz spürte.

Ich vergrub das Gesicht in meinen Handflächen und drückte die Fingerkuppen gegen die geschlossenen Lider.

»Ich möchte dir helfen, Rune. Bitte sag mir wie!«, bat ich, doch wie sollte ich das tun? Verzweiflung machte sich breit.

Sie konnte nicht hierbleiben und ich konnte nicht mit ihr gehen.

Ich nahm sie in die Arme, um ihr Trost zu spenden. Sie weinte sich an meiner Schulter aus und ich spürte jede ihrer Tränen durch den Stoff meines Shirts sickern.

Wir verblieben eine Ewigkeit in dieser Position, bis sie sich beruhigte. Dann löste sie sich aus meiner Umarmung und ließ sich auf den Rücken fallen. Ich gesellte mich zu ihr und gemeinsam erkannten wir, dass der Himmel jetzt mit einem Mal völlig wolkenlos war und von glänzenden Sternen geschmückt wurde.

Ich nahm Runes Hand und drückte sie fest. »Du bist meine Wildblume, Rune. Einzigartig und schön. Mit dir ist die Welt bunter, nichts und niemand kann dich erschüttern. Du bist unabhängig, wild und frei. Auch wenn du dich nirgends zuhause fühlst, möchte ich, dass du in mir ein Zuhause hast. Ich möchte für dich da sein. Für immer und egal wie. Bitte vergiss das nie.«

Rune antwortete nicht, sondern nahm meine Hand und legte sich diese auf ihr Herz, das unaufhörlich gegen meine Finger klopfte.

Kapitel 19

Rune

Eine kalte Brise streichelte mir über die Wange. Kurz darauf spürte ich Adams warme Finger über meine Haut gleiten.

Ich öffnete die Augen und sah in das Tiefblau seiner Iris. Er lächelte.

Erst jetzt erkannte ich, dass die ersten Sonnenstrahlen sich bereits am Himmel zeigten. »Wir sind eingeschlafen«, stellte ich mit müder Stimme fest.

»Ja, sieht ganz so aus.«

»Seit wann bist du wach?«, wollte ich wissen und richtete mich langsam auf. Um uns herum hatte sich ein zäher Nebel breitgemacht und nur vereinzelt sah man ein paar Blütenknospen oder grüne Zweige der umliegenden Bäume.

Eine Totenstille herrschte hier auf diesem verlassenen Hügel und als Adam mir antwortete, schrak ich zusammen.

»Schon ein paar Minuten«, entfuhr ihm mit klappernden Zähnen. Er fror am ganzen Körper und gab sich Mühe, ein Zittern zu unterdrücken.

»Ich habe ja noch deine Jacke an!«, fiel mir jetzt auf und ich begann den Reißverschluss zu öffnen, doch er hielt mich davon ab.

»Nein, behalt sie an«, beharrte er.

»Dann lass uns schnell nach unten gehen. Wir trinken etwas Warmes und ...«, fing ich an und sah auf seine Armbanduhr. »Wir haben noch etwas Zeit, bis die Schule beginnt.«

Gemeinsam standen wir auf und stiefelten den Abhang hinunter. Adam war die ganze Nacht nicht zu Hause gewesen. Seine Eltern hatte sich bestimmt Sorgen gemacht.

»Hast du deinen Eltern Bescheid gesagt, dass es dir gut geht?«, fragte ich besorgt.

»Ja, ich habe meiner Mutter gestern Abend noch eine Nachricht geschrieben, dass ich bei Jonny übernachte.« Etwas bedrückte ihn, als er das sagte.

Ich dachte daran, wie erschöpft ich gestern in seinen Armen eingeschlafen sein musste. Der Abend und die anbrechende Nacht waren nervenaufreibend und emotional gewesen. Adams Worte, meine Tränen, die Gefühle, die er in mir weckte. Die stillen Momente als wir nur den Sternenhimmel über uns betrachtet hatten. Und als wir anschließend wieder miteinander geschlafen hatten.

Schon nach unserem ersten Mal im Proberaum, wurde mir klar, dass Adam der erste Junge war, der mich so behandelte, wie ein Mädchen es verdiente. Er benutzte nicht nur mich und meinen Körper. Er war anfangs unsicher, aber liebevoll. Und schon nach kurzer Zeit fanden unsere Körper einen wortlosen Weg, miteinander zu kommunizieren. So etwas hatte ich noch nie erlebt.

Wir betraten den Kiesplatz, auf dem all die Trailer standen. Hier draußen war noch nicht viel los. Ich lief geradewegs auf unseren Trailer zu, öffnete die Tür und merkte, wie Adam sich hinter mir versteifte.

Ich drehte mich zu ihm um. »Was ist los?«

Er wollte nicht mit der Sprache rausrücken, das sah ich ihm an. Schließlich sagte er: »Dein Vater und Nick. Sind sie nicht da?«

Jetzt lächelte ich. *Deswegen war er so verunsichert.* »Mein Vater ist um diese Uhrzeit schon aus dem Haus. Entweder er macht seinen ersten Kontrollgang um *Devil Rock*, oder er trinkt einen Kaffee bei Augustus. Und mein Bruder wird *noch* unterwegs sein, bei irgendeiner neuen Frauenbekanntschaft. Um diese Uhrzeit bin ich immer alleine. Jetzt komm schon«, forderte ich ihn nochmals auf und machte eine winkende Handbewegung, damit er endlich in unseren Wohnwagen hineinkam.

»Geh doch schon mal duschen, ich mache uns einen warmen Tee«, bot ich ihm an und zog ein großes Handtuch aus einem der schmalen Schränke heraus. »Die Dusche ist nicht riesig, aber du kannst dich unter dem warmen Wasser erstmal aufwärmen.«

Adam nickte und drückte sich durch die schmale Schiebetür in unser kleines Bad hinein und ich begann an der Küchenzeile das heiße Wasser aufzukochen.

Keine zwei Minuten später kam er mit nassen Haaren wieder heraus und rubbelte sich das Handtuch über seinen Kopf. »Können wir auf dem Weg zur Schule kurz bei mir zu Hause anhalten? Damit ich mir etwas Frisches anziehen kann.«

Ich nickte und bat ihn, sich selbst am heißen Wasser zu bedienen und stieg ebenfalls kurz unter die Dusche.

Als ich zurückkam, saß Adam auf einer der zwei Bänke unserer kleinen Sitzecke. Noch nie hatte ich einen Jungen mit hierher gebracht. Zu sehr hatte ich mich für die spärlichen Wohnräume geschämt. Doch mit Adam in diesem Raum fühlte sich alles richtig an.

Es klopfte an unserer Wohnwagentür und wir schraken gleichzeitig auf.

»Rune? Bist du da?« Es war Mias Stimme und erleichtert atmete ich wieder aus.

Ich öffnete die Tür und blickte in die müden Augen meiner Freundin. »Warst du heute Nacht wieder auf unserem Hügel?«, wollte sie gleich wissen. »Ich habe dich gestern Abend hier unten überall gesucht.«

»Ja. Ich war oben ... wie immer.«

Dann tauchte mein Bruder hinter ihrem Rücken auf und betrat den Trailer.

»Was machst du denn hier?«, fragte ich ihn überrascht.

Abrupt blieb er stehen und sah mich an. Dann wanderte sein Blick zu Adam und verharrte dort mehrere Sekunden.

»Ich wohne hier, schon vergessen?«, antwortete er schließlich und verschwand noch im selben Atemzug im Bad.

Auch Mia kam nun herein und entdeckte schließlich auch Adam auf der Sitzbank. »Oh, guten Morgen«, grüßte sie überrascht. »Was machst du denn hier?«

»Ich ... Rune und ich«, fing Adam an und ich musste ein Kichern unterdrücken.

»Wir haben den Abend oben auf der Wiese verbracht und sind dort eingeschlafen«, erklärte ich und Mia nickte langsam und herausfordernd. Doch für den Moment gab sie sich mit dieser Antwort zufrieden.

»Können wir gleich los? Adam muss noch kurz zu Hause anhalten bevor wir zur Schule weiterfahren«, erklärte ich.

»Alles klar. Ich sag Tom und Liam Bescheid. Wir treffen uns in fünf Minuten am Auto«, sagte Mia und ging wieder hinaus.

Als ich mich wieder zu Adam drehte, lächelte er. Es war das erste Lächeln am heutigen Morgen und ich hatte es bereits vermisst. Er wirkte müde und erschöpft. Es war, als würden ihm tausende Gedanken durch den Kopf gehen. Doch wenn sich seine Lippen zu einem Schmunzeln verzogen, beruhigte das auch meine Gedanken und Zweifel. Adam war mein Ruhepol, das würde er immer sein.

Auf dem Weg zur Schule hielten wir, wie vereinbart, kurz bei ihm zu Hause an. Ich sah niemanden an den Fenstern oder hinter der Tür auf ihn warten und hoffte, dass die Nacht, die er außer Haus verbracht hatte, ihm keinen Ärger verschaffen würde.

»Die Teenager, die sich unsterblich und hoffnungslos ineinander verliebten. Rune und Adam - ihr seid fast schlimmer als Romeo und Julia«, zog mich Mia vom Beifahrersitz aus auf, während sie gespielt verträumt das Haus anstarrte, in das Adam verschwunden war.

Tom lachte leise in sich hinein, als er Mias theatralischen Ton hörte.

»Ruhe da hinten«, schimpfte ich mürrisch in Richtung Rückbank und wandte mich dann wieder zu Mia. »Und hier vorne auch. Romeo und Julia starben früh, hab ich nicht vor!«

Sie hob unschuldig die Arme in die Höhe, als Adam zurückkam. Mia stieg aus, um ihn wieder hinten einsteigen zu lassen, wo er sich zwischen Tom und Liam quetschte.

Wenige Minuten darauf parkte ich den Wagen vor der Schule. Ich würde Adam später fragen müssen, ob wirklich alles in Ordnung war. Im Rückspiegel hatte ich seinen nachdenklichen Gesichtsausdruck sehr wohl bemerkt, denn dort konnte ich ihn immer wieder unauffällig beobachten.

Als wir ankamen, parkten zwei Autos neben uns natürlich Jenna und ihre Freundinnen. Als Adam das sah, nahm er meine Hand und zog mich näher an sich heran. Jenna warf ihm einen abfälligen Blick zu und lief mit ihren klackernden Absätzen und wackelndem Hintern an uns vorbei.

Wieder einmal beeindruckte mich Adam mit dem, was er tat. Er hielt zu mir, egal was die anderen über ihn dachten. Es störte ihn kein bisschen, dass er mit den aktuell unbeliebtesten Schülern dieser Highschool das Gebäude betrat. Er würde für mich da sein, so wie er es mir gestern Nacht versprochen hatte. Das wusste ich.

Kapitel 20

Rune

»Es hat dich ganz schön erwischt«, hörte ich Mia plötzlich neben mir.

Der erste Schultag unserer zweiten Woche hier war endlich zu Ende gegangen und nachdem wir Adam zu Hause abgesetzt hatten, machten wir uns auf den Weg zurück zum Jahrmarkt. Ich hatte mich mit einer riesigen Zuckerwatte in der Hand auf eine kleine Mauer gesetzt, die sich etwas abseits befand.

Ich schwieg und kommentierte Mias Feststellung nicht. Gemeinsam blickten wir auf das Riesenrad, das hinter den Wohnwagen, an denen wir saßen, emporragte. Es stand still, so wie immer um diese Uhrzeit.

»Du weißt, dass ich euch gesehen habe dort oben«, rückte sie schließlich raus mit der Sprache.

Unser erster Kuss auf dem Riesenrad war bereits ein paar Tage her und ich hatte schon gewartet, dass Mia mich darauf ansprechen würde. Sie hatte sich die letzte Zeit zurückgezogen, das hatte ich genau gemerkt. Normalerweise war sie die Erste, die solche Dinge umgehend kommentierte und mir ihre Meinung ungefiltert mitteilte.

»Dafür, dass du meine beste Freundin bist, hast du aber lange gewartet, mich darauf anzusprechen«, zog ich sie auf.

»Dafür, dass *du* meine beste Freundin bist, hättest du es mir gleich erzählen sollen«, entgegnete sie mir. In ihrem Ton war jetzt keine Ironie mehr zu hören.

Ich legte meinen Kopf schräg und sah sie schließlich an. »Bist du ernsthaft beleidigt deswegen?«

Nun starrten auch ihre dunkelbraunen Augen mich durch ihre modische Brille an. »Um ehrlich zu sein, ja.«

Stirnrunzelnd sah ich sie an. »Was? Warum? Sonst möchtest du doch auch nichts von den Geschichten mit all den Jungs wissen ...«

Mia verzog ihre Lippen genervt und sah mich tadelnd an. »Rune. Wen möchtest du denn verarschen?«

Ich versuchte, die Nichtsahnende zu spielen.

»Adam ist so viel mehr als irgendein Junge. Denkst du, ich bin blind? Ihr seid heute händchenhaltend durch die Schule gelaufen, Herrgott.«

Okay, das hatte ich zuvor wirklich noch nie getan.

»Wie er dich ansieht, nein, was rede ich denn da ... Wie ihr beide euch ansieht!«, fuhr sie fort. »Rune ... so habe ich dich noch nie erlebt!« Ihre Stimme klang überrascht und fast etwas überfordert.

»Ist es denn so schlimm?«, wollte ich wissen.

Jetzt lächelte sie. »Schlimm? Du bist glücklich. Deine Gefühle sind greifbar. Du schreist mit deiner ganzen Art in die Welt hinaus, wie verliebt du bist. Das ist ein riesengroßer Unterschied! Ich sehe es in deinen Augen, in deinem Verhalten. Du bist nicht mehr das in sich gekehrte, geheimnisvolle Mädchen, das du jedem vorgibst zu sein.«

»Adam nannte mich seine Wildblume. Dass ich seine Welt bunter mache und mich nichts und niemand erschüttern könne. Er sagte, ich wäre unabhängig, wild und frei«, erzählte ich ihr mit leiser Stimme.

»Das ist sehr schön formuliert«, gab sie zu.

Wir schwiegen eine ganze Weile. Niemand von uns traute sich, etwas zu sagen. Und was sollte das hier überhaupt werden? Ein Gespräch zwischen zwei besten Freundinnen, bei dem sie mir sagte, wie süß mein neuer Freund war? Und wie sehr sie sich für mich freute, dass ich einen so anständigen und gutaussehenden Jungen abbekommen hatte? Wir wussten nur zu gut, dass dieses Gespräch zwischen uns nicht stattfinden würde. Denn wir waren keine der typischen Highschool Mädchen, wie all die anderen in unserem Alter.

»Leider kann man sich nicht aussuchen, in wen man sich verliebt«, entfuhr mir schwermütig.

Mia seufzte. »Wir werden niemals den einen perfekten Partner fürs Leben finden.«

Ich erstarrte und sah sie verwundert an. Woher kam das auf einmal? »Das sagst gerade du? Du bist doch diejenige, die an die ewige und für immerwährende Liebe glaubt. Dass der richtige Mann für dich irgendwo da draußen auf dich wartet.«

»Ach, Rune«, entgegnete sie mir schon fast beleidigt. »Wo sollten wir ihn denn finden, den Richtigen? Soll es jemand aus einer Stadt sein, in der wir arbeiten? Pff, vergiss es. Welcher Typ würde freiwillig alles hinter sich lassen, und das ganze Jahr lang mit einer Schaustellerfamilie durch Amerika fahren?«

Ich sollte in diesem Zusammenhang nicht erwähnen, dass es auch möglich war, im Gegenzug das Schaustellerleben hinter uns zu lassen. Mia war da anderer Meinung, schon immer. Was ich vielleicht sogar nachvollziehen konnte, da sie keine Geschwister hatte und als einzige Erbin des Riesenrads in Frage kam.

»Was bleibt uns also übrig, ein Tom oder ein Liam? Gott bewahre«, brachte sie lächelnd hervor und ich musste grinsen.

»Na ja, du hättest noch die Wahl zwischen Augustus oder Nick?«, zog ich sie auf. »Da unser Zauberer der ewige Junggeselle bleiben wird und sowieso zu alt für dich ist, dürfte Nick schon mehr in die richtige Richtung gehen. Andererseits hat er bereits so vielen Frauen das Herz gebrochen, dass ich dir von ihm dringend abraten würde.«

Ich rechnete damit, dass Mia in mein Gelächter einstimmen würde. Das hätte sie auch getan, wenn da nicht etwas Komisches in ihrem Blick vorgehen würde. Etwas ... das ich vorher noch nie dort gesehen hatte.

Sie schnappte sich ein großes Stück meiner Zuckerwatte.

»Habe ich Recht?«, fragte ich und versuchte, einen autoritären Ton einzuschlagen.

Sie starrte ins Leere und ließ sich den Zucker auf ihrer Zunge zergehen. »Ja. Natürlich«, antwortete sie darauf nur.

Auch wenn sie mich gerade nicht ansah, verzog ich fragend mein Gesicht.

»Und wie soll es zwischen dir und Adam weitergehen?«, fragte sie mich plötzlich, und ich wurde das Gefühl nicht los, dass sie bewusst das Thema wechselte. Leider mit einer Frage, auf die ich ihr keine Antwort geben konnte.

»Schon klar, die richtige Antwort darauf gibt es nicht«, stellte sie selbst fest. Mia lag mit ihrer Feststellung leider goldrichtig. Niemand in unserem Alter würde freiwillig alles hinter sich lassen und das Leben eines Nomaden in Kauf nehmen.

»Adam möchte Meeresbiologie studieren. Seine Eltern sind vor allem deswegen nach Kalifornien gezogen«, äußerte ich und stellte fest, dass ich zum ersten Mal Mia davon erzählte. »Soviel ich weiß, ist sein Vater sehr streng, wenn es um seine schulischen Leistungen und seine Zukunft geht.«

»Und dann tritt das Zigeunermädchen in sein Leben und bringt alles durcheinander«, sagte sie zart lächelnd.

Ich seufzte. Mia war immer so herrlich ehrlich. Sie brachte es wieder einmal auf den Punkt und erwähnte etwas, das ich die ganze Zeit verdrängt hatte. Ich brachte nur Unruhe in Adams Leben. Wahrscheinlich hatte die Nacht, die er heute hier verbracht hatte, den Bogen überspannt. Ich durfte mir gar nicht ausmalen, was geschehen würde, wenn wir uns nicht mehr sehen könnten. Die letzten zwei Wochen, die wir gemeinsam hatten, mussten wir genießen und in vollen Zügen nutzen. Auch wenn unsere Zeit begrenzt war.

Kapitel 21

Adam

Ich sah Mums Fahrrad in der offenen Garage stehen und atmete erleichtert aus. Mein Vater war noch nicht da. Ich musste also die Zeit bis er kam nutzen, um mit ihr zu reden.

Im Haus roch es nach der frischen Lasagne, die meine Mutter gerade zum Abendessen vorbereitete.

»Mom«, sagte ich und erschrocken drehte sie sich um. Sie hatte mich nicht reinkommen hören.

Ihr Blick war traurig, sogar ein bisschen erschöpft. »Adam«, murmelte sie leise. Sie legte ihre Schürze ab und betrachtete mich wehmütig. »Bitte sag mir wann der Punkt kam, an dem du beschlossen hast, nicht mehr ehrlich zu mir zu sein.«

Sie wusste es.

»Ich habe Jonnys Mutter heute Vormittag in der Bibliothek getroffen«, fing sie an zu erzählen und ihr schossen Tränen in die Augen. »Ich habe sie als Erstes gefragt, ob es keine Umstände gemacht hat, dass du gestern nach der Bandprobe dort übernachtet hast.«

Verflucht.

Sie hob ihre Augenbrauen und wartete darauf, dass ich etwas dazu sagte.

»Ich wollte es dir sagen«, begann ich zögerlich.

Sie schnitt mir sofort das Wort ab. »Wann wolltest du es mir sagen? Nachdem ich mich zum Affen gemacht habe vor Jonnys Mutter?«

»Mom, nein. Ich konnte dir gestern nicht die Wahrheit sagen.«

»Warum nicht?«, fragte sie und wurde lauter. So sprach sie sonst nie mit mir. »Weil du denkst, ich hätte dich in dein Zimmer eingesperrt, um dich nicht zu ihr zu lassen?«.

Ich zuckte mit den Schultern. »Weil du am Samstag auf dem Flohmarkt gesagt hast, ich soll keine weiteren Risiken eingehen. Außerdem wollte ich nicht, dass du nochmal für Dad lügen musst. Er findet das nicht gut, ich weiß das.«

»Ich war zumindest der Meinung, du wüsstest welche Risiken ich gemeint habe. Du wirst bald achtzehn, Adam. Ich dachte, du könntest mittlerweile sehr gut selbst erfassen, was richtig und was falsch ist. Was ist mit deinen schulischen Zielen? Deinem Stipendium? Dem Studium?«

»Der schnellste Weg zu Rune war der, mir eine Notlüge einfallen zu lassen. Weil ich genau diese Diskussion mit dir vermeiden wollte«, entgegnete ich nun ebenfalls stur.

»Also hast du bei ihr übernachtet.«

Ich schluckte.

»Verhütet ihr wenigstens?«, fragte sie immer noch so streng, dass ich sie kaum wiedererkannte.

»Gott, Mom. Ja natürlich, ich will ja kein Kind mit 18!«, entgegnete ich gefrustet.

»Tatsächlich nicht?« Jetzt klang sie sarkastisch.

»Mom! Ich weiß, was ich tue!« *Wusste ich nicht.*

»Ich werde es vor deinem Vater jedenfalls nicht länger verheimlichen können. Da Jonnys Mutter nun auch darüber Bescheid weiß, dass mein Sohn mich belügt, ist es nur noch eine Frage der Zeit, bis es alle anderen wissen.«

»Mom, bitte!« Genau das wollte ich vermeiden. »Ich habe doch diesmal den Unterricht nicht geschwänzt und auch sonst

nichts Verwerfliches getan. Es tut mir leid, dass ich dich ange-
logen habe. Ich wollte es dir heute erzählen, solange Papa nicht
da ist.«

Meine Mutter schüttelte verständnislos mit dem Kopf, als die
Haustür aufging und mein Vater hereinkam.

»Hallo ihr zwei!«, grüßte er uns auf Englisch und es fiel mir
schwer, mich wieder in diese Rolle hineinzufinden. Warum *verflucht* konnten wir als Familie nicht weiterhin Deutsch miteinander sprechen.

»Hallo Liebling«, grüßte ihn meine Mutter und war auf einmal wie ausgewechselt. Sie hätte Schauspielerin werden sollen.

»Die Lasagne riecht köstlich. Habe ich etwas verpasst die letzten zwei Tage?«, wollte er gleich wissen.

Ich starrte weiterhin die Servietten in meinen Händen an,
nach denen ich kurzerhand gegriffen hatte. Sollte meine Mutter jetzt mit den neusten Ereignissen rausrücken, würde ich ihr
dabei bestimmt nicht in die Augen sehen. Und schon gar nicht
meinem Vater.

Ich ertrug es fast nicht und wartete ungeduldig auf den Moment.

»Nein, Liebling. Du hast nichts verpasst. Wir essen in zwanzig Minuten«, sagte sie, wandte sich einem der Schränke zu und
begann den Tisch zu decken.

»Großartig. Dann werde ich später duschen. Adam, hilf deiner Mutter, bitte«, bat er mich noch im selben Atemzug und
setzte sich auf einen der erhöhten Stühle in der Küche, wo er
eine Zeitschrift aufschlug. »Ich habe hier einen sehr interessan-
ten Artikel gefunden, den ich dir später zeigen wollte, mein
Sohn.«

Er sprach weiter, doch ich hörte ihn kaum. Stattdessen blickte ich meine Mutter an, die zwischen zwei offenen Schranktüren stand. Als sich unsere Blicke trafen, bedankte ich mich wortlos. Sie versuchte zu lächeln, doch es gelang ihr kaum.

Nach dem Abendessen halfen mein Vater und ich mit dem Abwasch. Wenig später verabschiedete ich mich schließlich in mein Zimmer mit dem Vorwand, ich würde noch etwas für die Schule tun.

Ich nahm mein Handy in die Hand und wünschte, ich könnte jetzt mit Rune sprechen. Als sie mir erzählt hatte, dass sie kein eigenes Handy besaß, hatte ich mich über sie lustig gemacht und sie darauf hingewiesen, dass wir im Jahre 2013 lebten und nicht im achtzehnten Jahrhundert. Sie hatte mir erklärt, dass sie die Menschen, mit denen sie tagtäglich kommunizieren musste, sowieso immer um sich herum hatte. Dass ihr Vater und Nick ein Smartphone besaßen, doch dass sie sich nie dafür interessiert hatte. Außerdem waren all die sozialen Medien nur eine weitere Plattform, auf dem Mobbing betrieben wurde. Somit etwas, wovon sich Rune fernhalten wollte.

Ich ging den letzten Chatverlauf mit Jonny durch, der einige Tage zurücklag. Er hatte mich heute in der Schule keines Blickes gewürdigt. Ich sah ihn öfter mit Jenna und hatte auch beobachtet, dass sie einmal nervös miteinander geredet hatten. Weil sie so weit weggestanden hatten, hatte ich nicht mitbekommen, worum es ging. Doch nach ihrer Körperhaltung zu urteilen, war es ein sehr hitziges Gespräch.

Das Telefon klingelte unten im Wohnzimmer und ich hörte, wie mein Vater ran ging. Seine Stimme wie immer so autoritär, dass man meinen könnte, man spräche mit einem Polizisten und nicht mit einem harmlosen Biologen.

»Adam?«, hörte ich ihn als Nächstes rufen. »Komm bitte mal nach unten.«

Ich rollte mit den Augen und lief in langsamen Schritten wieder ins Wohnzimmer. Mom stand hinter meinem Vater. Ihre Gesichtsfarbe wurde von einer Sekunde auf die nächste immer blasser.

»Was ist los?«, fragte ich, jetzt ebenfalls etwas beunruhigt.

»Das war Mrs Garner. Sie möchte sich mit uns morgen früh in ihrem Büro treffen«, erklärte er anklagend.

»Hat sie gesagt, um was es geht?«, fragte ich. Was wollte meine Rektorin von uns?

»Ich dachte, das könntest du mir sagen, bevor wir nichtsahnend in dieses Gespräch gehen«, hielt er mir vor.

Ich schüttelte den Kopf. »Ich habe keine Ahnung. Wirklich nicht.«

»Der Termin ist morgen eine halbe Stunde vor Unterrichtsbeginn. Ich hoffe, es wird nicht zu lang dauern. Ich habe danach dringende Termine im Büro, die ich nicht verschieben möchte.« Es war vorwurfsvoll, wie mein Vater das sagte. Doch ich wusste wirklich nicht, um was es ging.

Auch als er schließlich nach oben ging, um zu duschen, umfasste Mom unerwartet hart mein Handgelenk. Ihre dünnen Finger gruben sich in meine Haut. »Du weißt wirklich nicht, worum es geht, Adam?«, ermahnte sie mich.

»Mom, nein. Das ist die Wahrheit.«

Sie war sich nicht sicher, ob sie mir glauben sollte. Doch ihr blieb nichts anderes übrig.

Eigentlich würde ich jetzt Jonny oder Jenna anrufen und fragen, ob sie wussten, was passiert war. Das konnte ich jetzt nicht mehr tun, was echt schade war, weil Jenna eigentlich immer wusste, was in der Schule vor sich ging.

Ich versuchte mich zu beruhigen, es würde schon nichts schlimmes sein. Vermutlich war es reine Formalität, dass Mrs Garner meine Eltern so kurzfristig einbestellt hatte.

»Guten Morgen Mrs und Mr West. Adam«, grüßte uns Mrs Garner freundlich. »Bitte setzen Sie sich.«

»Ist etwas vorgefallen, Mrs Garner? Wir sind ein bisschen verwundert, heute hier zu sein.« Wie immer verschwendete mein Vater keine Zeit und kam direkt zum Wesentlichen. Unsere Rektorin wechselte ihren Blick zwischen ihm und meiner Mutter hin und her. Sie wirkte etwas verunsichert und so, als wüsste sie nicht wie sie anfangen sollte. Das merkte ich vor allem daran, dass sie einmal den Mund öffnete, um etwas zu sagen, ihn dann aber wieder schloss.

»Wie fange ich am besten an?«, gab sie schließlich zu.

Mein Vater wartete ungeduldig und meine Mutter fuhr mit ihren Fingern fieberhaft am Saum ihrer Bluse entlang.

»Es geht um die Spendeneinnahmen des Flohmarkts.« Jetzt schien es, als hätte Mrs Garner all ihren Mut zusammengenommen. »Adam, als du mir am Montag die Kasse mit den Einnahmen gebracht hast, sagtest du, dass wir 5.000 Dollar eingenommen haben. 5.380 Dollar, um genau zu sein.«

Ich nickte. »Ja, das ist richtig, Mrs Garner.«

Sie räusperte sich. »Beim Nachzählen des Betrags mussten wir jedoch feststellen, dass es lediglich 4.380 Dollar waren, die sich in der Kasse befanden.«

Sie zog die besagte silberne Kasse hervor und öffnete sie. »Ich möchte keine voreiligen Schlüsse ziehen und frage dich deswegen noch mal im Beisein deiner Eltern: Wie hoch ist der Betrag, der eingenommen wurde?«

»Es waren 5.380 Dollar, Ma'am«, versicherte ich. »Meine Mutter hat die Einnahmen noch am Samstagnachmittag mit mir gezählt.«

»Ja, 5.380 Dollar«, bestätigte meine Mutter nun neben mir.

»Wie kann es dann sein, dass eintausend Dollar fehlen?«, wollte sie nun wissen.

Mein Vater schwieg und blieb der stille Beobachter, für den Moment.

»Das weiß ich nicht, Mrs Garner. Als ich Ihnen die Kasse am Montagmorgen vor Unterrichtsbeginn brachte, war der Betrag noch vollständig.«

»Und das weißt du, weil du ihn nochmals nachgezählt hast?«, wollte sie von mir wissen.

Ich schüttelte den Kopf. »Nein. Nachgezählt habe ich nicht. Aber die Kasse befand sich die ganze Zeit bei uns zu Hause. Niemand außer meiner Mutter und mir, hatten Zugang zu dieser Kasse.«

»Das Geld war bei Ihnen zu Hause also an einem sicheren Ort verwahrt?«, hakte sie weiter nach.

Ich wechselte einen kurzen Blick mit meiner Mutter. »Ja. Na ja, sie befand sich in einem Regal in unserem Wohnzimmer.«

»In ihrem Wohnzimmer? Offen zugänglich für jeden?«

»Was? Nein. Niemand betritt unser Wohnzimmer einfach so. Es ist nicht für jeden offen zugänglich«, antwortete ich einen Ticken zu stolz. Doch was sollte ich dazu sonst antworten? Was sollte das Ganze? Warf sie uns gerade vor, dass unser Wohnzimmer für Gott und die Welt offen stand?

»Adam«, tadelte mich mein Vater in tiefer Stimme. Er sagte nicht viel, aber sein Ton, als er meinen Namen aussprach, brachte mich dazu, augenblicklich den Mund zu halten.

»Adam, ich versuche hier nur, alle Möglichkeiten durchzugehen, um herauszufinden, warum dieser Betrag in der Kasse fehlt.«

»Das verstehen wir, Mrs Garner«, hörte ich nun meine Mutter neben mir. »Aber niemand außer meinem Sohn und mir hatten diese Kasse in den Händen.«

»Sie waren nicht zu Hause, Mr West? Das heißt, Sie können mir dazu keinerlei Auskunft geben?«, fragte unsere Rektorin nun an meinen Vater gewandt.

Als ich ihn anblickte, sah ich wie sich der Muskel an seinen Kiefern bewegte, weil er sie so fest aufeinander presste. Ich sah kein Anzeichen dafür, ob er sich gerade auf die Seite der Schule oder auf unsere stellte. Was aber ganz deutlich zu erkennen war, war die Wut in seinem Blick. Er würde jeden Moment explodieren.

»Ich war geschäftlich unterwegs, richtig. Ich bin am Samstagmittag abgereist, als meine Frau und Adam sich noch auf dem Flohmarkt befanden.« Seine Finger ballten sich zu Fäusten.

Mrs Garner seufzte und starrte auf einen Notizblock, der vor ihr lag. »Ich habe von einem deiner Mitschüler erfahren, Adam, dass du am Montag nicht, so wie sonst, mit Jonathan Smith zur Schule gefahren bist. Kann das sein?«

»Ich bin einmal nicht mit Jonny zur Schule gekommen, ja. Das ist richtig. Aber was tut das zur Sache?« Schon wieder antwortete ich viel zu genervt, dafür, dass ich gerade dem Schuloberhaupt gegenübersaß. Und nun war es keines von Vaters Worten, die mich trafen, sondern sein verachtender Blick. Es war wie ein Messerhieb in die Brust.

»Entschuldigen Sie meinen Ton, Mrs Garner.« Ich holte noch

einmal tief Luft. »Es ist richtig, dass ich gestern Vormittag nicht mit Jonathan Smith zur Schule gefahren bin.«

»Ist es richtig, dass du mit Mia, Rune, Tom und Liam zur Schule gefahren bist?«, fragte sie nun vorsichtig nach.

Ihre Worte trafen mich wie eine verdammte Ohrfeige. Jetzt verstand ich endlich, wohin ihre Vermutungen gingen. *Scheiße noch mal!* Jetzt wurde mir klar, warum hier dieses ganze Theater veranstaltet wurde. Es ging hier nicht darum, mir die Schuld in die Schuhe zu schieben, sondern den Schülern, die für so eine Anschuldigung genau richtig kamen.

Ich hörte, wie meine Mutter erschrocken den Atem einzog. Sie versuchte, es zu kaschieren, doch es gelang ihr nicht.

»Ich kenne keine Schüler die sich Mia, Rune, Tom und Liam nennen«, hörte ich den scharfen Ton meines Vaters.

Du kennst sowieso niemanden meiner Mitschüler, Dad, hätte ich gerne laut gesagt.

»Stimmt das, Adam? Bist du gestern mit Mia und ihren Freunden zur Schule gekommen?«, fragte sie nochmals und überhörte meinen Vater somit gekonnt.

Ich nahm mehrere tiefe Atemzüge und biss mir auf die Zunge. Nein, Rune und die anderen würden nicht die Schuld dafür bekommen. Dafür würde ich sorgen. Vielleicht fehlte so viel Geld in der Kasse. Doch das hatte gewiss nichts mit Rune und ihren Freunden zu tun. Sie wussten nicht einmal, dass ich am Montagmorgen, als sie mich kurz zu Hause abgesetzt hatten, die Kasse in meinem Rucksack gesteckt hatte. Sie hatten keine Ahnung. Außerdem war der Rucksack im Auto kein einziges Mal unbeobachtet. Die Fahrt zur Schule dauerte nur wenige Minuten. Keiner von ihnen hatte etwas damit zu tun. »Wenn Sie denken, dass einer von ihnen das Geld aus der Kasse genommen hat, muss ich Sie enttäuschen, Mrs Garner. Rune und die anderen wussten nicht einmal, dass ich die Kasse dabei hatte. Da müssen Sie sich einen anderen Sündenbock suchen«, antwortete ich und merkte erst anschließend, dass ich mich völlig in meinem Ton vergriffen hatte.

Die Hand meines Vaters schlug laut auf den Holztisch der Rektorin auf und wir alle zuckten im selben Moment zusammen.

»Es reicht jetzt, Adam!«, rief er und brodelte innerlich vor Wut. »Du wirst deiner Rektorin jetzt eine Antwort auf die Frage geben. Und anschließend möchte ich von dir wissen, wer diese vier Schüler sein sollen!«

Mein Herz schlug mir bis zum Hals. Innerhalb weniger Minuten hatte ich meinen Vater mehrere Male enttäuscht und blamiert, weil ich so respektlos mit der Schuldirektorin gesprochen hatte. Dabei hatte er noch keine Ahnung, was noch kommen würde.

Mir blieb kein anderer Ausweg als die Wahrheit zu sagen. »Ja. Es stimmt. Ich bin gestern mit Rune, Mia, Tom und Liam hierher gefahren. Sie besuchen für drei Wochen unsere Schule, weil ihre Hauslehrerin vom Jahrmarkt krank geworden ist«, sagte ich und drehte mein Gesicht währenddessen zu meinem Vater.

Das Wort Jahrmarkt, verursachte in ihm jetzt vermutlich einen Kurzschluss. »Diese Schaustellerkinder ...«, stellte er fassungslos fest und ich verstand ihn kaum. Ich hörte nur das Rauschen in meinen Ohren. »Was zum Teufel noch mal hast du mit diesen Zigeunerkindern zu tun?« Jetzt klang er bösartig.

Mein Atem ging flach und ich beherrschte mich, die Fassung nicht zu verlieren. Ich ertrug seine Boshaftigkeit nicht. Er konnte doch nicht vor unserer Rektorin mit diesem Vorurteil herausplatzen. Es war respektlos und verletzend.

»Sie sind ganz normale Schüler, Vater. So wie ich und alle anderen auf dieser Schule.« Ich bemühte mich, ihm angemessen und ehrlich zu antworten. Eigentlich sollte ich noch so viel mehr sagen, aber vor Mrs Garner würde ich mich benehmen. Außerdem hatte ich mit dieser Feststellung meinem Vater schon ein Stück weit widersprochen. Und das würde ihm nicht gefallen. Oh nein, das würde ihm ganz und gar nicht gefallen.

»Entschuldigen Sie mich bitte, Mrs Garner. Ich sollte jetzt zum Unterricht gehen«, sagte ich zu meiner Rektorin.

Erst als ich sie ansprach, wandte sie ihren fassungslosen Blick zu mir. Sie nickte schließlich und sagte: »Ja, Adam. Ich habe deine Informationen zu Protokoll genommen. Sollten noch weitere Fragen auftauchen, werde ich mich bei dir melden.«

Ich bedankte mich bei ihr und entschuldigte mich für die Unannehmlichkeiten. Es war vielmehr wie ein automatisches Band, das ich herunter ratterte. Beim Hinausgehen sah ich noch einmal zu meiner Mutter. Ihr Blick war starr nach unten gerichtet.

Verflucht, diese Situation war jetzt offiziell aus dem Ruder gelaufen. Sie würde gleich wieder mit meinem Vater nach Hause fahren und ich wollte nicht wissen, mit was für Worten und Fragen er sie konfrontieren würde. Und welche Abreibung heute Abend auf mich wartete, sobald ich nach Hause kam.

Der Unterricht würde in wenigen Minuten beginnen. Im Flur waren kaum noch Schüler zu sehen. Nur vor unserem Raum sah ich ein paar bekannte Gesichter. Unter ihnen Rune, die sich nervös nach mir umsah. Als sie mich erblickte, lächelte sie zaghaft.

Mein Herz zog sich schmerzhaft zusammen.

In einem Paralleluniversum sollte ich sie jetzt an der Hand nehmen und mit ihr davonrennen. In einem Universum, in dem ich nicht die letzten Jahre um den Respekt meines Vaters gekämpft hatte oder darum, das Traumstudium beginnen zu können, das ich mir so lange gewünscht hatte. Ich war nicht mehr ich selbst. Ich hatte noch nie zuvor meiner Mutter ins Gesicht gelogen. Noch nie hatte ich mich im Ton vergriffen, schon gar nicht der Schulrektorin gegenüber.

In diesem Universum, hier auf diesem Fleckchen Erde, war Rune das Verkehrteste, das mir geschehen konnte, egal wie sehr ich es drehte oder wendete.

Doch Rune war das Mädchen, in das ich mich verliebt hatte. Sie war in der Lage, meine Welt entzweizureißen und zusammenzufügen. Doch das würde nicht dazu führen, dass ich unsere Geschichte, die gerade erst begonnen hatte, jetzt aufgeben würde. Niemals.

Kapitel 22

Rune

Adam war spät dran, das war er sonst nie. Und warum kam er von einer ganz anderen Richtung? Er wirkte abgestumpft, ja fast apathisch. Als wäre er in einer fremden Welt.

Als unsere Blicke sich trafen, lächelte ich ihn an und es dauerte eine gefühlte Ewigkeit, bis er das Lächeln erwiderte. Selbst als er das tat, erreichte es seine Augen nicht.

»Ist alles okay?«, fragte ich besorgt.

Er schaute kurz auf den Boden und dann wieder in meine Augen. »Nein. Das ist es nicht.«

Das laute Klingeln der Schulglocke erklang und die Schüler begaben sich in das Klassenzimmer. Ich merkte, dass Jenna versuchte, unserem Gespräch zu folgen, weil sie so langsam wie möglich an uns vorbeiging. Als ich sie anblickte, schaute sie nach vorne und beschleunigte ihren Schritt.

»Was ist passiert?«, wollte ich nun wissen.

Unser Lehrer kam gerade angelaufen und wir waren mittlerweile die einzigen Schüler, die noch im Flur standen. Adam machte nicht den Anschein, den Raum betreten zu wollen. Er konnte mir keine schlüssige Antwort geben.

»Ich ... ich ... kann es dir ... Ich muss es dir später erzählen«, sagte er schließlich, da unser Lehrer nun hinter uns stand.

»Der Unterricht hat begonnen«, sagte Mr Derring streng und wir begaben uns in den Raum.

Die ganze Stunde lang starrte Adam ausdruckslos an die Tafel. Er rührte sich kaum, sagte kein Wort. Er war wie versteinert. Leider saßen wir zu weit voneinander getrennt, so dass ich ihn nicht fragen konnte, was denn los sei. So hatte ich ihn noch nie erlebt. Und ich war mir sicher, dass das nichts Gutes zu bedeuten hatte.

In der darauffolgenden Pause sah ich, wie Jonny sofort zu ihm stürmte und sich mit ihm ein paar Schritte von der Masse wegbewegte. Im nächsten Augenblick spürte ich eine Hand auf meiner Schulter.

»Rune, Mrs Garner möchte gerne mit dir sprechen«, hörte ich Mr Derring hinter mir.

»Mit mir?«, fragte ich verdutzt nach.

»Mit euch vieren«, antwortete er und ich sah, dass Mia, Tom und Liam bereits am Ende des Flurs standen und auf mich warteten.

Ich musste vorher unbedingt mit Adam sprechen. Vermutlich wusste er, um was es ging. Vielleicht war er auch bei der Rektorin gewesen und wirkte deswegen so verstört. Ich wollte nochmals auf ihn zugehen, doch der Griff auf meiner Schulter verhärtete sich.

»Jetzt«, sagte Mr Derring energisch.

Ich straffte die Schultern und bewegte mich von ihm weg, um der unangenehmen Berührung an meinem Rücken zu entkommen.

Als ich die anderen drei erreichte, fragten sie mich, ob ich wüsste, um was es ging.

»Ich habe keine Ahnung. Ich glaube aber, dass Adam etwas weiß. Ich konnte nur nicht mit ihm sprechen«, erklärte ich leise, weil Mr Derring uns folgte.

Im Büro von Mrs Garner erwartete sie uns bereits an der

Tür. Sie schloss diese geräuschlos hinter sich, nachdem wir den Raum betreten hatten und bat uns, Platz zu nehmen.

»Entschuldigt, wenn ich euch in eurer Pause zu mir rufe«, begann sie. »Doch es ist etwas vorgefallen und es ist meine Pflicht, so viele Schüler wie möglich dazu zu befragen.«

Tausend Gedanken irrten durch meinen Kopf, ich hatte keine Ahnung, was jetzt kommen sollte.

Sie setzte sich ebenfalls und sprach: »Es geht um die Spendeneinnahmen des Flohmarkts. Ursprünglich wurden 5.380 Dollar eingenommen. Nun mussten wir jedoch feststellen, dass eintausend Dollar in der Kasse fehlen.«

Ich schaute Mia an und sah, wie sie ihre Augen zusammenkniff. »Und was haben wir damit zu tun, Mrs Garner?«, wollte sie sofort wissen. »Wir waren auf diesem Flohmarkt nicht einmal dabei.«

Mrs Garner sah mich an. »Rune, du warst dort, oder?«

Mein Herz raste. »Ja. Ich war letzten Samstag auf dem Flohmarkt dabei. Aber ich habe die Kasse nicht einmal gesehen. Ich habe keine Ahnung, warum eintausend Dollar daraus fehlen sollen.«

Mrs Garner fuhr fort: »Du wusstest also auch nicht, dass Adam die Kasse am Montagvormittag, als er mit euch zur Schule fuhr, bei sich trug?«

Was? Adam ... Wieso kam Adam nun ins Spiel?

»Hat er etwa behauptet, wir hätten das gewusst?«, fuhr Mia bedrohlich dazwischen.

Mrs Garner verzog ihre Lippen tadelnd zu einer geraden Linie. »Rune, würdest du mir bitte antworten?«

Ein ekelhaftes und kaltes Gefühl fuhr mir plötzlich durch alle Glieder. Hatte Adam etwa ... Er hätte doch nicht ...

»Nein, Ma'am. Ich habe nicht gewusst, dass Adam die Kasse gestern dabei hatte«, antwortete ich und versuchte, das Zittern in meiner Stimme zurückzuhalten.

Mrs Garner versuchte, sich zu sammeln. Dann schaute sie zu den anderen. »Gehe ich richtig in der Annahme, dass ihr auch nichts davon wusstet?«

Alle schüttelten einvernehmlich den Kopf.

Daraufhin seufzte sie. »Sollte euch vielleicht doch noch etwas zu diesem Thema einfallen, meldet euch bitte bei mir«, bat sie uns.

»In Ordnung, Mrs Garner«, antwortete Mia freundlich, widmete mir jedoch schon wieder ihre volle Aufmerksamkeit. Sie wusste genau, was mir durch den Kopf ging.

Zurück auf dem Flur spürte ich Mias Arm um meine Schultern. »Denkst du, dass Adam uns das in die Schuhe schieben möchte?«, fragte sie mich sofort.

Mein Magen verkrampfte sich bei dem Gedanken und trotzdem wusste ich, dass er das einfach nicht getan haben konnte. Als Antwort auf Mias Frage, schüttelte ich den Kopf.

»Rune!«, hörte ich Adam meinen Namen hinter mir rufen. Ich drehte mich um und sah, wie er angerannt kam. »Rune! Ich muss mit dir reden!«

Mia warf mir einen prüfenden Blick zu. Ich nickte und bat sie wortlos uns kurz alleine zu lassen und sie verstand es.

»Wir waren gerade bei Mrs Garner«, sagte ich.

Seine Augen platzten fast vor Bedauern, Wut und Verzweiflung. »Ich habe heute Morgen erst erfahren, dass der Verdacht auf euch fallen könnte, weil ich mit euch gestern zur Schule gefahren bin. Aber ich habe sofort klargestellt, dass ihr das nicht gewesen seid! Warum hat euch Mrs Garner trotzdem zu sich geholt?« Er sprach hektisch und immer noch außer Atem. Wahrscheinlich hatte er mich die letzten Minuten überall gesucht.

»Sie hat uns dazu befragt. Ob wir wussten, dass du die Kasse bei dir hattest.«

»Das wusstet ihr nicht!«, sagte er, als wollte er das nochmals klarstellen.

»Das haben wir auch gesagt.«

»Und jetzt?«, wollte er schließlich wissen. »Wie geht es weiter?«

Ich zuckte mit den Schultern. »Sie meinte, wir sollten uns melden, falls uns dazu noch etwas einfällt. Ich habe keine Ahnung, wie sie weiter vorgehen möchte.«

Er nickte. »Es tut mir so leid, Rune. Ich wollte dich vorwarnen.«

Adams Verzweiflung zu sehen und zu hören, zeigte mir, dass er wirklich nichts damit zu tun hatte. Er war genauso ahnungslos wie wir.

»Es gibt noch ein anderes Problem«, sagte er plötzlich.

Ich musterte ihn kritisch, als er fortfuhr: »Mein Vater ... er weiß jetzt, dass ich mit euch gestern zur Schule gefahren bin. Er war heute Vormittag bei meinem Gespräch mit Mrs Garner dabei. Ich habe ihn seither nicht mehr unter vier Augen gesprochen. Aber ich weiß, dass das Konsequenzen haben wird«, erklärte er vorsichtig.

Ich wusste nicht, was sein Vater für ein Typ war. Ich kannte ihn ja zum Glück nicht persönlich.

»Mein Vater ... er hat Vorurteile und ...«, fuhr Adam fort, doch ich legte ihm meine Hand auf die Brust.

»Ich kann es mir denken«, entgegnete ich. Auch wenn es mir schwerfiel. Aber ich kannte wenige Menschen, die unser Dasein als Schaustellerfamilie nicht verurteilten.

Er schloss seine traurig dreinblickenden Augen für wenige Sekunden und legte seine warme und große Hand auf meine.

»Wir müssen unbedingt herausfinden, wer das Geld gestohlen hat«, sagte er jetzt voller Tatendrang und ich wünschte, ich könnte seine Zuversicht teilen.

»Ich habe da wenig Hoffnung, um ehrlich zu sein«, gab ich zu.

»Rune, wenn ich die Chance bekomme herauszufinden, wo das Geld gelandet ist, dann werde ich das tun. Es ist nicht fair, dass die Schuld auf uns fällt, nur weil es der Schule gerade so in den Kram passt.«

»Was wären die Konsequenzen, wenn es dabei bleibt, dass die Schulleitung denkt, dass wir es waren? Wollen sie uns von der Schule werfen? Von mir aus, gern. Uns die Polizei auf den Hals hetzen? Sollen sie doch. Wir haben das Geld nicht«, gab ich frustriert von mir.

»Wenn der Verdacht hauptsächlich auf euch fällt, werden sie das Geld von euch zurückverlangen. Dabei ist es ihnen völlig egal, ob ihr es habt oder nicht.«

Soweit hatte ich noch gar nicht gedacht. »Eintausend Dollar, woher sollen wir die nehmen?«

Adam hob seine Augenbrauen. »Deswegen werden wir die Person finden, die das Geld gestohlen hat.«

»Rune, kommst du?«, hörte ich Mia wieder hinter mir. Adam und ich würden in den nächsten drei Stunden unterschiedliche Kurse belegen und so hoffte ich, dass wir in der Pause später noch mal miteinander sprechen könnten. Er hatte Recht, wir mussten herausfinden, wer das Geld tatsächlich gestohlen hatte. Eintausend Dollar war ein Betrag, den wir vier nicht mal eben aufbringen konnten.

Kapitel 23

Rune

In der Mittagspause wartete ich an demselben Tisch, an dem Adam und ich gestern bereits gesessen hatten. Doch er tauchte nicht auf.

Jonny und sogar Roger, den ich seit dem Vorfall auf dem Jahrmarkt heute zum ersten Mal sah, aßen in der Kantine. Und auch Jenna sah ich, doch Adam war weit und breit nirgends zu finden. Vielleicht sollte ich mir doch so ein blödes Smartphone besorgen. Liam besaß eins, das er benutzte, um darauf seine Onlinespiele zu zocken. Wenn ich jetzt noch Adams Nummer wüsste, könnte ich ihn mit Liams Handy sofort anrufen. Doch wer sollte mir seine Nummer geben? Jonny? Schlimmer noch, Jenna? Wohl kaum.

»Es ist merkwürdig, dass Adam nicht hier ist«, sagte ich und schaute mich immer noch suchend in der Kantine um.

Mia hörte die Unsicherheit in meiner Stimme. »Denkst du, es ist etwas passiert?«

»Das wüsste ich auch gern.«

»Dann fahren wir nach der Schule einfach bei ihm vorbei«, sagte Tom und Mia nickte.

»Keine gute Idee. Seine Eltern wären nicht sehr begeistert uns dort zu sehen«, erklärte ich und keiner fragte nach dem Warum. Eigentlich war es traurig, dass wir schon so an die Vorurteile gewöhnt waren, dass es für uns fast normal war, wenn Leute uns wegen unseres Schaustellerlebens ablehnten.

Ich schaute meine drei engsten Freunde an. »Ich müsste nur an seine Handynummer kommen, dann könnte ich ihn anrufen.«

Mia drehte sich auf ihrem Stuhl um, als würde sie nach jemandem Ausschau halten. Als sie die Person fand, nach der sie gesucht hatte, stand sie auf und ging auf ihn zu. Jonny war seine offensichtliche Abneigung ins Gesicht geschrieben, als Mia ihn ansprach. Ich hörte nicht, was sie sagte, aber es dauerte nicht lange und er schrieb Adams Nummer auf einen Fresszettel und reichte ihn ihr.

Als sie wieder zu uns kam, zwinkerte sie mir zu und legte mir den Zettel hin. »Bitte sehr«, sagte sie und ich lächelte. Liam schob mir im selben Moment sein Smartphone entgegen.

Ein wenig unbeholfen tippte ich auf all den Symbolen herum. »Soll ich ihn anrufen? Ihm was schreiben?«, fragte ich ein bisschen überfordert.

»Ruf ihn an«, sagte Liam und nahm mir das Handy und den Zettel aus der Hand. Wenige Sekunden später reichte er es mir wieder. »Wählt schon.«

Ich hielt es mir ans Ohr, bis nach einem kurzen Freizeichen Adams Mailbox ranging. »Vielleicht geht er nicht ran, weil er die Nummer nicht kennt?«

»Dann schreib ihm eine Nachricht«, sagte Mia jetzt wieder.

»Ich schreib ihm, dass er sich auf dieser Nummer melden soll, sobald er die Nachricht liest. Ist das in Ordnung?«, fragte mich Liam und ich nickte.

Als das geklärt war, konzentrierten sich wieder alle drei auf ihr Essen und auf ein neues Gesprächsthema. Ich beobachtete sie dabei und konnte nicht leugnen, dass ich kaum stolzer war, Teil dieses beständigen, kleinen Kreises zu sein. Wir kannten

uns schon unser Leben lang und all die Umstände schweiß-
ten uns nur noch mehr zusammen. Vielleicht hatten wir keine
andere Wahl, doch meistens machten wir das Beste draus. Ich
wusste, dass wir immer aufeinander zählen könnten, egal was
passieren würde.

Obwohl die Nachricht an Adam schon mehrere Stunden zurücklag, ging keine Antwort auf Liams Handy ein. Ein ungutes
Gefühl machte sich in mir breit.

»Kleine Rune«, hörte ich die vertraute Stimme von Zauberer
Augustus vor mir und lächelte.

Ich hatte mich auf die hölzernen Stufen seines Wohnmobils
gesetzt, um dort auf ihn zu warten. Er trug wie immer sein royal
blaues, langes Jackett aus Samt. Darunter ein schwarzes Hemd
und eine dunkelblaue Stoffhose. Der perfekt getrimmte Voll-
bart schmeichelte seinem von der Sonne gebräunten Gesicht.
Das pechschwarze Haar war streng nach hinten frisiert und endete in einem Zopf.

Niemand wusste genau, wie alt er war. Er sah aus, als wäre
er ewig in seinen Vierzigern geblieben. Als er damals auf die
kleine Jahrmarkt-Familie stieß, waren unsere Eltern selbst noch
Kinder und mit unseren Großeltern unterwegs. Zwar war auch
Augustus damals deutlich jünger als jetzt, aber immerhin schon
ein erwachsener Mann. Er musste also älter sein als unsere Eltern – doch er sah keinesfalls so aus. Manchmal scherzten wir,
dass ein hoher Magier ihm die Unsterblichkeit geschenkt hatte.
Und wenn ich ihn jetzt so ansah, könnte vielleicht wirklich was
Wahres dran sein. In seinen Augen erkannte ich etwas Verschmitztes und Jungenhaftes. Irgendetwas ging immer in seinem Blick vor, so unergründlich und manchmal sogar etwas

düster. Er war ein wandelndes Geheimnis und Mysterium. Und dafür liebten die Zuschauer seine kleinen Shows, die allabendlich hier auf dem Jahrmarkt veranstaltet wurden.

»Was erweist mir die Ehre deines Besuchs?«, wollte er wissen und blieb vor mir stehen.

»Ich könnte ein bisschen Ablenkung gebrauchen und wollte fragen, ob du noch etwas Hilfe bei der Vorbereitung deiner Vorstellung heute Abend benötigst?«, sagte ich und starrte in seine ebenfalls pechschwarzen Augen.

»Natürlich, Hilfe ist mir immer willkommen.«

Ich begleitete ihn in sein Wohnmobil und half die Gegenstände, die er mir reichte, in das Zelt auf dem Festplatz zu tragen, in dem er heute Abend auftreten würde. Er war immer auf sich alleine gestellt und wenn er mal eine Assistentin benötigte, suchte er sich eine Dame aus dem Publikum heraus. Diese Frauen zog er voll und ganz in seinen Bann, und anschließend verließen sie das Zelt mit Herzen in den Augen.

»Wie läuft es in der Schule?«, wollte er wissen, während er dicke Knoten aus ein paar Seilen löste.

Ich seufzte. »Nicht gut.«

Er schmunzelte, konzentrierte sich aber weiter auf die Stränge in seinen Fingern. »Das war zu erwarten«, meinte er.

Ich zuckte mit den Schultern. »Wenn das zu erwarten war, warum haben uns unsere Eltern dann dazu genötigt diese drei Wochen durchzuziehen?«

»Vermutlich, weil es nur drei Wochen sind. Was sind schon drei Wochen im Vergleich zu einem ganzen Leben?«

»Im Vergleich zu einem unsterblichen Leben sind drei Wochen gar nichts«, neckte ich ihn.

Jetzt sah er mich an. »Die Zeit vergeht für einen immer genauso schnell wie für den anderen. Dabei macht es keinen Unterschied, ob man arm oder reich, jung oder alt ist. Und auch nicht, ob es schöne oder schlechte Ereignisse sind, die einen begleiten. Die Zeit vergeht immer gleich schnell. Sie kennt keine Grenzen.«

Ich dachte darüber nach und sagte: »Warum kommt es mir dann so vor, dass die schlechten Ereignisse immer doppelt so lang dauern wie die guten?«

»Weil du es zulässt«, antwortete er und zuckte schelmisch mit einem Mundwinkel.

Die Antwort war so kurz, aber so einfach. In dem ich mich so sehr auf die negativen Momente konzentrierte und nicht aufhörte mir darüber Gedanken zu machen, ließ ich zu, dass das Gute in den Hintergrund rückte.

»Ich wünschte, ich könnte die gute Zeit anhalten«, gab ich zu. Ich hatte das Gefühl, dass mir die Zeit mit Adam davonrannte. Und mit diesen eintausend Dollar, die auf einmal verschwunden waren, wurde die Situation nur verzwickter.

»Du musst sie nicht anhalten können. Du musst sie nur in vollen Zügen genießen und dir vor Augen führen, dass diese Momente nie wieder kommen werden.«

»Das ist aber nicht besonders aufbauend«, entwich mir mit einem lauten Seufzen.

»Es ist aber die Wahrheit, Rune. Menschen möchten in ewiger Jugend leben. Sie wollen alte Gefühle wieder aufblühen lassen und versuchen vehement etwas aufrecht zu erhalten, nur weil es ihnen einmal gut gefallen hat. Auch wenn wir gewisse Momente annähernd rekonstruieren können, können wir sie nicht eins zu eins wiedererleben.« Wie er das so sagte, merkte ich, dass er mit sich selbst im Reinen war. Und leider musste ich auch feststellen, dass er Recht hatte.

»Sei nicht traurig, kleine Rune. Ich sage dir das nicht, um dich zu entmutigen. Aber um dir vor Augen zu führen, dass du jetzt die Möglichkeit hast, gute Momente zu leben.«

»Was ist aber, wenn die Situation mir das erschwert?«

Er lächelte und wandte seinen Blick schließlich von mir ab. Erst jetzt merkte ich, wie sehr mich seine tiefschwarzen Augen vereinnahmt hatten. Die ganze Zeit über hatte er mich in seinen Bann gezogen und ich hatte das, was er gesagt hatte, nicht nur gehört, sondern auch gespürt.

»Keine Situation ist ausweglos«, war alles, was er dazu zu sagen hatte.

Aber eventuell lag er richtig. Ich durfte jetzt nicht aufgeben, nur weil es im Moment schwer war. Und eins war sicher, ich musste meine Zeit gemeinsam mit Adam jetzt genießen, solange wir es noch konnten.

Kapitel 24

Rune

Am nächsten Tag in der Schule wartete ich vor dem Gebäude auf Adam, vergeblich. Wir waren sogar eine halbe Stunde früher da als sonst, da ich ihn nicht verpassen wollte, doch er kam nicht.

Er fehlte den ganzen Unterricht über und ich machte mir ernsthafte Sorgen. Gestern und heute Morgen hatte ich auch wieder versucht, ihn mit Liams Handy zu erreichen. Doch meine Anrufe wurden direkt auf seine Mailbox weitergeleitet.

»Es wird schon alles in Ordnung sein«, flüsterte mir Mia im Unterricht zu, weil sie genau merkte, dass ich nicht bei der Sache war. »Wahrscheinlich haben seine Eltern ihm das Handy abgenommen«, versuchte sie mich zu beruhigen.

Ich schüttelte den Kopf. »Irgendetwas stimmt nicht. Er fehlt nicht einfach so im Unterricht.«

Ich überlegte mir, was schlimmer wäre, Jonny oder Jenna da rauf anzusprechen, ob sie wüssten, was mit Adam sei. In der Pause fiel meine Entscheidung auf Jonny, auch wenn es mir schwerfiel ihn anzusprechen. Obwohl er im Flur versuchte, stur an mir vorbeizuschauen, rief ich seinen Namen und merkte sofort, dass er die Augen verdrehte, als er meine Stimme hörte.

»Was ist?«, entgegnete er genervt.

»Hast du was von Adam gehört? Warum er heute nicht in der Schule ist?«, fragte ich und ignorierte seinen unfreundlichen Ton.

Er sah mich an, als müsste ich die Antwort kennen. »Echt jetzt, Rune? Ihr bereichert euch an dem Spendengeld, sein Vater bekommt es mit und du wunderst dich, dass Adam nicht hier ist? Scheiße, der hat richtig Ärger am Hals und wahrscheinlich Hausarrest bis zum Ende seines Lebens.«

Ich schluckte und mir wurde augenblicklich schlecht.

»Tja, die Wahrheit tut weh«, fügte er noch hinzu und ging.

Alles begann sich zu drehen, wie auf einem verdammten Karussell. Ich starrte auf die Stelle, auf der Jonny gerade noch gestanden hatte und konnte mich nicht bewegen.

»Was ist los? Was ist mit Adam?«, fragte Mia hinter mir.

»Ich muss zu ihm. Ich muss wissen, wie es ihm geht«, hörte ich mich sagen.

Ohne auf eine Antwort zu warten, eilte ich den Flur entlang und draußen. Die frische kühle Luft ließ meinen Kreislauf fast zusammensacken.

»Rune, warte!« Mia war mir hinterhergerannt, doch ich ignorierte sie. »Jetzt warte doch!« Sie hielt mich an einem Arm fest und ich stolperte fast über eine der Stufen, die nach unten zu den Autos führte.

»Rune!«, rief sie jetzt noch lauter, weil ich sie nicht ansah. »Was möchtest du denn tun? Zu ihm nach Hause fahren? Du weißt doch selbst, dass seine Eltern nicht erfreut wären, dich dort zu sehen.«

»Ich fahre zu ihm, Mia. Sein Vater wird jetzt bei der Arbeit sein und seine Mutter vielleicht auch. Ich muss wissen, was los ist und ob es ihm gut geht.«

»Hast du denn noch mal versucht, ihn anzurufen?«, fragte sie nach.

Ich kniff meine Augen zusammen. »Natürlich habe ich das.

Mehrere Male. Er hat sein Handy ausgeschaltet oder es wurde ihm tatsächlich weggenommen. Verdammt, ich muss zu ihm!« Dann löste ich mich vom festen Handgriff meiner Freundin und rannte los.

Die Straßen waren leer, doch ich musste mich trotzdem konzentrieren, nicht auf den Bordstein zu fahren. Es hatte angefangen zu regnen und die verdammten Scheibenwischer funktionierten nicht an diesem verfluchten Auto.

»Verdammte Schrottkiste!«, fluchte ich abermals und haute mit der Hand aufs Lenkrad.

Wäre ich doch bloß ein ganz normales Mädchen mit einem beständigen Zuhause, einer intakten Familie, die ein Auto besaß, das nicht jeden Moment auseinanderfallen könnte. Wäre ich dieses normale Mädchen, hätte ich mit Adam am Montag zur Schule fahren können, ohne dass die ganze Welt in Flammen aufging.

Ich fuhr an den Straßenrand und stellte das Wagen ab. Ohne Scheibenwischer war es lebensgefährlich damit weiter zu fahren.

Die Klamotten klebten mir am Körper, dicke Tropfen fielen von meinem durchnässten Haar herunter, als ich an der Ecke ankam, von der aus sein Haus zu sehen war. Ein silberfarbener Kombi, den ich dort zuvor noch nie gesehen hatte, stand auf dem Hof. Vielleicht war sein Vater doch zu Hause.

Als die Haustür aufging, rannte ich hinter einen Müllcontainer und beobachtete, wer hinauskam. Es war Adams Mutter und ein Mann, der sein Vater sein musste. Ich erkannte ihn von den Fotos, die an der Wand im Wohnzimmer hingen. Seine Eltern diskutierten miteinander und immer wieder hörte ich ihre Stimmen zu mir herüberdringen.

Sein Vater sprach mit erhobenem Finger, als würde er sie zurechtweisen und lief schließlich in schnellen Schritten zu seinem Auto. Nachdem er weggefahren war, ging Adams Mutter hinein und schloss die Tür hinter sich.

Ich biss mir auf die Zunge, weil ich am liebsten wieder laut geflucht hätte. Wie sollte ich Adam denn jetzt erreichen? Ich könnte nicht einfach klingeln, wenn seine Mutter zu Hause war. Vielleicht sollte ich mich durch die Hintertür hineinschleichen? Herrgott, das war viel zu riskant. Er hatte schon genug Ärger am Hals wegen mir.

Die Kälte des Regens drang durch den Stoff meiner Kleidung und ich begann am ganzen Körper zu zittern. Es war mir egal. Und wenn ich bis heute Nacht hier warten müsste.

Es vergingen Minuten und bald eine Stunde. Ich hatte mir Schutz unter dem Baum eines Nachbarn gesucht. Ich hoffte, dass hier niemand zu Hause war, da die Rollladen heruntergelassen waren. Jedenfalls hatte ich von hier aus einen guten Blick auf alles.

Eine weitere Stunde verging und obwohl der Regen nachgelassen hatte, bekam ich das Zittern nicht mehr unter Kontrolle. Nichts, einfach gar nichts rührte sich auf der anderen Straßenseite. War Adam überhaupt daheim? Wie konnten seine Eltern zulassen, dass er nicht zur Schule ging, wenn ihnen seine Leistungen doch so wichtig waren?

Irgendwann öffnete sich die Tür schließlich doch und ich erblickte Adam. Erleichtert atmete ich aus und wäre am liebsten sofort zu ihm gerannt, doch seine Mutter stand direkt hinter ihm. Er drehte sich um und sprach mit ihr, nickte mehrmals und lief schließlich die Stufen der Veranda hinab und in die Richtung, in der ich unter dem Baum kauerte.

Ich blickte immer wieder zum Haus und sah, dass seine Mutter sich nicht vom Fleck wegbewegte, und ihm eine Ewigkeit hinterher sah. Ich durfte mich jetzt nicht zu erkennen geben, sonst würde ich sofort auffliegen. Also bewegte ich mich weiter um den Baumstamm herum, damit keiner der beiden mich sah.

Adam war schon fast an mir vorbeigelaufen, als seine Mutter endlich zurück ins Haus ging.

»Adam«, sagte ich und versuchte nicht zu laut zu klingen. »Adam!«, wiederholte ich, weil er mich nicht hörte.

Erschrocken drehte er sich zu mir um. »Rune! Großer Gott, was tust du hier?«, sagte er und kam sofort auf mich zu.

Er umfasste meine Schultern und betrachtete meine vom Regen durchtränkte Gestalt. »Wie lange stehst du hier schon?«

»Ich musste dich sehen, Adam. Ich habe mir Sorgen gemacht«, sagte ich und versuchte die Tränen, die hinter meinen Augen brannten, zu unterdrücken.

»Gott, Rune«, wiederholte er und umarmte mich endlich. Ich ließ mich in seine Arme fallen und atmete seinen Geruch so tief ein, wie ich nur konnte. Mein Herz zog sich dabei qualvoll zusammen.

»Ich dachte, dir wäre etwas passiert«, flüsterte ich in den Stoff seines dicken Pullis hinein.

»Komm, wir müssen gehen. Hier könnte meine Mutter uns sehen«, sagte er, nahm mich an der Hand und ging mit mir davon.

Wir liefen in die Richtung der Bäckerei, doch keiner von uns sprach ein Wort. Als wir schließlich ankamen, blickte Adam hinter uns, als hätte er Sorge, verfolgt zu werden.

»Was ist denn gestern passiert?«, platzte es aus mir heraus. »Was hat dein Vater gesagt?«

Adams Blick verdunkelte sich.

»Adam«, sagte ich wieder, weil er mir nicht antworten wollte.

Ich sah, wie sich sein ganzer Körper verspannte und vor Wut bebte. »Er hat alles in die Wege geleitet, damit ihr von der Schule geworfen werdet. Außerdem wird Anzeige gegen euch erstattet wegen Diebstahl.«

Adam ballte seine Finger zu Fäusten. »Er wird es nicht mehr dulden, mich in deiner Nähe zu sehen und hat mir gedroht, mein Stipendium anderweitig vergeben zu lassen, sollte ich mich nochmals mit dir treffen.«

»Was?« Ich konnte es nicht fassen. »Er weiß doch, wie wichtig dir das Studium ist!«

»Ja, das weiß er. Und genau deswegen droht er mir damit.«

Was für ein Mensch tat seinem Sohn so etwas an? »Er tut so, als wäre ich eine Kriminelle. Er tut so, als wäre das mit uns etwas schlechtes.«

Er schluckte schwerfällig, als hätte er einen riesigen Kloß im Hals. »Für ihn bist du bestimmt beides.«

»Weil er denkt, ich habe das Geld gestohlen?«

Adam nickte nur, nahm meine Hand und zog mich in die Bäckerei hinein. Dort bestellte er wieder das Vollkornbrot, wie beim letzten Mal, als wir uns hier zufällig getroffen hatten.

Während er das Geld aus seiner Jogginghose zog, beobachtete ich sein Profil. Er sah nicht nur müde aus, sondern vollkommen erschöpft. Seine Mundwinkel waren zu einer geraden Linie gezogen, die Wangen wirkten ein wenig eingefallen. Es brach mir das Herz, ihn so zu sehen. Daran war nur ich schuld.

Mit dem Brot in der Hand liefen wir wieder hinaus. »Ich muss zurück«, sagte er schließlich und konnte mir kaum in die Augen sehen. »Meine Mutter hat mir zehn Minuten gegeben.«

»Du wirst behandelt wie ein Schwerverbrecher!«, entwich mir

scharf. Ich war fassungslos. »Das geht nicht! Und was ist mit der Schule? Du verpasst den ganzen Stoff!«

Jetzt schaute er mich an. »Morgen, wenn nicht sogar heute, wird euren Eltern der Schulverweis übergeben. Sobald ihr nicht mehr da seid, werde ich wieder gehen dürfen.« Er klang so unglaublich niedergeschlagen. So durfte jemand in unserem Alter nicht klingen. Verdammt, wir waren siebzehn Jahre alt. Unser ganzes Leben stand uns noch bevor! Adam hörte sich gerade wie jemand an, der alles verloren hatte.

»Es tut mir so leid, Rune«, entwich es ihm verzweifelt. »Ich weiß nicht, was ich tun soll. Ohne die finanzielle Unterstützung meiner Eltern ... Wenn ich diesen Studienplatz nicht bekomme ...«

»Ich weiß«, unterbrach ich ihn. Er musste nicht weitersprechen. Ich wusste, wie viel ihm das alles bedeutete. »Was ich aber nicht verstehe, ist, wie ein Vater seinem Sohn so etwas antun kann«, rutschte es mir heraus.

»Ich muss jetzt gehen, Rune«, sagte er wieder und ich nickte.

»Okay.« Meine Stimme entglitt mir mit einem leisen Wimmern.

Dann zog er mich noch einmal in seine Arme und küsste mich. Wir krallten uns aneinander fest, als wäre dieser Augenblick das Einzige, das uns geblieben war. Als sich Adams Lippen von meinen lösten, hatte ich das Gefühl zu ertrinken. Ohne mich noch einmal anzusehen, ging er davon.

Kapitel 25

Rune

So wie Adam es vorausgesagt hatte, wurden wir noch am selben Tag und mit sofortiger Wirkung von der Schule verwiesen.

Während wir vor einem der Wohnmobile saßen und uns anhören mussten, was unsere Eltern dazu zu sagen hatten, befanden sich meine Gedanken immer noch bei Adam.

»Rune! Möchtest du dich vielleicht auch mal dazu äußern? Schließlich geht es hier um einen Jungen, den du unbedingt hierher bringen musstest!«, hörte ich die gereizte Stimme meines Vaters.

Ich drehte mich verwundert zu ihm. »Wie bitte?«

»Dieser Junge, Adam. Er hat das Ganze doch ins Rollen gebracht und euch beschuldigt, das Geld gestohlen zu haben!«, sagte mein Vater, wie es schien, zum wiederholten Mal.

»Was? Nein! Das ist nicht wahr!«, verteidigte ich Adam. Alle blickten mich erstaunt an. Nick, Mia, die Zwillinge und unsere Eltern. Alle hatten sich zu dieser Krisensitzung versammelt.

»Das ist nicht wahr«, wiederholte ich in einem leiseren Ton. »Adam ist in diese Sache hineingerutscht, genauso wie wir. Er hat das Geld bloß zur Schule gebracht und weiß ebenso wenig, wo sich die eintausend Dollar jetzt befinden.«

Mit grimmiger Miene lehnte sich mein Vater auf dem Klappstuhl, auf dem er saß, zurück. Er hasste mich. Er hasste mich so sehr und diesmal konnte jeder es sehen. »Gütiger Himmel, warum können wir nicht einmal an einem Ort verweilen, ohne dass dieses Mädchen Probleme bereitet«, murmelte er so leise, dass es kaum einer hörte. Doch ich hörte es, ebenso wie Nick.

»Dad!«, fuhr mein Bruder plötzlich dazwischen. »Keiner von ihnen hat das Geld gestohlen, das sagten sie doch!«

Für diesen einen Satz bekam Nick einen der giftigsten Blicke zugeworfen, den es seit langem gegeben hat.

»Und dass sie jetzt wieder Schulstoff verpassen, ist auch in Ordnung?«, fragte mein Vater bitter.

Nick schnaubte. »Als ob die schulischen Leistungen auch nur irgendjemanden interessieren! Letzten Endes bleiben wir sowieso hier hängen.«

Was zur Hölle ... Ich konnte nicht glauben, was ich da gerade hörte. Ich traute mich gar nicht, meinen Vater anzuschauen. Stattdessen linste ich zu Mia herüber, die meinen Bruder gerade anstarrte, als hätte sie ein Gespenst gesehen.

Nick stand auf und lief davon. Offensichtlich war er jetzt an einem Punkt angekommen, an dem er nicht mehr in der Lage war weiter zu diskutieren.

Ein unangenehmes Schweigen machte sich breit.

»Entschuldigt«, durchbrach ich die Stille, stand auf und ging ihm hinterher.

Nick lief mit gesenktem Kopf und schnellen Schrittes an den anderen Trailern vorbei.

»Nick!«, rief ich ihm nach. »Warte!«

Er drehte sich zu mir um.

»Was war denn das gerade?«, fragte ich kopfschüttelnd.

Er schaute mich nicht an, sondern kickte nach ein paar Kieselsteinen, die sich vor uns auf dem Boden befanden. »Ich kann nicht mehr hören, wie Papa über dich und mit dir spricht«, entgegnete er leise.

Meinen Bruder so zu sehen, verursachte etwas Eigenartiges in mir. Er war sonst immer der starke, unberechenbare Typ. Auch wenn man es ihm nicht ansah, konnte er auch gutmütig sein. Wenn er den Typen an den Kragen ging, die unangebrachte Dinge über mich sagten, dann tat er das, weil das der einzige Weg für ihn war, mich zu beschützen.

Aber jetzt in diesem Moment war er schwach und verletzlich. Und er hatte sich gerade meinem Vater widersetzt. Das war zuvor noch nie geschehen.

Als mich sein Blick traf, sah ich den Kummer und den Schmerz darin. »Es ist wie ein Teufelskreis. Es geschieht fast an jedem Ort, den wir besuchen. Du tust Dinge, die ihn als Vater auf die Palme bringen sollten«, fing er an aufzuzählen und wurde mit jedem Wort lauter, »Dinge, die normale Väter zur Weißglut treiben würden. Doch anstatt mit dir das Gespräch zu suchen, sieht er einfach darüber hinweg. Schlimmer, wenn die Polizei wieder einmal bei uns auf dem Hof erscheint, weil ich einem dieser hormongesteuerten Teenager die Fresse poliert habe, gibt er *dir* dafür die Schuld. Mal ganz davon abgesehen, dass ich auch kein Kind von Traurigkeit bin und es ihn hier überhaupt nicht stört.«

Ich konnte dazu nichts sagen und starrte meinen Bruder an, als wäre er ein anderer Mensch. Es war nichts Neues, was mir Nick hier erzählte. Doch ich hatte es noch nie aus seinem Mund gehört, aus seiner Sicht gesehen.

»Und ich bin jetzt an einem Punkt, an dem ich es nicht mehr hören kann. Es macht mich wahnsinnig. Weil er nicht sieht, dass du leidest. Und dass alles was du suchst, schlicht und ergreifend Aufmerksamkeit ist. Du willst gesehen und vor allem gehört werden. Doch er hört dich nicht, er versucht es nicht einmal«, fuhr er fort und riss damit eine längst vergessene Wunde in mir auf.

»Und warum tut er das?«, fragte Nick zornig und beantwortete sich die Frage sofort selbst. »Weil deine Geburt Mamas Tod bedeutet hat.«

Ihm stiegen Tränen in die Augen. Tränen aus Wut und Trauer. »Das ist Wahnsinn! Du wurdest geboren und er konnte dich nicht einmal auf den Arm nehmen! Seine eigene Tochter!«

Ich weinte, weil ich all das, was Nick sagte, Tag für Tag in meinem Kopf durchlebte. Die Wut im Blick meines Vaters, wenn er mich ansah, flackerte wie eine Momentaufnahme durch mein Gedächtnis. Dass er mir die Liebe nicht geben konnte, die ich als seine Tochter verdient hatte, nahm ich wahr. Jeden Tag.

Plötzlich spürte ich, wie Nick mich in seine kräftigen Arme zog. Eisern presste er meinen Körper an sich. Es fühlte sich an, als würde meine Seele jeden Moment auseinanderbrechen und nur seine Umarmung hinderte sie daran. Heiße Tränen liefen mir das Gesicht hinunter und dabei wusste ich nicht ob es meine oder seine waren.

Es verging eine Ewigkeit, in der wir in dieser Umarmung verharrten.

Mir wurde bewusst, dass Nick mein Fels in der Brandung war. Er würde es immer sein.

Als wir zurückkamen, hatte sich die Krisensitzung in Luft aufgelöst. Niemand war mehr zu sehen, was wahrscheinlich daran lag, dass die Fahrgeschäfte mittlerweile wieder ihren Betrieb aufgenommen hatten.

Gemeinsam liefen wir zu *Devil Rock* und sahen, dass Susi, eine Freundin unserer Familie, im Kassenhäuschen saß.

»Ich werde nach Dad sehen. Löst du Susi bitte ab?«, bat mich mein Bruder und ich nickte.

Als ich mich in die enge Kabine hineinsetzte und die Tür hinter mir schloss, fühlte ich mich wie eine Gefangene. Gefangen im Paradies. An einem Ort, den jeder mit Vergnügen und Faszination erlebte. Das freudige und aufgeregte Schreien um mich herum, die laute Musik, die in meinem Trommelfell dröhnte, die blinkenden und grellen Lichter überall. Es verging über eine Stunde, bis ich begriff, dass ich hier jetzt raus musste.

Während das Fahrgeschäft noch lief, trat ich eilig aus dem Häuschen und suchte nach Susi. Glücklicherweise war sie gleich zu finden. Ich bat sie, mich wieder abzulösen, und versprach ihr, dass sie etwas gut bei mir hätte. Ohne eine Antwort zu erwarten, rannte ich zu unserem Trailer. *Ich muss hier weg. Ich muss hier so schnell wie möglich weg.*

Im Trailer kramte ich alle meine Klamotten zusammen und stopfte sie in eine Tasche. Was mehr Platz einnahm, waren meine Notizbücher, die ich auf keinen Fall zurücklassen konnte. Während ich packte, hörte ich draußen Stimmen. Es waren die von Mia und Nick. Ich hielt in meiner Bewegung inne und versuchte den Worten zu lauschen, die gesprochen wurden.

»Niemals«, hörte ich Mia. »Das wird nicht funktionieren.«

»Von wie vielen Jahren sprechen wir hier? Fünf, maximal zehn. Unsere Eltern sind jung!«, sprach Nick.

Ich hörte Mias lautes Seufzen.

»Wenn wir alle mitmachen, vor allem du, Mia, dann muss es klappen. Du bist die Einzige, die sie davon überzeugen kann.« Ich hörte, wie überzeugt mein Bruder zu ihr sprach. »Bitte, Mia. Wir müssen es wenigstens versuchen.«

»Nick, ich weiß nicht.«

Auf einmal schwiegen beide, bis ich Mias gedämpfte Stimme wieder hörte: »Es ist mir egal, wohin wir gehen. Aber alleine lasse ich dich nicht abhauen ...«

Das war genug. Was heckten beide aus? Ich zog meine Tasche über die Schulter und trat aus dem Wohnmobil hinaus. Das geschah so geräuschvoll, dass beide gleichzeitig zusammenschraken und sich aus ihrer Umarmung lösten.

Ich traute meinen Augen nicht. Mia und Nick hatten sich gerade umarmt? Dabei war mir nicht entgangen, dass es keine freundschaftliche, sondern eine außerordentlich liebevolle Umarmung war. »Was zur Hölle treibt ihr hier?«, entfuhr mir überrascht. Fassungslos starrte ich beide an.

Mia machte einen Schritt zurück und hielt sich eine Hand an die Brust. »Gott, Rune. Was machst du denn hier?«

»Ich habe zuerst gefragt!«

Beide sahen sich an und wechselten unausgesprochene Worte miteinander.

»Was war das gerade?«, fragte ich weiter und sah meine beste Freundin an, in der Hoffnung, sie würde mir die Antworten geben, auf die ich wartete.

Wie zwei stumme Fische glotzten sie mich an. Mein Puls raste. Was um Himmelswillen ging hier vor sich?

»Läuft da etwa was zwischen euch? Ist das euer Scheißernst?« Jetzt machte ich ein paar Schritte auf sie zu. »Nick! Hast du sie angefasst? Was hast du ihr angetan?« Plötzlich kam die Beschützerin in mir raus. Ich liebte meinen Bruder über alles. Doch genauso liebte ich meine beste Freundin. Und da ich wusste, dass Nick Frauen sein Leben lang nur ausgenutzt hatte, war der Gedanke, dass er Mia das Herz brechen könnte, nicht zu ertragen.

Wie eine Furie lief ich auf ihn zu und gab ihm einen festen

Hieb gegen seine Schulter. Er rührte sich keinen Millimeter, sondern blieb wie ein Baumstamm stehen.

»Rune! Großer Gott, hör auf!«, hörte ich Mia plötzlich neben mir schimpfen.

»Was ist denn in euch gefahren?«, pöbelte ich weiter. »Was hat das hier zu bedeuten? Liebevolle Umarmungen, Pläne, die fünf oder sogar zehn Jahre beinhalten? Was geht hier vor sich?« Ich war sauer, weil ich nicht verstand, was hier los war.

Angespannt schaute sich Nick um. Als er sich sicher war, dass uns niemand zuhörte, bat er mich, mich zu setzen.

Widerwillig tat ich ihm den Gefallen.

Beide schnappten sich ebenfalls zwei Stühle und setzten sich mir gegenüber.

Nick holte zweimal tief Luft und fing schließlich an zu erzählen: »Mia und ich ... Wir möchten unsere Eltern darum bitten ...« Er stockte, weil er offensichtlich nach den richtigen Worten suchte. »Wir können so nicht weitermachen. Dieser Teufelskreis bringt uns noch alle um. Mia möchte einen ordentlichen Schulabschluss mit einer Perspektive auf ein Studium. Genauso wie du! Ihr habt noch euer ganzes Leben vor euch. Tom und Liam wären auch dabei.« Er holte nochmals Luft, bevor er fortfuhr. »Wir möchten unsere Eltern fragen, ob wir für ein paar Jahre andere Wege gehen können. An einem Ort bleiben, an dem wir uns wohl fühlen. Sie würden die Geschäfte solange ohne uns weiterführen. Und wenn sie dazu nicht mehr in der Lage sind, könnten wir wieder mit einsteigen. Doch jetzt so weiter zu machen wie bisher ... das funktioniert nicht. Wir werden uns unser Leben lang die Frage stellen, ob wir nicht etwas verpasst haben und nie erfahren, wie sich ein Leben außerhalb des Rummels anfühlt.«

Ich konnte nicht fassen, was ich da hörte. Jetzt ergab das heimliche Gespräch von gerade eben auf einmal Sinn. Mia war die Einzige, die unsere Eltern davon überzeugen könnte. »Ich verstehe, dass wir vier das Bedürfnis haben, noch etwas anderes in unserem Leben zu sehen. Ein Studium zu beginnen, etwas Neues zu erleben. Gott, Mia, das wäre ein Traum!«, sagte ich hoffnungsvoll und sah meine beste Freundin an. Sie lächelte. »Aber du, Nick? Für dich war der Rummel doch immer alles, oder nicht?«

Ich sah, wie beide wieder heimliche Blicke miteinander wechselten.

»Oder ist das ... ist das etwas Ernstes zwischen euch?« fragte ich nun vorsichtiger. Ich war völlig überfordert.

Mia war doch immer diejenige, die meine ausschließlich körperlichen Beziehungen mit Jungs nicht verstand. Weil sie der Überzeugung war, sich für den richtigen Mann aufzuheben. Und dann sah ich, wie sie mit *meinem* Bruder, einem absoluten Macho, verliebte Blicke austauschte?

»Rune«, hörte ich ihre zarte Stimme. »Du sagtest doch selbst, dass man sich nicht aussuchen kann, in wen man sich verliebt ...«

Ich war baff. Völlig schockiert ließ ich mich auf dem Stuhl zurücksacken. »Oh... Okay?«

Jetzt musste Nick schmunzeln. Er schaute nach unten und schließlich wieder zu Mia. Sie tat es ihm gleich und lächelte schüchtern in sich hinein.

»Nein ... das ist euer Ernst. Und dann verhaltet ihr euch auch noch so süß dabei!«, rief ich jetzt laut und schlug meine Hände über den Kopf zusammen.

Nick lachte leise, aber glücklich und hauchte Mia einen Kuss auf den Scheitel.

»Was ist das eigentlich für eine Tasche auf deinem Schoß?«, fragte Mia jetzt.

Bei dieser Überraschungsnachricht hatte ich meinen eigentlichen Plan fast vergessen.

»Wolltest du etwa abhauen?«, wunderte sie sich.

»Um ehrlich zu sein, ja. Aber ich werde es mir nicht entgehen lassen abzuwarten, ob euer Plan aufgeht ...«

Kapitel 26

Adam

Der Tag schien endlos.

Immer wieder sah ich Rune vor meinen Augen. Dicke und nasse Strähnen hatten ihr ins Gesicht gehangen. Unglücklich und niedergeschlagen hatte sie mich angesehen, als ich ihr sagte, dass mein Vater mir gedroht hatte.

Aus meinem Zimmer hörte ich, wie sein Auto auf den Hof fuhr. Kaum hatte er das Wohnzimmer betreten, fragte er als allererstes, wo ich sei. »Wo soll ich schon sein«, murmelte ich geladen vor mich hin.

»Adam«, rief meine Mutter nach mir. »Komm bitte nach unten, es gibt Abendessen!«

Ich schloss meine Augen, um mich zu sammeln. Wie sollte ich jetzt da runter gehen und ihm die perfekte Welt vorspielen? Wenn ich seine Stimme schon kaum ertrug, wie sollte ich ihm jetzt wieder ins Gesicht sehen?

Meine Mutter rief mich nochmals und ich begab mich schließlich auf den Weg nach unten.

Am Esstisch sprach niemand ein Wort. Die Bombe war gestern geplatzt, als mich meine Mutter im Unterricht angerufen hatte. Ich sollte eher nach Hause kommen, wo mein Vater auf mich wartete und mich mit all seinen furchtbaren Worten und seiner Wut nahezu erschlug. Er sagte, dass ich niemals mit diesem Gesindel hätte mitfahren dürfen, dass ich mir gleich hätte denken können, dass sie sich an dem Geld bereichern würden, das eigentlich für Spenden gedacht war. Er wiederholte mehrmals, dass die Kriminalität diesen Zigeunern in den Genen lag.

Ich hätte beinahe vor seine Füße gekotzt. Wie schon im Büro von Mrs Garner, hatte ich auch gestern Mittag noch mal versucht, ihm zu erklären, dass sie das Geld gar nicht gestohlen haben konnten und dass sie ganz normale Schüler waren. Doch das wollte er nicht hören. Er war so empört, weil ich es wieder wagte, ihm zu widersprechen, dass er mir eine Ohrfeige gab, die es in sich hatte. Meine Mutter hatte einen lauten Schrei von sich gegeben und ab dem Augenblick sagte ich nichts mehr. Meine Fäuste waren so sehr geballt, dass sich die Fingernägel in meine Hand gruben. Die Wut tobte in mir, aber ich würde es meinem Vater nicht mit gleicher Münze heimzahlen. Lust dazu hatte ich schon, aber ... nein, ich würde es nicht tun.

Mein Vater war immer schon ein strenger und sehr autoritärer Mensch gewesen. Doch handgreiflich war er zuvor noch nie geworden. Nach seiner Ohrfeige verdonnerte er mich dazu daheim zu bleiben, solange bis dieses *Gesindel* endlich von der Schule ging.

Von dieser aufgeladenen Stimmung war jetzt keine Spur mehr übrig. Es war fast schlimmer. Wir verhielten uns so, als wäre jemand gestorben. Immer wieder hörte ich, wie meine Eltern belanglose Worte miteinander wechselten. Sie involvierten mich nicht in ihre Gespräche, was mir auch lieber war.

Etwas war zwischen meinem Vater und mir gestern zerbrochen. Wir hatten nie ein kumpelhaftes Verhältnis. Aber ich wertschätzte ihn und die Mühen, die er betrieben hatte, mit mir die Studienrichtung zu finden, die zu mir passte und mir gefiel. Als ich ihm vor ein paar Jahren sagte, dass mich die Meeresbiologie sehr interessiert, hatte er Himmel und Hölle in Bewegung gesetzt, um mich dabei zu unterstützen. Gemeinsam besuchten wir Ausstellungen, er stellte damals sogar einen Kontakt zu einem bekannten, amerikanischen Meeresbiologen her, für den ich eine Woche lang arbeiten durfte. Es war großartig. Die beste Woche meines Lebens. Noch nie waren mein Vater und ich so sehr auf einer Wellenlänge gewesen.

Und jetzt hatte er es zerstört. Dabei war seine Ohrfeige nicht mal das Verletzendste gewesen, sondern die Drohung, mir das wegzunehmen, was mir bisher am meisten bedeutet hatte.

Nach dem Essen half ich meiner Mutter, den Tisch abzuräumen. Als ich mich in mein Zimmer verabschiedete, hörte ich, wie er meinen Namen sagte. Ausdruckslosigkeit war in seinen Augen zu sehen, als ich mich umdrehte. Ein kurzer Blick zu meiner Mutter verriet mir, dass sie in diesem Moment gern in Tränen ausgebrochen wäre.

»Ab morgen gehst du wieder zur Schule«, ertönte seine Stimme laut und deutlich. Ich bin mir sicher, dass er noch gern: *Das Gesindel ist fort*, hinzugefügt hätte. Aber vielleicht hatte auch er jetzt bemerkt, dass es genug war.

Ich hörte seine Worte und wie abfällig er über Rune, Mia, Tom und Liam gesprochen hatte, noch sehr genau im Ohr. Und es schmerzte nach wie vor.

Wieder in meinem Zimmer legte ich mich in denselben Klamotten, die ich schon den ganzen Tag über anhatte, zurück aufs Bett. Auf meinem schwarzen Pullover spürte ich noch immer Runes Tränen und ihr Schluchzen.

Irgendwann musste ich eingeschlafen sein, denn als ich später auf meinen Wecker sah, war es bereits zwei Uhr in der Nacht. Ob mir mein Vater morgen wieder mein Handy zurückgeben würde, wenn ich zur Schule ging? Ich hoffte es. Aber wen interessierte es und was nutzte es schon? Es wäre nicht die Lösung der Probleme und würde mir vor allem nicht das geben, was mir jetzt am allermeisten fehlte. Rune. Ich konnte einfach nicht glauben, dass sie und ich unsere letzten zwei Wochen nun getrennt voneinander verbringen mussten. Das war einfach nicht möglich. Das würde ich nicht überleben. Nicht zum ersten Mal in den letzten vierundzwanzig Stunden stellte ich mir vor, was wäre, wenn ich alles hinschmeißen würde. Die Chance auf ein Studium und die Beziehung zu meinem Vater, der mich dann endgültig aus seinem Leben verstoßen würde. Doch das konnte ich Mom nicht antun.

Ein leises Klicken riss mich aus meinen Gedanken. Verwundert schaute ich mich im Zimmer um. Als würde jemand ... etwas an die Scheibe werfen? Das konnte doch nicht ... *Großer Gott*. Ich rannte sofort an das einzige Fenster in meinem Zimmer, öffnete es so leise, wie ich nur konnte, und schaute hinunter.

Unten stand sie tatsächlich. Rune.

Rune war hier ...

Sie lächelte und winkte mir zu. Mit ihren Lippen formte sie ein lautloses »*Hallo*« und lächelte noch mal.

Fassungslos schüttelte ich den Kopf.

Ich hob eine Hand, formte ein stummes »*Warte*« und ging zu meiner Schlafzimmertür, die ich leise öffnete. Nach einem Blick in den Flur stellte ich fest, dass die Tür zu dem Schlafzimmer meiner Eltern einen Spalt weit offen stand. Auf Zehenspitzen ging ich hinaus, um sicherzugehen, dass auch wirklich keine Nachttischlampe mehr brannte. Doch um diese Uhrzeit schliefen meine Eltern tief und fest.

Ich musste zu Rune. Egal wie. Sie könnte unmöglich hochkommen, denn in diesem Haus hörte man jede Stecknadel fallen. Also würde ich zu ihr hinunter gehen.

Doch ich brauchte einen Plan. Hastig fing ich an, Klamotten und Handtücher aus dem Schrank zusammenzusuchen und sie zusammengeknüllt unter die Bettdecke zu legen, so dass es auf den ersten Blick danach aussah, als läge ich darin. Ich würde das Risiko eingehen, die Tür zu meinem Zimmer abzuschließen, auch wenn das gegen die Regeln war, die meine Eltern aufgestellt hatten. Doch nur so könnte ich rechtzeitig wieder durchs Fenster hineinsteigen, wenn ich hörte, dass jemand versuchte hineinzukommen.

Es war vielleicht kein Masterplan, aber es war ein Plan. Es spielte keine Rolle, ich musste zu ihr.

Ich schlich zum Fenster, das immer noch halb offen stand, und sah hinunter, um mich zu vergewissern, dass ich nicht nur geträumt hatte. Runes dunkelrotes Haar schimmerte im Mondschein. Sie zog ihre Lederjacke zu und vergrub ihr Gesicht in den Schal, den sie trug.

Ich zog eine dicke Wolldecke aus meinem Schrank und warf sie ihr vor die Füße. Erschrocken schaute sie zu mir hinauf und grinste.

Mit einem Fuß stieg ich auf das Fensterbrett und als ich mich darauf setzte, merkte ich erst, dass der erste Stock doch höher lag als erwartet. Rune wollte kichern und hielt sich eine Hand auf den Mund, weil ich ihr mit meinem Zeigefinger andeutete, leise zu sein.

Ich atmete tief durch. Irgendwie musste ich hier runterkommen. Mein Zimmer befand sich über der Waschküche, aus der eine Tür nach hinten zur Garage und in den Garten führte. Rechts unter mir befand sich ein etwas älterer Gartenschrank.

Er war jedoch hoch genug, so dass ich ihn vielleicht mit meinen Füßen erreichen konnte, wenn ich mich mit den Händen ans Fensterbrett hing. Ein Versuch war es Wert. Rune starrte gespannt zu mir hinauf. Die Höhe störte mich kaum noch, je länger ich auf diesem Fensterbrett saß. Das größere Problem war es, leise zu landen.

Ich drehte mich noch einmal ins Zimmer um, und lehnte mich weiter auf das Fensterbrett hinaus. Dann ließ ich ein Bein nach unten baumeln. Als das Nächste folgte, spürte ich schon den Schmerz in den Händen, weil nur noch meine Finger mein ganzes Körpergewicht trugen. Ein wenig orientierungslos versuchte ich mit den Füßen den Schrank unter mir zu erreichen. Lange würden es meine Finger nicht mehr aushalten.

»Mehr nach links«, flüsterte Rune so leise, wie sie nur konnte.

Ich tastete mich mit dem Fuß weiter an der Hauswand entlang und spürte das Holz unter mir. Vorsichtig verlagerte ich mein Gewicht wieder auf meine Füße. Endlich. Doch ich tat es nur langsam, um nicht zu riskieren, dass der Schrank unter mir zusammenbrach. Schließlich sprang ich auf den Boden und landete genau vor Runes Augen.

»Hi«, grüßte sie mich mit sanfter Stimme.

Ich richtete mich auf und sah auf ihre zarte Statur hinab. »Hey«, flüsterte ich.

Mit einer Hand fuhr ich ihre Wange entlang und strich eine Haarsträhne nach hinten. Sie schloss die Augen, als würde sie meine Berührung in vollen Zügen genießen.

Sie seufzte, als sie ihre Augen wieder öffnete. Ihr Brustkorb bewegte sich schwer, weil sie einen tiefen Atemzug nahm. »Bevor wir über das reden, was gerade passiert und dass dir dein Vater droht, dein Stipendium anderweitig vergeben zu lassen, möchte ich dich mitnehmen.«

Ich kniff meine Augen zusammen. »Können wir bitte nicht über meinen Vater reden? Nicht heute und nicht …«, fing ich an, doch sie hielt mir ihre kalten Finger auf die Lippen.

»Komm einfach mit.« Sie griff jetzt nach meiner Hand und lief mit mir über den Hof auf die Straße. Dort gingen wir einige Schritte bis zu der Ecke, an der sie das Auto geparkt hatte. Von hier aus war unser Haus nicht mehr zu sehen.

»Bitte einsteigen«, bat sie mich freundlich, doch bestimmt.

Ich blickte mich nochmals um, weil ich das Gefühl hatte, etwas Verbotenes zu tun.

»Entspann dich, Adam. Ich werde dich nicht entführen«, spaßte sie. Dabei wusste sie genau, dass ich mich von ihr überallhin entführen lassen würde, wenn das der Fall sein sollte.

Kaum saß ich auf dem Beifahrersitz, startete sie bereits den Motor. Bevor ich überhaupt die Tür schließen konnte, fuhr sie mit quietschenden Reifen los. Wie schon beim ersten Mal, als ich mit ihr in diesem Auto mitgefahren war, wanderte eine Hand unauffällig an den Griff, an dem ich mich festhielt. Diesmal sah Rune es nicht. Es war dunkel und sie konzentrierte sich zu sehr auf die Straße. Ich hatte nicht das Gefühl, dass sie wusste, wohin sie fuhr. Doch relativ bald verließen wir unsere Wohnsiedlung und wenig später auch San Luis Obispo.

Der Highway, der von der Stadt an den Strand führte, war nicht wirklich beleuchtet. Außerdem waren um diese Uhrzeit auch kaum andere Autos unterwegs. So leer und verlassen hatte ich die Straßen noch nie gesehen. Es hatte etwas Beängstigendes, so auch der Fahrstil von Rune.

Unverhofft drehte sie das Radio lauter und öffnete ihr Fenster. Die kühle Meeresluft zog sofort zu uns hinein und wehte uns um die Haare.

»Weißt du, was mir immer hilft, wenn ich nicht weiter weiß?«, rief sie mir zu. Dabei überschlug sich ihre Stimme fast, weil sie versuchte, die Musik zu übertönen, die mit voller Lautstärke durch die Boxen dröhnte.

»Keine Ahnung, Rune. Aber du solltest wirklich lieber auf die Straße schauen«, sagte ich laut, weil sie anstatt in den Kurven zu bremsen, immer mehr aufs Gas drückte.

Alles was ich jetzt hörte, war ihre herzliche und ansteckende Lache. Dabei warf sie ihren Kopf in den Nacken, was mich fast dazu brachte, ihr ins Lenkrad zu greifen, damit wir nicht in den Graben fuhren. Mittlerweile waren wir oben an den Klippen angekommen, von denen man bereits das glitzernde Wasser aus sehen konnte.

Schließlich nahm sie ihren Fuß doch vom Gaspedal und fuhr auf eine Plattform, wo sie das Auto abrupt zum Stehen brachte. Weil sie auch den Motor abgeschaltet hatte, erlosch die Musik des Radios und es wurde ruhig um uns herum.

Sie blickte mich an und sagte in ruhiger Stimme: »Wenn mich etwas beschäftigt, oder ich nicht weiter weiß, hilft mir oft das hier.« Nun stieg sie aus, ließ die Fahrertür offen und ging vor bis an das Klippenende.

Ich betrachtete die Konturen ihrer Gestalt, die zu sehen waren, weil die Scheinwerfer noch auf sie strahlten. Den Schrei, den sie auf einmal von sich gab, ging mir durch Mark und Bein. Ich zuckte zusammen vor Schreck und stieg ebenfalls aus dem Auto.

»Großer Gott, Rune!«, rief ich ihr während des Gehens zu.

Sie strahlte über ihr ganzes Gesicht. »Probiere es aus!«, forderte sie mich auf.

Ich hatte keine Ahnung, was sie damit bezwecken wollte. Sowieso hatte ich gar keine Zeit, ihr zu antworten, da folgte schon der nächste Schrei. Dieser jetzt wurde aber von einem herzerwärmenden Lachen begleitet. Ihre Stimme klang bereits heiser und langsam musste auch ich mir ein Lächeln verkneifen.

»Jetzt komm schon. Probier es aus! Vertrau mir, danach fühlst du dich um Welten besser und ich verspreche dir, dass du heute keinen Gedanken mehr an deinen Vater verschwenden wirst.«

Ich räusperte mich, weil sie mich so erwartungsvoll anstarrte.

»Einfach schreien. Schrei alles raus. Schrei dir den Frust von der Seele«, beharrte sie weiterhin, weil sie merkte, dass ich zögerte.

Aufrecht stellte ich mich mit dem Gesicht zum Wasser und nahm so viel Luft in meine Lungen, wie ich nur konnte. Schließlich ließ ich diese mit einem lauten Grölen wieder entweichen und fing an zu husten, weil ich mich mit der Lautstärke selbst Rune übertroffen hatte.

Rune starrte mich mit riesigen Augen an, weil sie es ebenfalls nicht glauben konnte. Überrascht sahen wir uns an und fingen gleichzeitig an zu lachen. In diesem Moment begriff ich, dass es wirklich kaum etwas Besseres gab. Dieser befreiende Schrei pustete mein Hirn frei und bezweckte, dass sich unsere Probleme nur noch klein und unbedeutend anfühlten.

»Na? Habe ich zu viel versprochen?«, fragte sie.

»Ganz und gar nicht, nein«, stellte ich immer noch überrascht fest. Sie nahm mich bei der Hand, ging noch einen Schritt weiter an die Klippen, nickte mir kurz zu und aus voller Kehle schrien wir gemeinsam all unseren Frust von der Seele.

Anschließend nahm ich sie schwer atmend und mit kratziger Kehle in den Arm, wo sie sich an mich schmiegte.

»Na dann, können wir ja wieder zurückfahren«, flüsterte sie mit einem Augenzwinkern und ging zurück zum Wagen.

Diesmal ließ sie mich fahren. Im Radio lief ein Song, zu dem wir ausgelassen mitsangen. Beide Fenster waren geöffnet, der Wind rauschte uns um die Ohren und ich hatte mich noch nie besser gefühlt.

Wir parkten das Auto wieder an einem abgelegenen Straßenende und liefen zurück zu meinem Zuhause.

»Komm«, bat ich sie schließlich und führte sie in die Garage. Da ich das Licht nicht anschalten wollte, suchte ich im Dunkeln nach einer Taschenlampe.

Als ich sie anknipste, leuchtete ich aus Versehen in Runes Gesicht. Dabei sah ich, wie sie lächelte. Auch merkte ich sofort, dass sie am ganzen Körper zitterte.

Ich bat sie, sich auf das alte Sofa zu setzen, das sich hier drin befand. Dort ließ auch ich mich neben sie fallen und schlug die Wolldecke über unsere Beine.

»Woher wusstest du denn, welches mein Fenster ist?«, wollte ich wissen.

»Ich habe eine halbe Stunde lang Steinchen an ein anderes geworfen. Als mir dort niemand öffnete, versuchte ich es an deinem.« Sie sprach mit einem verschmitzten Lächeln auf den Lippen.

Ungläubig schüttelte ich den Kopf. »Du bist unmöglich«, stellte ich wieder einmal fest und wunderte mich nicht zum ersten Mal heute Abend, warum sie eigentlich so ausgelassen und fröhlich war.

»Was ist passiert, dass du nur noch strahlst, seitdem ich dich unter meinem Fenster entdeckt habe?«, fragte ich schließlich.

Nach unserem Schreikonzert vorhin, hatte sie mich mit ihrer guten Laune vollends angesteckt.

Sie schmiegte sich enger an mich heran. »Ich bin einfach froh, dich zu sehen,« sagte sie und legte ihren Kopf auf meine Schulter.

Ich liebte ihren Geruch, ihren leisen Atem. Er erinnerte mich daran, wie wir auf dem Hügel am Jahrmarkt auf der Wiese eingeschlafen waren. Ich hatte kaum ein Auge zugemacht. Wir hatten uns so dicht aneinander geschmiegt, dass ich, anstatt zu schlafen, die ganze Nacht ihrem Herzschlag gelauscht und mich beim Universum bedankt hatte, diesem wunderschönen Mädchen begegnet zu sein.

Ich küsste ihre Stirn und suchte unter der Decke nach ihren Fingern, die ich fest zwischen meine drückte.

Mit hoffnungsvollen Augen sah sie mich an. »Du weißt schon, dass wir jederzeit erwischt werden könnten?«

Wieder dieses wunderschöne Lächeln in ihrem Gesicht zu sehen, war alles, was ich brauchte. Es war wie eine Droge und hielt mich am Leben.

»Es ist mir egal«, flüsterte ich nur und näherte mich ihren Lippen.

Als wir uns küssten, fuhr sie mit ihren Hände durch mein Haar und seufzte, weil ich begann, ihren Hals zu liebkosen. Zitternd zog sie mir meinen Pullover aus, während ich mich über sie beugte.

In meiner Bewegung hielt ich inne und starrte sie an. »Was ist los? Ist dir noch kalt?«, wollte ich wissen, weil ihr Körper unter meinem so bebte.

Sie schüttelte den Kopf. »Nein, mir ist nicht kalt. Ich habe nur ...«, sie zögerte kurz. »Es ist ... Weil ... Ich dich liebe.«

Mein Herz schoss mir augenblicklich ungezügelt gegen meine Rippen und fast aus der Brust. Ich war erstarrt, vollkommen benommen und so glücklich wie noch nie.

»Rune ...«, ich konnte kaum noch sprechen.

Bevor ich meinen Verstand verlor, küsste ich sie wieder und so oft, dass uns die Lippen schmerzten.

»Ich liebe dich auch, Rune«, hauchte ich. *Ich werde dich für immer lieben.*

Kapitel 27

Adam

Rune besuchte mich drei Nächte in Folge. Es war immer dieselbe Uhrzeit und langsam hatte ich meine Flucht aus dem Fenster perfektioniert.

Wäre da nicht die Alarmanlage an unserer Haustür, hätte ich mir nicht jedes Mal fast die Schulter ausgekugelt, wenn ich mich wie Tarzan aus dem Fenster hangelte. Aber es war der leiseste und mittlerweile einfachste Weg, aus dem Haus zu kommen. Außerdem hatte ich in der Garage ein altes Walkie-Talkie gefunden, dessen Station ich hinter die Schlafzimmertür stellte. Das Gegenstück trug ich bei mir. Es würde sofort vibrieren, wenn die Station Geräusche vernahm. Da ich meine Schlafzimmertür jedes Mal abschloss, hätte ich genug Zeit mich wieder nach oben zu begeben. Auch den Weg zurück in mein Zimmer hatten Rune und ich uns meisterhaft ausgeklügelt. Über einen Gartenstuhl kam ich auf den alten Holzschrank, von wo aus ich mich wieder auf mein Fensterbrett hievte. Rune räumte den Gartenstuhl dann zurück an seinen Platz und ging. Ich blieb am Fenster stehen und beobachtete sie, bis sie aus meinem Blickfeld verschwand. Am Ende der Straße hatte sie das Auto geparkt, mit dem sie zurück zum Jahrmarkt fuhr.

Unsere geheimen Treffen auf dem Hinterhof des Hauses meiner Eltern waren etwas Besonderes, ruhig und friedlich. Wir befanden uns für wenige Stunden in unserem kleinen Universum. Manchmal gingen wir hinaus, an eine Stelle, wo uns keiner sehen konnte, und beobachteten von dort aus die Sterne im dunklen Nachthimmel. Erzählten uns Geschichten aus der Kindheit und waren eins mit unseren Gedanken.

»Ich möchte dir etwas erzählen«, sagte Rune in dieser Nacht. Wir hatten uns draußen auf die Wolldecke gelegt und starrten in das endlose Schwarz über uns. Neugierig drehte ich mich zu ihr.

»Mia, die Zwillinge, mein Bruder und ich werden das Gespräch mit unseren Eltern suchen«, fing sie an zu erzählen. »Wir möchten uns gern für ein paar Jahre vom Rummelleben verabschieden. Eventuell können wir einen Ort finden, an dem wir unseren Schulabschluss machen, um anschließend zu studieren und ein Leben zu führen, wie es andere junge Erwachsene in unserem Alter tun.«

Die Überraschung schien mir ins Gesicht geschrieben zu sein, denn Rune lächelte mich ungeniert an. »Was? Wieso schaust du so?«

Ich richtete mich auf und stützte mich auf meinem Unterarm ab, um sie besser zu sehen. »Wow, ist das wahr? Denkst du, eure Eltern würden sich damit einverstanden erklären?«

Sie zuckte mit den Schultern und starrte wieder in den Himmel. »Keine Ahnung. Vielleicht.«

»Rune, das wäre ja großartig! Das müssen wir unbedingt versuchen!«, sagte ich jetzt fast euphorisch.

»Wir«, wiederholte sie schmunzelnd. »Das heißt, du möchtest Teil unseres Plans werden?«

»Ja. Ja! Das möchte ich. Unbedingt.«

»Wir könnten natürlich nicht hierbleiben. Wir würden uns eine Highschool suchen, die uns für dieses letzte Schuljahr aufnehmen könnte. Da Nick volljährig ist, wäre er für uns verantwortlich. Er wird einen richtigen Job finden müssen. Und auch wir würden uns einen Nebenjob suchen, der uns etwas Geld einbringt.«

Tausend Gedanken schossen mir auf einmal durch den Kopf. »Wenn ihr euch etwas in der Nähe von San Francisco sucht, kann ich euch unterstützen. Ich werde für mein College dort auch eine Wohnung finden müssen. Vielleicht auch ein Studentenwohnheim. Wobei mein Vater schon angedeutet hat, dass eine Wohnung vermutlich das Beste wäre. Seiner Meinung nach würden mich die Studenten in einem Wohnheim zu sehr von den wichtigen Dingen abhalten ...«

»Und ich würde dich nicht von deinem Studium ablenken?«, fragte sie zögerlich.

Ich warf ihr einen wissenden Blick zu. »Doch, vermutlich schon. Aber meine Eltern werden dann fast dreihundert Meilen weit weg sein. Somit wäre das ein Risiko, dass ich gerne jederzeit in Kauf nähme.«

Rune lachte in sich hinein. »Der Gedanke, die nächsten Jahre mit dir zu verbringen, gefällt mir.«

Sprachlos starrten wir uns an. Der helle Mondschein ließ ihre Augen wie zwei graue Rohdiamanten leuchten.

»Wann möchtet ihr eure Eltern darauf ansprechen?«, hakte ich neugierig nach.

»Ich weiß es nicht. In ein paar Tagen erst. Mia versucht noch, ihren ganzen Mut zu sammeln. Wir sollten auch erst etwas Gras über die Sache mit dem Spendengeld wachsen lassen.«

Das Spendengeld. Die letzten Tage war ich immer so müde und darauf fixiert, nicht im Unterricht einzuschlafen, dass ich das blöde Spendengeld fast vergessen hatte.

»Wie läuft es denn in der Schule?«, wollte Rune schließlich

wissen.

Ich zuckte mit den Schultern. »Jonny spricht wieder mit mir. Unser Streit wird einfach totgeschwiegen, was vielleicht auch besser so ist. Aber die Stimmung ist nicht mehr so geladen wie zuvor.«

»Und ... Jenna?«, fragte sie dann.

»Sie spricht kein Wort mit mir.«

»Was ist mit dem Frühlingsball? Jetzt wo ich aus dem Verkehr gezogen wurde.«

Ich schaute Rune mit prüfendem Blick an. »Du glaubst wirklich, ich würde mit Jenna zum Frühlingsball gehen?«

Rune schüttelte den Kopf. »Nein ... eigentlich nicht.«

»Eigentlich?«, hakte ich lächelnd nach.

Jetzt schenkte auch Rune mir ein zaghaftes Lächeln. »Na ja, vielleicht möchtest du einfach nicht alleine gehen und ...«

»Und gehe deswegen mit Jenna? Niemals. Ich werde dort die geplanten Songs mit unserer Band spielen und dann wieder nach Hause gehen. Ich bin nicht wirklich in der Stimmung auf diese Feierlichkeit.«

Rune schien irgendwie erleichtert, was mich schmunzeln ließ. Mein nächster Blick war der auf mein Handy. Es wurde langsam Zeit für mich, wieder nach oben zu gehen, da der Wecker meines Vaters bald klingeln würde.

»Bist du dir sicher, dass ich morgen wieder vorbeikommen soll?«, fragte Rune, weil ich ein langes Gähnen nicht unterdrücken konnte.

»Natürlich!«, war meine Antwort darauf.

»Denkst du nicht, dass du ein bisschen Schlaf gebrauchen könntest?«

Kopfschüttelnd lehnte ich mich zu ihr hinab und gab ihr

einen zarten Kuss hinter ihr Ohr. »Niemals«, wisperte ich und spürte die Gänsehaut, die sich auf ihrem Hals bildete.

Ich stand schließlich auf und reichte ihr die Hand. Als sie vor mir zum Stehen kam, sprang sie mir in die Arme und legte ihre Beine um meine Hüften. Ich trug sie zurück zur Garage, während wir uns sanft küssten.

»Wenn ich die Wahl habe zwischen Schlaf und dir, fällt meine Wahl immer auf dich, Rune. Das solltest du mittlerweile wissen«, sprach ich gegen ihre Lippen und spürte, wie sie lächelte.

»Ich weiß« sagte sie leise, fuhr mit ihren Händen durch mein Haar und presste sich an mich, so nah, wie es nur ging.

Ich konnte ihr nicht widerstehen. Das konnte ich nie. Die Andeutung, die hinter ihrer Bewegung lag, war mehr als klar. Sie lachte leise, als sie spürte, dass mich das nicht ganz kalt ließ.

Himmel, dieses Mädchen brachte meine ganze Welt durcheinander. Doch sie war es wert. Sie und alles, was wir miteinander erlebten.

Die darauffolgenden Tage in der Schule waren langatmig und farblos. Rune schaffte es, meine Nacht zu erhellen. Doch tagsüber schien alles nur noch wie in einem Film an mir vorbeizuziehen.

Einmal nutzte ich sogar eine Freistunde, um mich in unserem Proberaum hinzulegen und einfach nur die Augen zu schließen. Das laute Klingeln meines Handys weckte mich plötzlich. Es war Jonny, der wissen wollte, wo ich blieb. Erschrocken begab ich mich sofort zum Chemieraum, wo er bereits auf mich wartete.

»Mann, wo warst du denn die letzte Stunde?«, fragte er und

musterte mich skeptisch.

Ich fuhr mir mit den Händen über mein Gesicht. »Im Probe-raum«, antwortete ich knapp.

Jonny fragte nicht nach dem Warum. Wenn uns die letzten Wochen etwas gelehrt hatten, dann, dass wir besser miteinan-der klar kamen, wenn wir nicht alles hinterfragten, was der an-dere tat.

Außerdem hatte ich das Gefühl, dass er mit meinen Eltern ein heimliches Abkommen getroffen hatte, bei dem er sie auf dem Laufenden hielt, wenn ich nicht am Unterricht teilneh-men sollte oder wenn ihm etwas komisch vorkam. Ich war mir trotzdem sicher, dass es ihm mehr als unangenehm war. Schließlich waren wir mal so etwas wie beste Freunde gewesen. Und jetzt? Keine Ahnung. Wir kamen miteinander aus, weil wir über Rune nie wieder ein Wort wechselten. Wir probten unsere Lieder, waren musikalisch auf derselben Wellenlänge, aber gingen anschließend nach Hause und verbrachten auch sonst keine Zeit mehr miteinander. Was auch mitunter daran lag, dass mein Vater mich zur Schule brachte und meine Mutter mich abholte.

So wie auch heute, als meine Mutter bereits auf dem Park-platz auf mich wartete.

»Hast du Lust auf einen Burger und einen Milchshake?«, fragte sie mich. »Es ist Freitag. Früher haben wir das oft ge-macht, wenn Papa noch bei der Arbeit war.«, sagte sie, während ich einstieg.

Mir war nicht entgangen, dass sie nach dem Vorfall am Dienstag oft versucht hatte, mit mir auf eine stille Art und Weise Frieden zu schließen. Ich hatte seitdem auch kaum ein Wort mehr mit ihr gewechselt, das nicht das Abendessen, die

Hausaufgaben, oder den Abwasch beinhaltete.

»Wie lange soll das eigentlich noch so weiter gehen?«, fragte ich sie geradeheraus. Die Müdigkeit und die Tatsache, dass sie Englisch mit mir sprach, obwohl mein Vater weit und breit nicht zu sehen war, ging mir höllisch gegen den Strich. Außerdem war der besagte Vorfall jetzt fast eine Woche her und ich wurde immer noch wie ein Gesetzesbrecher behandelt.

»Was meinst du, Adam?« Jetzt klang sie auf einmal nicht mehr so fröhlich wie gerade eben.

»Diese Überwachung von dir und Dad. Wann werde ich wieder alleine zur Schule gehen können?«

Meine Mutter schwieg, weil sie ganz genau wusste, wovon ich sprach.

Ein lautes Seufzen entglitt ihrer Kehle. »Adam.« Noch nie war ich so erleichtert, die deutsche Aussprache meines Namens zu hören. Endlich hatte sie verstanden, dass ich es ernst meinte.

Sie parkte vor unserem Lieblingsburgerladen und stellte den Motor ab. Jetzt würde sie gleich wieder das Verhalten meines Vaters gutheißen. Mir erklären, dass sie nur das Beste für mich wollten und dass ich Verständnis dafür haben sollte.

»Ich habe dich gesehen. Gestern Nacht. Mit diesem Mädchen«, sagte sie und korrigierte sich im selben Atemzug. »Mit Rune.«

Mir stockte der Atem. Verflucht. Ich war geliefert. Wie konnte das sein? Ich hatte nie das Licht angeschaltet in der Garage. Nur in den seltensten Fällen benutzten wir die Taschenlampe. Und im Garten hatten wir eine Stelle gefunden, die von unserem Haus nicht zu sehen war.

»Ich wurde wach, weil ich etwas gehört hatte. Dabei dachte ich, dass ich vielleicht nur geträumt hätte und wollte gleich wieder zurück ins Bett. Doch dann habe ich vom Badezimmer aus ein Licht in der Garage flackern sehen. Wie das einer Taschenlampe. Beim genaueren Hinsehen erkannte ich dann euch beide, wie ihr von dort aus in den Garten gelaufen seid.«

Sie musste uns in dem einen Augenblick gesehen haben, in dem wir die Hintertür der Garage verließen, um in den Garten zu gelangen. Warum musste sie gerade diesen einen Moment erwischen?

Jetzt blieb mir nichts anderes übrig, als abzuwarten, was sie dazu zu sagen hatte. Was die Konsequenzen sein würden, wusste ich nur zu gut.

»Und dann lädst du mich zum Burger essen ein, um mir schonend beizubringen, dass ich meinen Studienplatz jetzt endgültig vergessen kann? Warum ist Papa nicht gleich in den Garten gestürmt?«

»Weil ich es deinem Vater nicht gesagt habe.«

»Ach so, dann wird er es heute Abend zum Dinner serviert bekommen?« Mein Ton war bissig und gereizt. Dabei war mir von vornherein klar, dass die heimlichen Treffen mit Rune ein Risiko beinhalteten.

»Können wir das bitte nicht auf leerem Magen besprechen? Ich habe den ganzen Tag noch keinen Bissen herunterbekommen.« Die Stimme meiner Mutter klang angeschlagen und bei der ganzen Aufregung heute, hatte ich es nicht einmal geschafft, sie richtig anzusehen. Jetzt merkte ich erst, dass sie sich nicht nur erschöpft anhörte, sondern auch genau so aussah.

»Okay«, antwortete ich daraufhin nur. Gemeinsam verließen wir den Wagen und gingen in den Burgerladen hinein. Es war derselbe, in dem ich mit Rune vor ein paar Tagen gegessen hatte.

Wir bestellten das Übliche. So wie wir es damals immer getan hatten, als wir hierher gezogen waren. Irgendwie erinnerte ich mich gern an die Zeit zurück. Damals war vielleicht nicht alles einfacher, aber immerhin besser. Zumindest was das Verhältnis zwischen mir und meinen Eltern anging.

Wir setzten uns hinaus auf die kleine Terrasse. Obwohl meine Mutter vorhin davon geredet hatte, dass sie unbedingt etwas essen musste, stocherte sie jetzt nur abwesend in ihren Pommes herum.

»Mom«, sagte ich schließlich und riss sie offensichtlich aus ihren Gedanken.

Sie schüttelte den Kopf. »Entschuldige, Schatz.«

»Warum entschuldigst du dich?«

Sie schloss kurz ihre Augen und blickte mich schließlich wieder an. »Dafür, dass ich dich hierher schleppe, damit wir reden können und schließlich kein Wort rausbekomme.«

»Um was geht's überhaupt? Möchtest du mir schonend beibringen, dass du heute Abend Dad erklären wirst, dass sein Sohn sich wieder mit diesem Verbrechermädchen getroffen hat? Dann auch noch in einer Nacht- und Nebelaktion?«

»Sie ist kein Verbrechermädchen«, sagte meine Mutter plötzlich.

»Was hast du gesagt?« Ich fiel aus allen Wolken. Was ging hier vor sich?

Sie fuhr fort: »Ich glaube, ich weiß, wer das Geld tatsächlich gestohlen hat. Zumindest habe ich eine Vermutung.«

»Mom, was redest du denn da?«

Abermals versuchte meine Mutter, sich zu sammeln. »Als ich euch beide heute Nacht gemeinsam gesehen habe, konnte ich nicht mehr einschlafen. Mir sind die Worte deines Vaters, deine und die der Schuldirektorin durch den Kopf gegangen. Ich musste wieder einmal über alles, was geschehen ist, nachdenken. Und dabei ist mir ein Detail eingefallen, dass ich unbedingt mit dir besprechen möchte.«

»Mama, jetzt sag schon. Was hast du gesehen?«, hakte ich jetzt nervös nach.

»Ich habe es nicht gesehen. Aber ...«, sie seufzte. »Denkst du nicht ... Ich meine. Du hattest doch eine Auseinandersetzung mit Jonny. Letztes Wochenende, auf dem Spendenflohmarkt. Am Sonntag habt ihr euch noch mal getroffen und als du zurückkamst, hast du nicht den Eindruck gemacht, dass zwischen euch alles geklärt war.

Jedenfalls habe ich ... in einem Gespräch, das wir anschließend mit Jonny geführt haben, raus gehört, dass auch er sehr abfällig über Rune denkt. Er sagte etwas davon, dass er gern seinen alten Adam wieder zurückhätte. Den, der sich für die Band interessiert hat und nicht nur dieses Zigeunermädchen im Kopf hat.«

Also hatten meine Eltern Jonny tatsächlich darauf angesetzt, mich in der Schule im Auge zu behalten. Doch das war mir in diesem Moment egal.

»Denkst du nicht, er könnte was mit dem gestohlenen Geld zu tun haben, um die vier Schüler aus der Schule zu ekeln und endlich seinen Bassisten zurückzubekommen?«, fragte sie mich jetzt und das leuchtete mir ein! Mehr als das. Es war die einzig schlüssige Erklärung.

»Aber wann sollte er das Geld gestohlen haben? Wir haben es nach dem Flohmarkt direkt mit nach Hause genommen«, stellte ich fest und meine Mutter nickte.

»Moment ... Warte!«, rief ich plötzlich laut und ein paar der

Menschen um uns herum sahen uns skeptisch an. »An dem besagten Sonntag, als er mich abgeholt hat, weißt du noch? Du sagtest, du würdest nach hinten gehen, um dich um die Wäsche zu kümmern. Als ich mich dann bereits ins Auto gesetzt hatte, behauptete er, dass er sein Portemonnaie im Haus vergessen hätte. Mir kam das damals schon komisch vor«, ich schlug mir mit der flachen Hand auf die Stirn. »Warum bin ich nicht gleich darauf gekommen!«

Ich hatte das dringende Bedürfnis aufzustehen und sofort zu ihm zu fahren. »Natürlich! Er ist es gewesen! Er hat die Chance ergriffen, nochmals alleine ins Wohnzimmer zu kommen. Dort hat er vermutlich schon die Kasse stehen sehen, als er auf mich gewartet hat!«, stellte ich weiter fest und war außer mir vor Wut. »Scheiße, er war es tatsächlich und er hat mir die ganze Zeit ins Gesicht gelogen!«, fluchte ich und meine Mutter wurde sichtlich nervös.

»Adam ... bitte«, sagte sie und legte ihre Hand auf meine. »Bitte. Wir wissen nicht, ob er es war. Es war nur eine Vermutung.«

»Er war es! Er war es, Mom! Und ich werde jetzt zu ihm fahren und ihm das Geld aus seinen verlogenen Eiern prügeln, wenn ich muss!«

»Adam!«, erklang die Stimme meiner Mutter nun lauter und bestimmter. Ich war tatsächlich zu weit gegangen. Zum Glück sprachen wir weiterhin Deutsch miteinander.

Wir versuchten, uns wieder zu beruhigen. »Adam, bitte überleg dir, was du damit bezwecken möchtest.« Nervös blickte sie um sich. »Wenn du denkst, mit dieser neuen Erkenntnis deinen Vater wieder auf deine Seite zu holen, wirst du damit keinen Erfolg haben. Für ihn werden die Kinder vom Jahrmarkt und vor allem Rune, immer ein Dorn im Auge sein. Wenn du dir sicher bist, dass es Jonny gewesen ist, dann werden wir das klären. Aber mach dir keine Hoffnung, dass es all deine Probleme lösen wird.«

Mir war klar, dass sie Recht hatte. Und hatte sie gerade *unsere Seite* gesagt? »Ich weiß Mom. Aber das ändert nichts daran, dass Jonny zur Verantwortung gezogen werden muss. Damit auch diese verdammte Anzeige gegen Runes Familie zurückgezogen werden kann.«

Meine Mutter nickte. »Ich weiß. Und deswegen werde ich dich unterstützen.«

Kapitel 28

Adam

Noch am selben Nachmittag fuhren Mom und ich zur Polizeiwache. Dort gab ich an, dass ich zu meiner Aussage von Anfang der Woche gern etwas hinzufügen wollte. Letztes Mal hatte ich ausgesagt, dass ich die Kasse dabei hatte, als die vier Schüler mich mitgenommen hatten, doch dass mir nichts Sonderbares aufgefallen war. Da ich jedoch nicht beweisen konnte, dass sie das Geld nicht gestohlen hatten, wurde die Anzeige trotzdem erstattet.

Mit meiner Mutter vereinbarte ich, dass wir Jonny darüber nicht in Kenntnis setzen würden. Schließlich würde er es früh genug erfahren, sobald die Polizei bei ihm vor der Tür stünde.

Als wir aus dem Polizeipräsidium herauskamen, wurde es schon dunkel.

»Dein Vater wird bald nach Hause kommen.«, sagte meine Mutter, während sie regungslos hinterm Steuer saß und nicht den Anschein machte, dass sie losfahren wollte.

Ich nickte. »Okay«, stellte ich nur fest und wartete darauf, dass sie den Motor startete.

»Aber wir haben noch eine Stunde Zeit.«

Fragend sah ich sie an. »Zeit wofür?« Ich erkannte sie heute kaum. Erst war sie wie durch den Wind, dann wieder entschlossen und plötzlich schien sie so verloren wie nie zuvor.

»Wir können noch am Jahrmarkt vorbeifahren. Dann kannst du es Rune selbst erzählen. Es wäre bestimmt auch für ihre Eltern eine Erleichterung, so früh wie möglich zu erfahren, dass sie die eintausend Dollar nicht zahlen müssen.«

»Mom! Bist du dir sicher ...? Ich meine ... was ist mit Dad?« Ich konnte nicht glauben, was Mom hier von sich gab. Bis ich begann, darüber nachzudenken. »Oder möchtest du, dass ich mich jetzt ein für alle Mal von Rune verabschiede, bevor du Dad heute Abend erzählst, dass ich mich heimlich mit ihr auf unserem Hinterhof getroffen habe?«

Meine Mutter zögerte und antwortete schließlich: »Ich werde es deinem Vater nicht erzählen, Adam.«

Ein einziger Satz, der so viel Wirkung zeigte. Mein Herz schlug mir bis zum Hals. »Mom ...«

Als sie mich anblickte, sah ich Tränen in ihren Augen. Sie versuchte sie zu unterdrücken. »Also, zeigst du mir den Weg zu diesem Jahrmarkt? Ich glaube, ich bin da zuvor noch nie gewesen.«

Ich lächelte und konnte mein Glück kaum fassen. Bevor sie losfuhr, lehnte ich mich über die Mittelkonsole und umarmte sie so fest wie es nur ging. »Danke, Mom.«

Als ich sie losließ, konnte ich mein Grinsen gar nicht mehr ablegen.

Auf dem Rummelplatz angekommen fragte ich meine Mutter, ob sie nicht auch mit aussteigen wolle. Sie winkte lächelnd ab. »Ein anderes Mal vielleicht. Beeil dich, wir haben nicht viel Zeit«, sagte sie und ich sprang aus dem Auto und rannte los.

Den Weg zu Devil Rock kannte ich auswendig. Rune saß wieder im Kassenhäuschen. Wie ein Irrer machte ich mit winkenden Handbewegungen auf mich aufmerksam. Sie riss ungläubig ihre Augen auf, als sie mich erkannte. Eine Schlange von bestimmt fünfzehn Menschen stand gerade bei ihr an, um Tickets für eine Fahrt zu kaufen. Doch ich sah, wie sie zu dem Gast, der gerade auf der anderen Seite der Scheibe stand, etwas sagte und entschuldigende Gesten machte. Als sie aus dem Häuschen kam, rannte sie auf mich zu.

»Adam! Was in Gottes Namen tust du hier?«, brüllte sie lauthals, um die Schreie und die ohrenbetäubende Musik zu übertönen.

»Die Anzeige gegen euch wird zurückgezogen. Wir glauben, Jonny hat das Geld gestohlen!«, rief ich, als würde ich ihr erzählen, dass ich im Lotto gewonnen hatte.

»Was? Oh mein Gott!«

Wir hörten wie die Leute, die an der Kasse warteten, verärgerte Rufe in unsere Richtung warfen. »Warte hier, ich bin sofort wieder da.«

Anstatt ins Kassenhäuschen zu gehen, rannte sie zur Geisterbahn, wo sie Liam darum bat sie kurz abzulösen. Als er das tat, kam sie wieder auf mich zu. »Und um mir das zu erzählen, kommst du hierher? Was ist mit deinem Vater?«

In dieser lauten Geräuschkulisse konnten wir kaum normal miteinander reden. Das merkte auch sie und zog mich nach hinten zu den Trailern.

Endlich wurde es leiser um uns herum. »Ich habe nicht viel Zeit. Meine Mutter wartet auf den Parkplätzen im Auto.«

»Wie bitte? Deine Mutter?« Auch Rune konnte es nicht glauben.

»Ja! Sie hat uns gestern Nacht im Garten gesehen«, fing ich an zu erzählen und Rune riss erschrocken ihre Augen auf.

»Nicht *dabei* gesehen«, stellte ich sofort klar, weil ich genau sah, was sie dachte. »Jedenfalls hat sie mich darauf gebracht, dass es nur Jonny gewesen sein kann. Und jetzt kommen wir gerade von der Polizeiwache.«

»Adam, wow. Ich meine ... es tut mir leid, dass es dein Freund Jonny war. Aber ... ich bin unheimlich erleichtert, dass das geklärt werden konnte.«

Aufgeregt griff ich nach ihren Händen. »Ich auch, Rune. Ich auch!«

»Und dein Vater weiß auch Bescheid?«, fragte sie schließlich verunsichert.

Ich schüttelte den Kopf. »Nein. Ich meine, ja. Wir werden ihm erzählen, dass ihr es nicht gewesen seid. Aber meine Mutter wird ihm nicht sagen, dass ich mich mit dir getroffen habe. Nichtsdestotrotz habe ich keine Hoffnung, dass ...« Ich musste meinen Satz nicht beenden, weil Rune es verstand.

»Sehen wir uns heute Nacht?«, fragte ich schließlich und sie nickte zurückhaltend.

»Danke, dass du hier warst«, sagte sie und umarmte mich nochmals zum Abschied.

In schnellen Schritten lief ich wieder zum Parkplatz, wo meine Mutter auf mich wartete. Sie wirkte zufrieden, als sie mich sah.

Als sie losfuhr, fragte sie, ob alles okay sei.

»Alles okay«, bestätigte ich.

»Was haben ihre Eltern gesagt?«, wollte sie wissen.

»Ich weiß es nicht. Sie wird es ihrem Vater später erzählen, schätze ich.«

»Was ist mit ihrer Mutter?«

Ich blickte ihr Profil an. »Sie ist bei ihrer Geburt gestorben«, antwortete ich vorsichtig.

Meine Mutter überfuhr fast eine rote Ampel und bremste abrupt. »Das ist ja furchtbar.«

Ich nickte bloß. Rune hatte es mir in einer unserer gemeinsamen Nächte im Garten erzählt. Und auch wie sie deswegen von ihrem Vater behandelt wurde und dass das einer der Gründe war, warum sie in Tränen ausgebrochen war, als ich ihr in unserem Proberaum *Between The Bars* von Elliott Smith vorgespielt hatte.

»Das tut mir sehr leid, Adam.« Meine Mutter klang sichtlich betroffen.

»Danke, dass du mich heute hierher gebracht hast«, sagte ich schließlich.

Die Ampel schaltete auf Grün und bevor sie losfuhr, warf sie mir nochmals einen liebevollen Blick zu.

Ich würde ihr auf ewig dankbar sein.

Als meine Eltern sich über die Neuigkeiten des Tages austauschten, merkte ich, wie meine Mutter ungeduldig auf ihrem Stuhl herumrutschte, weil es ihr vermutlich schwerfiel, mit dem Thema zu beginnen. Und als sie schließlich mit der Neuigkeit herausrückte, konnte ich die Regungen im Gesicht meines Vaters genau erkennen. Zu Beginn des Abends war er wie üblich freundlich, nicht zu freundlich aber immerhin so, dass man meinen könnte, er hätte einen guten Tag. Wenn er von seiner Arbeit berichtete, waren die Züge in seinem Gesicht immer streng, weil er sich über diesen und jenen Mitarbeiter aufregte. Wenn meine Mutter dann etwas von ihrem Tag erzählte, hörte er aufmerksam zu und zeigte stets Interesse. Eigentlich hatte ich nie das Gefühl, dass beide unglücklich in ihrer Ehe waren. Doch seit der Szene im Büro von Mrs Garner und nach der darauffolgenden Ohrfeige daheim, hatte sich bei meiner Mutter etwas verändert. Es war kaum merklich, jeder andere Mensch hätte es nicht gesehen. Doch ich erkannte es. Ihre Freundlichkeit war nicht mehr spürbar. Sie gab sich zwar alle Mühe, ihre Gutmütigkeit glaubhaft nach außen zu tragen, doch es gelang ihr nicht. Ich hätte gern gewusst, ob es meinem Vater auch aufgefallen war.

Als Mom ihre Erzählung über Jonny und das Spendengeld beendet hatte, wurden die Gesichtszüge meines Vaters härter und ich glaubte, auch etwas Wut darin erkannt zu haben.

»Wieso habt ihr mir nicht davon berichtet, bevor ihr zur Polizei gegangen seid?«, fragte er verständnislos.

»Thomas, wir wollten gleich handeln, bevor ...«, fing meine Mutter an, doch er unterbrach sie.

»Bevor was? Ich verstehe das nicht. Warum konntet ihr nicht bis heute Abend warten?«

Meine Mutter schwieg kurz und sagte dann leise: »Weil Adam und ich allein in dieser Spendengeldsache involviert waren. Deswegen habe ich mir das Recht rausgenommen, ohne dich zur Polizei zu gehen.«

An den Stellen, wo vorher noch rote Wutflecken zu sehen waren, wich ihm jetzt die Farbe aus seinem Gesicht. Noch niemals zuvor hatte Mom so zu meinem Vater gesprochen. Dabei widersprach sie ihm nicht direkt, sie erklärte nur ihren Standpunkt. Was für ihn jedoch eine Aussage war, die sie so niemals hätte äußern dürfen.

»Ich möchte davon nichts mehr hören«, entfuhr ihm scharf, dann wandte er sich zu mir. »Solltest du glauben, dass du dich deswegen wieder mit diesen Zigeunern treffen darfst, hast du dich geirrt.«

Mit diesem Statement hatte ich gerechnet. Ohne auch nur ein weiteres Wort zu sprechen, aßen wir unsere Teller leer. Die

Lage bewegte sich immer mehr in Richtung Siedepunkt.

Zurück in meinem Zimmer griff ich nach dem Handy und schrieb Rune eine Nachricht, beziehungsweise der Nummer, die Liam gehörte. Wir hatten abgemacht, dass wir das nur in äußersten Notfällen tun sollten und dass es mir lieber war, wenn ich ihr zuerst schrieb, weil wir dann sichergehen konnten, dass mein Vater nicht in der Nähe war.

Neue Nachricht: Heute Nacht sollten wir es verschieben. Erzähl ich dir ein anderes Mal.

Sie schickte mir ein trauriges Emoji und ein Okay. Ich löschte den Verlauf sofort wieder und schmiss mein Handy auf das Fußende meines Betts.

Ich hatte Sorge, dass mein Vater länger auf bleiben könnte als sonst, weil Wochenende war. Bestimmt würde er auch grübeln, warum seine Ehefrau etwas alleine in die Hand genommen hatte.

Es war sicherer, sich heute Nacht nicht mit Rune zu treffen.

Kapitel 29

Rune

Ich traf Adam drei Nächte lang nicht. Zwar war ich von Sonntag auf Montag dort gewesen, doch gerade als er aus dem Fenster steigen wollte, ging ein Licht in einem der anderen Zimmer an und wir wechselten stille Blicke, die besagten, dass ich so schnell wie möglich das Weite suchen sollte.

Als wir endlich wieder gemeinsam in seinem Garten saßen, berichtete er mir von den Ereignissen der letzten Tage. Jonny bekam eine Verwarnung wegen des gestohlenen Geldes, das endlich zurück in die Kasse wanderte und der geplanten Organisation gespendet werden konnte. Jonnys Eltern waren so entsetzt, dass sie ihn dazu drängten, die Schulband zu verlassen. Wie Adam erzählte, war dies das Schlimmste, was sie ihm antun konnten.

»Das ist heftig«, antwortete ich darauf.

»Um ehrlich zu sein, hält sich mein Mitleid in Grenzen«, gab er zurück. »Weißt du, wer die Drahtzieherin des Ganzen war? Jenna! Sie hat ihn dazu angestiftet.«

Erstaunt sah ich ihn an. »Und er hat einfach nach ihrer Pfeife getanzt?«

Adam hob eine Augenbraue. »Na ja, ich denke, er hatte Hoffnung, dass sie ihn wieder ranlassen würde.«

Ich musste schmunzeln. »Die zwei hatten mal was miteinander?«

»Nicht nur einmal.«

Ich ließ mich auf die Decke fallen, die wir wieder auf die Wiese unter uns gelegt hatten. Adam beobachtete mich dabei.

»Hat Mia ... mit euren Eltern mittlerweile gesprochen?«, hakte er vorsichtig nach.

Ich atmete schwermütig ein und wieder aus. »Noch nicht. Sie weiß nicht, wie sie anfangen soll. Und sie hat Angst abgewiesen zu werden.«

»Verständlich.«

Nicht nur Mia hatte Angst. Adam und ich wie es schien ebenfalls. Was wäre, wenn der Plan nicht aufging? Unausgesprochen ließen wir die offene Frage zwischen uns stehen.

»Und eure Band hat sich jetzt aufgelöst?«, fragte ich schließlich, um das Thema zu wechseln.

Er schüttelte den Kopf. »Nein ... Ich spiele nun die E-Gitarre und singe die Songs. Roger bleibt am Schlagzeug und wir haben heute Mittag einen neuen Bassisten gefunden.«

Ich riss die Augen auf. »Was? Oh mein Gott! Das ist ja großartig! Du als Leadsänger. Ich freue mich so für dich«, ließ ich meiner Freude freien Lauf.

Adam lächelte schüchtern.

»Ich hätte so gerne live gesehen, wie du vor all den Schülern spielst ...«, gab ich zu.

»Wenn euer Plan aufgeht, bleibt einfach für ein paar Tage hier, bevor ihr euch entscheidet, wohin es euch verschlagen soll. Vielleicht findet ihr auch übergangsweise eine günstige Bleibe in San Luis Obispo. Nachdem die Anzeige wegen des Spendengelds zurückgezogen wurde, könntet ihr bestimmt wieder auf unsere Highschool.«

»Ja ... Vielleicht«, antwortete ich lächelnd und der Gedanke, dass ich mein letztes Highschool Jahr wie eine ganz normale

Schülerin verbringen und dabei Adam täglich sehen könnte, ließ meine Haut vor Aufregung kribbeln.

»Wenn unser Plan aufgeht, denkst du, du dürftest dich dann offiziell mit mir treffen? Ich meine ... wegen deines Vaters?« Diese Frage kam unerwartet. Aber ich musste Adam zu verstehen geben, dass ich es vermisste, die Tage mit ihm zu verbringen. Unsere heimlichen Treffen in der Nacht hatten etwas Geheimnisvolles und Aufregendes. Aber was hätte ich dafür getan, mit ihm wieder einen Tag am Meer zu verbringen. Oder auf dem Jahrmarkt.

»Woran denkst du gerade?«, wollte er wissen.

»Daran wie schön es wäre, ein paar Tage mit dir wegzufahren«, gab ich offen zu und Adam grinste in sich hinein.

»Daran habe ich auch schon ein paar Mal gedacht. Wohin würdest du denn gerne gehen, wenn du könntest?«

Ich zuckte die Schultern. »Ich war schon überall. Also dürftest du entscheiden, wohin unsere Reise geht.«

»Wo hat es dir bisher am besten gefallen?«, fragte er neugierig nach.

Ich überlegte nur kurz. »Kalifornien ist und bleibt ein wunderschönes Fleckchen Erde. Wenn ich könnte, würde ich mit dir nach San Diego gehen. Es liegt direkt am Meer und ist perfekt fürs Wellenreiten geeignet. Ich habe dich noch nie surfen sehen.«

Er lächelte schelmisch und legte sich schließlich zu mir. »Das klingt nach einem Plan.«

Gemeinsam blickten wir in die dunkle Nacht, die uns umgab. In diesem Moment wünschte ich mir nichts sehnlicher, als für immer bei ihm bleiben zu können.

Kapitel 30

Juni 2018 – San Diego, Kalifornien

Als Rune zurück an den Tisch geht, an dem sich ihre Freundinnen ausgelassen miteinander unterhalten, streicht sie sich eine Strähne aus dem Gesicht.

Außer Silvia dürfte niemand merken, was Rune gerade getrieben hatte. Außerdem würden Lorelei und Cathy niemals davon ausgehen, dass Rune regelmäßig Sex mit Fremden in aller Öffentlichkeit hatte.

Bevor sie den Tisch endgültig erreicht, hört sie eine männliche Stimme hinter sich.

»Gypsy-Girl?«

Sie bleibt sofort stehen. Es ist, als würde sich eine kalte Eisschicht über ihre Haut ziehen. Ihre Kehle verengt sich und sie hat das Gefühl, keine Luft mehr zu bekommen. Langsam dreht sie sich um. Als sie ihn sieht, ist sie völlig benommen.

»Du bist es wirklich. Wow, ich hätte dich fast nicht erkannt. Du siehst gut aus.«

Zu einem Lächeln schafft sie es nicht. »Hallo, Jonny«, grüßt sie ihn und hat keine Ahnung, wie sie der Situation entkommen soll. Wie angewurzelt steht sie vor ihm und kann sich nicht rühren.

»Was machst du denn hier?«, fragt er.

»Ich bin mit meinen Freundinnen hier.«

Jonny schaut sich um, als würde er sehen wollen, wer zu ihr gehört. Er sieht so aus, als könnte er nicht glauben, dass Rune

Freunde hat.

»Cool. Bist du hier zu Besuch?«, fragt er und sie kneift ihre Augen zusammen. Natürlich, er ist vermutlich immer noch der Annahme, dass sie nirgends ein richtiges Zuhause hat. Woher sollte er auch das Gegenteil wissen.

»Ich lebe hier.«

»Hier? In San Diego? Ich meine, für immer?« Er klingt überrascht und Rune schüttelte innerlich den Kopf. Doch jetzt gerade starrt sie ihn reglos an. Sie kann nicht glauben, dass sie gerade hier, in einer Millionenstadt wie in San Diego, auf ihn treffen muss.

»Wie gesagt, ich lebe hier«, wiederholt sie. »Also dann. Meine Freundinnen warten.«

»Oh, klar. Okay. Mach's gut. Vielleicht sehen wir uns mal wieder.«

Ich glaube nicht.

»Bye, Jonny«, lautet ihre Antwort darauf.

Als sie sich abwendet, um loszulaufen, ruft er nochmals ihren Namen. Bevor sie sich umdreht, sagt er: »Adam ist übrigens auch hier. Vielleicht seht ihr euch später noch.«

Plötzlich wird es ruhig um sie herum. Die Welt steht still. Die Eisschicht, die sich vorhin noch um ihre Haut gelegt hat, verwandelt sich augenblicklich in schmerzhafte Nadelstiche. Das Taubheitsgefühl, das sie noch von damals kennt, nimmt mit jeder Sekunde weiter zu.

Sie schenkt Jonny keine Aufmerksamkeit mehr und läuft in schnellen Schritten auf ihren Tisch zu.

»Ich muss gehen«, murmelte sie, während sie ihren Blazer anzieht.

»Hey? Alles okay bei dir?«, möchte Silvia wissen.

Niemand würde es verstehen. Keiner kennt die Geschichte über die Rune, die sie vor fünf Jahren einmal war.

Sie schüttelt den Kopf. »Nein, überhaupt nichts ist okay. Deswegen gehe ich jetzt nach Hause.«

In ihrer Eile schweift ihr Blick durch den Raum. In der Zeit, in der sie sich in einem Hinterzimmer mit diesem Typen vergnügt hat, hatte sie nicht bemerken können, dass auf der Bühne Mikrophone und ein Schlagzeug aufgebaut wurden.

»Du verpasst die Live-Band, die gleich ihren Auftritt hat«, sagt Cathy mit vorwurfsvoller Miene.

Wieder sieht sich Rune um und betet, ihn nicht entdecken zu müssen.

Adam ist hier.

Er ist hier und jetzt versteht sie auch den Zusammenhang. Jonny, Adam, eine Live-Band.

Immer hatte sie sich gewünscht, Adam auf einer Bühne spielen zu sehen. Doch es war nie dazu gekommen.

Ich muss hier weg.

Sie rückt sich ihre Handtasche zurecht und verabschiedet sich von den anderen. »Wir sehen uns.«

Der Bühne und den drei verwirrten Freundinnen dreht sie den Rücken zu. Ohne sie noch einmal anzublicken, läuft sie davon. Sie hat schon fast die Tür zum Ausgang erreicht, als ihr plötzlich bekannte Gitarrenakkorde in die Ohren fahren.

Nein. Nein. Nein.

Es sind die von dem Song, den sie nie wieder hören wollte. *Between The Bars* von Elliott Smith.

Sie findet kaum noch Halt auf ihren Füßen und muss sich an dem dicken, dunkelroten Samtvorhang festhalten, neben dem sie zum Stehen gekommen ist.

Die Gitarrenakkorde ertönen immer wieder, doch niemand singt dazu. Sie kann sich nicht umdrehen. Sie schafft es nicht. Dann stoppen die Töne wieder und eine unbekannte Stimme spricht: »Okay. Klingt gut. Jetzt noch den Gesang dazu und danach kommt der Soundcheck für das Schlagzeug.«

Rune schluckt schwer. Gleich wird sie den Gesang zu den Gitarrentönen hören und erfahren, ob es Adam ist, der gerade auf der Bühne steht.

Wieder hört sie die Akkorde und schließlich die tiefe Stimme, die ihr Innerstes zum Erliegen bringt. Sie schließt die Augen und presst ihre Kiefer aufeinander. *Dreh dich nicht um, Rune.*

Doch sie tut es. Sie steht so weit weg und hinter dem Vorhang versteckt, dass er sie hier unmöglich sehen wird.

Als sie ihn ansieht, schießen ihr Tränen in die Augen, die sie mit aller Macht versucht, zurückzuhalten. Die Haare trägt er immer noch genauso wie damals. Einige Strähnen fallen ihm ins Gesicht, während sein Kopf nach unten gerichtet ist. Die Gitarre hält er auf dem Schoß, als wäre sie ein Teil von ihm. Konzentriert singen seine Lippen die Worte voller Liebe. Voll von Hoffnung.

Verträumt hebt er den Kopf, blickt gedankenverloren in die Menge. Seine Finger kennen das Lied in- und auswendig. Und als Adam den letzten Akkord spielt, erblickt er sie und erstarrt.

»Okay, super, dann machen wir gleich mit dem Schlagzeug weiter«, spricht der Tontechniker wieder, doch Adam rührt sich nicht.

Rune fährt erschrocken zusammen, als sie sieht, dass er sie erkannt hat. Sie versucht, all ihre Kraft zu sammeln, um wieder in Bewegung zu kommen. Abrupt dreht sie sich um und beeilt sich endlich den Ausgang zu erreichen. Hinter sich hört sie, wie die Gitarre unsanft auf dem Boden landet und ein: »Hey Adam, wo willst du hin?«

Doch sie läuft weiter und hinaus aus dem Lokal, in die Abendluft, die kalt auf ihr tränenüberströmtes Gesicht trifft.

Vielleicht hält unsere Liebe nur kurz den Atem an.

– von Marie Döling –

Kapitel 31

März 2013 – San Luis Obispo, Kalifornien

Rune

Die Stimmung auf dem Jahrmarkt war anders. Das war sie immer einen Tag vor der Abreise. Eigentlich sollte es ein Abend sein, wie jeder andere auch. Doch das war er nie. Obwohl wir erst morgen in der Früh mit dem Abbau beginnen würden, breitete sich heute schon die Unruhe und Ungeduld in uns aus.

Mia hatte sich die Frage aller Fragen für den letzten Abend aufgehoben. In diesem Moment saß sie mit unseren Eltern in ihrem Trailer, während Nick, Tom, Liam und ich sehnsüchtig auf den Bänken davor warteten.

»Was ist unser Plan B?«, fragte Tom und durchbrach damit die Stille.

Nick und ich blickten uns an. »Es gibt keinen Plan B«, antwortete mein Bruder angespannt.

Dabei gab es den schon. Nur wollten wir ihn nicht wahrhaben. Sollten unsere Eltern den Vorschlag ablehnen, würde alles so weitergehen wie bisher. Wir hatten keine andere Wahl, als mit ihnen durch Amerika zu reisen, das Leben einer Schaustellerfamilie weiterzuführen. Wir könnten warten, bis wir volljährig waren und dann versuchen ein eigenes Leben auf die Beine zu stellen. Doch sollte einer von uns das ohne die Einwilligung unserer Eltern tun, war uns klar, dass wir ihnen damit das Herz brechen würden. Was Mia niemals über sich gebracht hätte.

Und wenn Mia hierblieb, blieb auch Nick hier, so viel war mir inzwischen klar geworden.

Hinein in die Stille öffnete sich die Tür des Trailers. Wie gebannt schauten wir auf und warteten, dass jemand diesen verließ. Mia trat als Erste heraus. Sie sah angespannt und erschöpft aus. Sie sagte kein Wort.

»Was haben sie gesagt?«, wollte Liam wissen.

Sie sah uns nacheinander an und verweilte mit ihrem Blick auf mir. Dann schüttelte sie den Kopf. »*Sie haben Nein gesagt.*«

»Was?«, fuhr Nick wütend dazwischen. Er stand auf, um sich dem Trailer zu nähern, als mein Vater herauskam.

»Was, zum Teufel, ist eigentlich in euch gefahren?«, fragte er erbost und schaute als erstes mich an. »Mias Mutter ist völlig außer sich. Wie könnt ihr so etwas wagen?«

Verzweiflung breitete sich in mir aus wie ein Lauffeuer. Sie haben Nein gesagt.

»Hier ist euer Zuhause und hier ist eure Zukunft. Seit Generationen führen wir unsere Fahrgeschäfte und uns ging es jahrelang sehr gut damit. Ich verstehe nicht, wieso ihr jetzt etwas daran ändern wollt!«, sprach mein Vater weiter und ich spürte, wie die Verzweiflung von einer inneren Wut und Hoffnungslosigkeit übertrumpft wurde.

»Es wären nur ein paar Jahre gewesen, Dad!«, sagte ich jetzt laut. Alle blickten mich an. »Nur ein paar Jahre, die wir gerne so gelebt hätten wie andere Menschen.«

»Verflucht noch mal, Rune! Wenn dir unsere Lebensweise so falsch vorkommt, darfst du gerne gehen. Aber Nick und Mia werden hierbleiben. Damit das klar ist«, schimpfte er und brach daraufhin mein Herz zum wiederholten Mal. Wie konnte er nur so skrupellos sein?

»Ich kann es nicht mehr hören«, sagte er und ging davon.

Mia blickte mich traurig an und machte zwei Schritte auf mich zu. »Es tut mir so leid«, flüsterte sie, doch ich schaffte es nicht, darauf zu antworten.

Tausende Gedanken schossen mir durch den Kopf. Obwohl wir damit hätten rechnen müssen, warf es mich völlig aus der Bahn. Auch die Tatsache, dass mein Vater mir gerade deutlich zu verstehen gegeben hatte, dass ich hier sowieso nicht erwünscht war, ließ meine kleine Welt noch weiter in sich zusammenfallen.

Ich rannte zu unserem Trailer und schlug die Tür hinter mir zu. Wie von Sinnen begann ich, wie schon mal vor ein paar Tagen, alles was ich besaß, zusammenzupacken.

Mia betrat den Trailer ebenfalls. »Rune, er hat es nicht so gemeint.«

»Natürlich hat er es so gemeint!«, erwiderte ich zornig. »Aber das ist in Ordnung. Er bekommt, was er möchte. Ich bleibe hier. Oder gehe sonst wohin. Doch ich werde nicht weiterhin nach seiner Pfeife tanzen.«

»Es ist nicht in Ordnung! Du kannst nicht einfach ohne uns fortgehen.« Sie klang verzweifelt. »Ich schaffe es nicht ohne dich!«

»Du hast jetzt Nick. Ein Mann, der deine Lebenssituation versteht und sie sogar mit dir teilt!«

Mia lief auf mich zu und riss mir die Klamotten, die ich in meine Tasche packte, aus der Hand. »Ich möchte aber nicht nur ihn. Ich brauche dich genauso in meinem Leben!«

»Du kannst aber nicht beides haben!«, antwortete ich aufgeschmissen und den Tränen nahe. Aber ich war stark. Mein Vater würde es nicht wieder schaffen, mich zum Weinen zu bringen.

»Wo willst du denn jetzt hin? Zu Adam und seinen Eltern? Die nächsten Menschen, die dich und deine Lebensweise verachten? Wir sind dein Zuhause!«, warf sie mir vor und wusste genau, dass sie damit einen schmerzhaften Nerv in mir traf.

»Keine Ahnung, Mia, ich weiß es nicht«, war alles, was ich dazu zu sagen hatte.

Sprachlos sah sie mir zu, wie ich die letzten Dinge einpackte und den Trailer verließ.

Das Auto, mit dem wir die letzten Wochen gefahren waren, hatten wir bereits verkauft, da wir es ab morgen nicht mehr brauchen würden. Ohne ein weiteres Wort an Mia, die mir traurig hinterher sah oder Liam, Tom und Nick verließ ich den Rummelplatz. Meinem Vater hatte ich eine kleine Notiz geschrieben, dass ich ihm gerne den Gefallen tat und ging. So sollte meine Abwesenheit keinen überraschen. Ich schnappte mir also ein paar Münzen, von dem Geld, das ich bei mir trug und fuhr mit dem Bus in die Innenstadt.

Ich stieg an einer Haltestelle in Downtown aus, an der ich sah, dass auf den Straßen noch das Leben tobte. Ich wollte nicht alleine sein. Zu Adam konnte ich noch nicht gehen und vom Jahrmarkt musste ich Abstand gewinnen.

In einem kleinen Kaffee setzte ich mich an den letzten freien Tisch, wo auch meine Tasche Platz fand. Es dauerte eine Ewigkeit, bis mich die Bedienung sah. Während ich auf meinen Tee wartete, beobachtete ich die Menschen um mich herum. Fröhlich und ausgelassen unterhielten sie sich miteinander.

Ich vermisste unsere kleine Jahrmarkt-Familie, die wir früher einmal waren. Noch lange bevor alles ins Wanken geriet.

Als ich in die Pubertät kam und das mit all den Jungs anfing, begann die Fassade um uns bereits zu bröckeln. Die Tatsache, dass mein Vater in mir den Grund für den Tod seiner großen Liebe sah, war immer gegenwärtig. Doch ich hatte Nick, Mia und ihre Eltern. Sie waren für mich auch ein Teil meiner Familie, schon immer. Manchmal blickte mich Mias Mutter mit einem Blick an, von dem ich glaubte, dass nur Mütter ihn ausstrahlen konnten. Liebevoll, aufmerksam und allwissend. Als ich dann einmal den Blick auch bei Adams Mom gesehen hatte, wie sie ihren Sohn auf dem Flohmarkt genauso angeblickt hatte, war mir klar, dass nur Mütter dazu in der Lage waren. Ich hatte keine Ahnung, wie mich meine Mutter angeschaut hätte, wenn sie noch am Leben wäre. Wie hätte sie reagiert, wenn sie von all den Dingen erfahren hätte, die ich getan hatte? Die wenigen Bilder, die ich von ihr kannte, zeigten eine wunderhübsche Frau, die mir ihre dunkelrote Haarfarbe vererbt hatte. Sie trug ihre Haare auf den meisten Bildern geflochten, oder nach oben gebunden. Ihre Kleider waren farbenfroh, so wie ihr Wesen selbst. Das hatte mir zumindest Mias Mutter verraten. Sie war die Einzige, die mir etwas von ihr erzählen wollte. Und manchmal war es auch so, als wäre sie die einzige Person, die die unsichtbare Verbindung zwischen mir und meiner Mutter aufrecht erhalten konnte. Ich wusste nicht einmal, wie sich ihre Stimme angehört hatte oder wie es sich angefühlt hätte, von ihr umarmt zu werden.

Was würde mir bleiben, wenn ich hierblieb?

Adam war zwar zu einer der wichtigsten Personen für mich geworden, doch konnte er mir all das geben, was ich mein Leben lang von meiner kleinen Familie auf dem Rummel bekommen hatte?

Als die Nacht einbrach, verließ ich das Lokal und lief durch die Stadt, die mit jeder weiteren Stunde ruhiger wurde. Schließlich erreichte ich Adams Haus, das von außen dunkel aussah. Ich stellte mich wieder unter sein Fenster und warf vorsichtig die üblichen kleinen Steinchen gegen die Scheibe.

Wenige Minuten später erspähte ich ihn oben, wie er mir zaghaft entgegen lächelte.

Ich hatte meine Entscheidung bereits getroffen und ich wusste, dass es das letzte Mal wäre, bei dem ich ihm bei seinem Fluchtversuch aus dem Zimmer beobachten würde.

Kapitel 32

Adam

Als ich aus meinem Zimmer stieg und ihr gegenüberstand, wusste ich, dass sie Neuigkeiten hatte. Wortlos gingen wir gemeinsam in die Garage und ich sah, dass sie eine Tasche bei sich trug.

»Wie laufen die Vorbereitungen für den Frühlingsball morgen Abend?«, wollte sie wissen.

»Okay, denke ich. Wir haben ein paar gute Songs zusammengestellt und diese die letzten Tage auf Hochtouren geprobt.«

»Ich bin sehr stolz auf dich, Adam.«

Wir setzten uns auf das Sofa, wo ich einen Arm um sie legte. »Wirst du ... denn morgen dabei sein?« Ich musste ihr diese Frage stellen.

Rune zog die Luft zittrig ein und stieß sie qualvoll wieder aus. »Unsere Eltern haben Nein gesagt.«

Ich schloss meine Augen. »Fuck«, entwich mir leise.

»Mia hat alles versucht. Doch leider ging es sogar so weit, dass mein Vater mir entgegen geschleudert hat, dass ich von ihm aus gerne hierbleiben könne, wenn ich wollte«, sagte sie bedrückt. »Er hat mir diesmal deutlich ins Gesicht gesagt, dass er genug von mir hat.«

Wut machte sich in mir breit. Seit der Nacht, in der sie mir alles darüber erzählt hatte, konnte ich nicht glauben, wie grauenhaft ein Vater zu seiner Tochter sein konnte. Rune blickte mich unsicher an, weil sie genau sah, was in mir vorging.

»Deswegen habe ich meine Tasche gepackt und bin einfach gegangen«, erzählte sie weiter. »Ich habe den ganzen Abend und bis jetzt darüber nachgedacht, was ich tun soll. Ich bin hin- und hergerissen und weiß langsam nicht mehr, was richtig und was falsch ist.« Verzweiflung spielte in ihrer Stimme mit.

»Du hast dich bereits entschieden, stimmt's?«, fragte ich jetzt bedrückt.

Sie nickte schwermütig. »Ich kann nicht hierbleiben, Adam. Auch wenn mein Vater es nicht verdient hat, so habe ich noch all die anderen, die zu mir gehören. Ich könnte ein normales Leben, außerhalb des Rummels, gar nicht führen. Und es würde mir das Herz brechen, meine Familie zurückzulassen.«

Weil ich nicht wusste, was ich tun sollte, nahm ich sie in meine Arme. Sie presste ihr Gesicht an mich.

»Dich zurückzulassen, bricht mir genauso das Herz«, sagte sie gedämpft und ich hörte, wie sie weinte.

Als ich sie wieder losließ, umfasste sie den Anhänger an der Kette, die ich ihr geschenkt hatte. »Aber ich weiß, dass wir uns wieder sehen werden. Weil wir uns immer unter demselben Himmel befinden. Egal wie viele Meilen zwischen uns liegen mögen. Richtig?«

Sie versuchte, tapfer zu sein, als sie die Worte wiederholte, die ich zu ihr gesagt hatte, als ich ihr vor wenigen Tagen die Kette umgelegt hatte.

»Wir werden das schaffen, Rune. Ich verspreche dir, dass wir es schaffen werden.«

»Ich liebe dich«, hauchte sie an mein Ohr und küsste mich schließlich. Verzweifelt, drängend und voller Sehnsucht.

Das hier war nicht unsere letzte gemeinsame Nacht. Dafür würde ich sorgen.

Rune ging, als die Sonne schon fast aufgegangen war. Zehn Minuten nachdem ich mein Zimmer wieder betrat, hörte ich, wie jemand das Badezimmer benutzte. Es war der Samstag des Frühlingsballs.

Die Wogen zwischen meinen Eltern waren dabei sich langsam, aber sicher zu glätten. Was mitunter daran lag, dass ich mich an ihre Regeln hielt und in meiner Freizeit nur mit Dingen für die Schule oder ausnahmsweise den Bandproben beschäftigt war.

Als ich mich an den Frühstückstisch setzte, lachte meine Mutter sogar zum ersten Mal seit langem wieder wegen etwas, das mein Vater sagte.

»Hast du auch gut geschlafen, Adam?«, fragte sie mich, während sie mir den Korb mit dem Brot reichte.

Nein, weil ich gar nicht geschlafen habe.

Ich nickte nur und konzentrierte mich darauf, den Orangensaft nicht zu verschütten, während ich mein Glas füllte. Selten zuvor war ich so aufgeregt gewesen.

Bevor Rune in der Frühe aufbrach, hatte ich sie gefragt, wann sie heute abfahren würden. Da sie nicht genau wusste, wie lang der Abbau dauerte, hatte ich mir vorgenommen, mich auf die Lauer zu legen. Ich würde so lange dort warten, bis es losging.

Die letzten Tage hatte ich nur überlebt, weil ich einen einzigen Lichtblick vor Augen hatte. Doch dieser wurde mir genommen, als mir Rune sagte, dass sie abreisen würde. Mein Plan B stand also schon fest, bevor ich es selbst überhaupt wusste. Dieser schmerzhafte Stich, den ich gespürt hatte, als sie mir davon erzählte, war der Tropfen, der das Fass zum Überlaufen gebracht hatte.

Rune bedeutete mir alles. Ich war bereit, mein Leben für sie auf den Kopf zu stellen und alle Risiken in Kauf zu nehmen, wenn es sein musste.

Nach den obligatorischen dreißig Minuten, die ich am Tisch sitzen blieb, verabschiedete ich mich in mein Zimmer. Dort packte ich das Nötigste zusammen und achtete darauf, dass es nicht zu viel war. Schließlich sollte es so aussehen, als wären es die Wechselklamotten für den Frühlingsball. Ich hatte meine Mutter zuvor schon erklärt, dass ich den Tag mit den Jungs aus der Band verbringen würde.

Zum Abschied hätte ich sie gern umarmt, doch das hätte einen komischen Eindruck erweckt. Das Haus zu verlassen, ohne zu wissen, wann ich wieder kommen würde, bedrückte mich. Doch ich konnte Rune nicht einfach gehen lassen. Und ich redete mir ein, dass es egal war, wo wir blieben. Das Wichtigste war, dass wir zusammen waren.

Als ich die Bushaltestelle am Festplatz erreichte, packte ich meine Tasche auf die Schulter und sah mich um. Viele der Fahrgeschäfte waren bereits auf den riesigen Tragflächen der Lastwagen verzurrt worden. Überall tummelten sich die jungen Männer, die mit anpackten und beim Abbau halfen.

Ich setzte mich in ein Schnellrestaurant, von dem aus ich durch die Fenster einen guten Blick auf das ganze Geschehen hatte. Es war ein merkwürdiges Gefühl zu sehen, wie dieser magische Ort mit jeder weiteren Stunde an Zauber verlor. Plötzlich erinnerte nichts mehr an die einst laute und leuchtende Fläche, die hier einmal war. Auf meinem Handy sah ich bereits die zahlreichen Anrufe von Roger.

Gegen späten Mittag erkannte ich, dass die ersten Lastwagen vom Platz fuhren. Sofort schulterte ich meine Tasche und verließ das Lokal. Ich lief in eiligen Schritten, versuchte jedoch kein Aufsehen zu erregen. Von Weitem erkannte ich plötzlich die Glühbirnen der Aufschrift von *Devil Rock* und wusste, dass Rune hier irgendwo in der Nähe sein müsste. Kaum hatte ich diesen Gedanken zu Ende gebracht, sah ich, wie sie mit Nick um die Ecke kam. Ich versteckte mich hinter einen großen Anhänger, der die Aufschrift *Zauberer Augustus* auf sich trug. Ich erkannte, dass Rune und Nick mir immer näher kamen und stellte fest, dass ich hier keinen Ausweg mehr hatte.

Ohne zu zögern sprang ich auf die Ladefläche des Anhängers und fiel unsanft auf den verschmutzten Boden. Mit einem Ruck zog ich die Plastikabdeckung wieder zu und stieß dabei meinen Kopf an einer metallischen Vorrichtung. Den stechenden Schmerz, der mir durch den Körper fuhr, versuchte ich zu ignorieren und verharrte still in meinem Versteck. Erst als ich Runes Stimme nicht mehr hörte, begann ich wieder zu atmen. *Das war knapp.*

Um mich herum war es dunkel und eng. Ich versuchte, auf die Knie zu kommen und mit der spärlichen Beleuchtung meines Handys die Umgebung zu erkunden. Ich erkannte Gegenstände, die zu einem auseinandergebauten Zelt gehören mussten. Aus einer Ecke hörte ich das stille Gackern von ein paar Hühnern und plötzlich das Geräusch eines Motors. Gleich darauf spürte ich, wie der Anhänger sich in Bewegung setzte. Das Ruckeln brachte mich wieder zu Fall und ich landete auf meinem Po. Mein Kopf knallte diesmal gegen eine hölzerne Kiste, die zu Boden fiel. »Verflucht«, stieß ich aus und spürte ein unangenehmes Pochen und einen brennenden Schmerz an meiner Schläfe. Als ich mit zwei Fingern daran entlangfuhr, merkte ich, dass die Stelle angefangen hatte zu bluten. »Großartig«, murmelte ich zu mir selbst und kramte in meiner Tasche nach ein paar Taschentüchern.

Der Wagen, der den Anhänger zog, nahm immer mehr Geschwindigkeit auf. Ich würde schon irgendwann irgendwo ankommen. Da ich mich erinnerte, wie Rune mir von einem Zauberer namens Augustus erzählt hatte, hoffte ich, dass er den gleichen Weg einschlagen würde wie auch sie und ihre Familie.

Ich versuchte, dem Schmerz an meinem Kopf keine weitere Beachtung zu schenken und lehnte mich an etwas an, das eine Zeltabdeckung gewesen sein könnte. Genau wusste ich es nicht. Die Müdigkeit aufgrund des Schlafmangels von heute Nacht lag mir in den Knochen. Ich würde einfach ein wenig meine Augen schließen.

Kapitel 33

Rune

Ich hatte mich zu Mia und ihrer Familie in den Trailer gesetzt, als wir losfuhren.

Der verachtende Blick meines Vaters, als ich heute Morgen zurückkam, war kaum zu ertragen. Er brachte mich dazu, an meiner Entscheidung zu zweifeln.

Auch der Gedanke an Adams hoffnungsloses Gesicht, als ich ihm sagte, dass ich nicht hierbleiben konnte, bedrückte mich. Ich trauerte um etwas, das wir nie geworden wären.

Er war der vorbildliche Schüler gewesen, der für mich den Unterricht geschwänzt hatte. Der anständige Sohn, der wegen mir zum ersten Mal seinem Vater die Stirn geboten hatte. Ich hatte so viel Unruhe in seine Welt gebracht, dass ich nicht anders konnte, als zu gehen.

Doch es brach mir das Herz.

Adam und ich waren perfekt darin, nicht perfekt zu sein.

Worte konnten nicht beschreiben, was ich mit ihm die letzten drei Wochen erlebt hatte. Dank ihm hatte ich die Magie des Jahrmarkts wieder gefunden, weil wir uns hier das erste Mal begegnet waren. Weil seine Augen immer leuchteten, wenn er mich besuchen kam. Ich dachte an das eine Mal, als er uns die Schulbücher gebracht hatte und sich zum Abendessen dazu gesellte, als wäre dies ein Ort wie jeder andere. War er auch, jedenfalls für mich. Doch für Andere mochte er befremdlich wirken. Weil unsere gesamte Lebensart für die meisten Menschen nicht nachvollziehbar war.

Unsere gemeinsame Fahrt auf *Devil Rock* und der erste Kuss im Riesenrad. Adam hatte eine Seite in mir geweckt, die ich dachte, verloren zu haben. Ich war ausgelassener, fröhlicher und hatte mich ihm anvertraut, in jeder Hinsicht. Und er liebte mich, egal was andere über mich sagten oder welcher Ruf mir vorauseilte.

Selbst er war über sich hinaus gewachsen. Er stand zu mir und unserer Gruppe, vielleicht auch, weil er in Deutschland gehänselt worden war. Und dabei war es ihm egal, ob er das Risiko einging, selbst als Außenseiter gesehen zu werden. Er verstand mich und uns.

Aus dem Fenster beobachtete ich, wie die Umgebung an uns vorbeiraste. Je länger wir ins Landesinnere fuhren, umso steiniger wurde die Landschaft. Das Grün der Bäume und Wiesen wurde von sandfarbenen, unendlichen Flächen ersetzt.

Mia drehte ihren Kopf in meine Richtung und sah, wie mir Tränen über das Gesicht liefen.

»Er ist nicht aus der Welt«, flüsterte sie.

Ich umgriff den Anhänger meiner Kette. »Er ist nicht aus der Welt, aber er wird aus *meiner* Welt entgleiten«, antwortete ich traurig und mutlos.

Irgendwann würde er ein anderes Mädchen kennenlernen, das in der Nähe lebte oder in der Stadt, in der er studieren würde. Ein Mädchen, das seine Eltern akzeptierten, wegen dem er keine Fluchtaktionen aus dem Fenster planen musste. Er würde sich nicht heimlich mit seiner Freundin treffen müssen. Er würde das perfekte Mädchen finden.

Er würde das perfekte Mädchen finden, mit der Zeit. Irgendwann wäre ich nur noch eine blasse Erinnerung an seine Jugend. Ein verbotenes Abenteuer – das Zigeunermädchen vom Jahrmarkt.

»Ich habe zwar keine Ahnung, was dir durch den Kopf geht, aber ich sehe dir an, dass es nichts Gutes ist«, murmelte Mia und reichte mir ein Taschentuch.

»Ich möchte so gerne daran glauben, dass es funktionieren kann«, gab ich zu.

»Rune, bitte. Ihr müsst nur noch ein paar Monate überbrücken. Sobald ihr volljährig seid und er sein Studium beginnt, könnt ihr schauen, wo eure Wege euch hinführen. Vielleicht nach San Francisco, dort wo er studieren und wohnen wird. Ihr werdet euch dann nicht mehr heimlich treffen müssen, sondern ihr könnt offiziell zusammen sein. Und vielleicht werden auch seine Eltern dich irgendwann akzeptieren.«

»Ich kann doch gar kein *normales* Leben führen, Mia. Außerdem müsste ich euch dann zurücklassen.«

»Stell dir vor, du könntest uns immer besuchen kommen. Wir wären nicht aus der Welt, vergiss das nicht«, sagte sie mit einem schelmischen Grinsen und stupste meine Nase. Ich hob einen Mundwinkel und versuchte zu lächeln.

Wenn sie das so sagte, hörte es sich einfach und problemlos an. Was, wenn sie recht hatte? Adam und ich müssten nur die nächsten Monate überstehen. Er war jemand ganz Besonderes und zusammen könnten wir es schaffen, oder?

Als wir unseren ersten Zwischenstopp erreichten, war es bereits Mitternacht. Wir befanden uns mitten im Nirgendwo, am Rande von Las Vegas.

Mia und ich waren immer wieder eingenickt. Nach so vielen Stunden musste ich mir dringend die Beine vertreten. Der Plan war, morgen früh gleich weiter in Richtung Osten nach New Mexiko zu fahren, wo der nächste Jahrmarkt stattfinden würde. Es lag also noch eine anstrengende Strecke vor uns und somit weitere Kilometer, die sich zwischen Adam und mich drängten.

Ich hatte mir ein Sandwich mit Käse gemacht und ging damit ein paar Schritte auf dem großen Kiesplatz entlang, auf dem wir mit unseren Trailern und geladenen Fahrgeschäften übernachten würden. Zauberer Augustus hatte mich gebeten, die Hühner aus seinem Anhänger zu holen, damit sie die Nacht über ein wenig Freilauf hatten. Ich konnte das krächzende Krähen seines Hahns Frido morgen früh kaum erwarten.

Kauend lief ich zu dem Anhänger und schlug die Plane auf. Durch das spärliche Licht war nicht viel zu erkennen. Ich nahm das letzte Stück Sandwich in den Mund. Kurz bevor ich hineinstieg, erblickte ich einen von Decken umhüllten Körper.

»Oh mein Gott«, stieß ich leise aus, als ich das Gesicht zu diesem Körper sah. »Ach du Scheiße!« Das musste ein Traum sein.

Mein atemloses Flüstern war so eindringlich, dass ich ihn damit geweckt haben musste. Als mich seine Augen anblickten, erkannte ich, dass er es tatsächlich war.

Seine Klamotten waren verschmutzt, die Haare standen jetzt noch mehr in alle Richtungen.

»Adam West, was zur Hölle tust du hier?!« Fassungslos sah ich ihn an.

»Rune«, murmelte er und hielt sich eine Hand an die Schläfe. Jetzt, wo er sich nach vorne beugte, erkannte ich im fahlen Licht eine Wunde an seinem Kopf.

»Großer Gott, was ist passiert?«, rief ich besorgt und stieg zu ihm in den Anhänger hinein. »Lass mich mal sehen!«

Er legte den Kopf schräg, so dass ich ihm das Haar aus der

Stirn streichen und die Wunde besser begutachten konnte.

»Adam! Das sieht nicht gut aus!«

»Das ist nur eine Beule, nichts weiter«, brummelte er.

»Das müssen wir uns ansehen, komm mit!«

Ich half ihm aus dem Anhänger heraus und merkte, wie schlaff seine Haltung war. Er konnte kaum seine Augen offen halten.

Ich bat ihn, sich auf die Wiese neben dem Anhänger zu setzen, weil ich sein Gewicht kaum stemmen konnte. Schließlich eilte ich zum Wohnmobil von Augustus. Kurioserweise war er derjenige, der in seinen Shows Frauen entzwei teilte und gleichzeitig der Einzige, auf den wir uns verlassen konnten, wenn wir krank oder verletzt waren.

Wie eine Irre klopfte ich an seine Tür.

»Rune, was ist passiert?«, fragte er und kam die Stufen zu mir herab. Die Panik musste mir ins Gesicht geschrieben sein.

»Kannst du uns bitte helfen? Mein Freund hat sich eine Verletzung am Kopf zugezogen.«

Er verzog kaum eine Miene, ging wieder hinein um eine kleine, lederne Tasche zu holen, und kam mir schließlich hinterher.

Als wir Adam erreichten, saß dieser immer noch an gleicher Stelle und hatte sein Gesicht in seine Handflächen gelegt.

»Darf ich mal sehen?«, fragte Augustus und kniete sich neben ihn. Er zückte eine Taschenlampe aus seiner Jacke und leuchtete die Verletzung an Adams Kopf an. Die Wunde sah verkrustet aus und trotzdem drang aus ein paar Stellen noch immer frisches Blut heraus.

Adam stöhnte leise, als Augustus ihn dort abtastete.

»Wir müssen das desinfizieren. Es sieht aber nicht so ernst

aus wie vermutet.«

»Habe ich doch gleich gesagt«, hörte ich Adam sagen.

»Wie heißt du, Junge?«

»Adam.«

»Dann hast du wirklich Glück gehabt, Adam. Wie ist das passiert?«

Adam und ich wechselten einen kurzen Blick miteinander. »Ich bin gestürzt«, antwortete er nur.

Augustus kommentierte diese inhaltslose Auskunft nicht weiter, suchte in seiner Tasche nach dem Desinfektionsmittel und packte ein paar frische Watteknäuel aus. Als er sich damit an Adams Wunde zu schaffen machte, zog dieser scharf die Luft ein und griff nach meiner Hand, deren Finger er fest zudrückte.

Ich warf ihm einen vorwurfsvollen Blick zu, weil ich immer noch nicht glauben konnte, dass er sich heimlich auf einen Wagen geschlichen hatte und jetzt hier war.

»Bitte versuch das Pflaster für die nächsten Stunden drauf zu lassen, damit kein Schmutz in die Wunde kommt und sie sich nicht entzünden kann«, sagte Augustus und Adam nickte.

Während er wieder alles in seine Tasche packte, sah er zwischen uns hin und her. »Meldet euch, wenn noch etwas sein sollte.«

Auch ich nickte wortlos und schaute ihm hinterher, wie er ging. Als er außer Sichtweite war, drehte ich mich abrupt zu Adam. »Was zur Hölle tust du hier, Adam! Weißt du, was alles hätte passieren können? Du hast Glück gehabt, dass du dich nicht schwer verletzt hast und bewusstlos geworden bist! Stundenlang in diesem Anhänger. Was fällt dir ein? Und was willst du deinen Eltern erzählen, wo du jetzt bist? Außerdem hättest du vor Stunden auf dem Frühlingsball auftreten sollen, Herrgott noch mal!« Verzweifelt und wie ein Wasserfall sprudelten die Wörter aus meinem Mund.

Er gab mir keine Antwort, sondern starrte mich mit seinen dunkelblauen Augen an. Stumm und tiefgründig. Plötzlich packte er mich an meinem Handgelenk und zog mich auf seinen Schoß. Ein letztes Mal blickte er mich an, bevor sich unsere Lippen wild und ungezügelt trafen.

Wiederstrebend ließ ich mich in seine Arme sinken und erwiderte den Kuss, wurde weich und gelöst. Unkontrolliert, entfesselt und frei. Adam sagte einmal, ich wäre seine Wildblume. Doch er war zu einem Rebellen geworden und es stand ihm.

Kapitel 34

Rune

Wir würden nicht über das warum, wie lang oder wofür sprechen. Adam war hier, bei mir. Das war alles, was jetzt zählte.

»Ich bin am Verhungern«, murmelte er und zog mich an sich. Dabei küsste er meinen Hals und wanderte hinauf zu meinem Ohr.

»Gott, Adam«, hauchte ich und bekam eine Gänsehaut.

Seitdem ich ihn in diesem Anhänger gefunden hatte, wirkte er so ungebändigt, wild. Ich hätte ihn gern gefragt, was er vor hatte, seinen Eltern zu sagen, wenn sie nach ihm suchen würden. Was er seinen Bandkollegen gesagt hatte, nachdem er nicht auf dem Frühlingsball erschienen war.

Wir liefen an der kaum befahrenen Landstraße entlang, und sahen in weiter Ferne ein altes Motel stehen. Die Lampen der Schilder flackerten im Dunkeln und erregten unsere Aufmerksamkeit.

»Vielleicht gibt es dort etwas zu essen?«, hörte ich ihn neben mir sagen. Mit einem Arm um meine Schultern liefen wir nebeneinander den verlassenen Parkplatz hinauf.

»Um diese Uhrzeit? Vielleicht in ein paar Stunden, wenn sie das Frühstück servieren.«

Hinter ein paar Gardinen der Zimmer brannten Lichter. Es waren nicht viele Gäste, die hier übernachteten.

Adam ließ meine Schultern los und zog mich hinter sich her. »Komm«, sagte er und lief mir voraus. Keine Ahnung, was er vor hatte, aber so kannte ich ihn gar nicht. Er war so losgelöst und ließ mir keine Zeit, darüber nachzudenken, was er als Nächstes aushecke. Kaum waren wir auf dem Innenhof des Motels angelangt, sahen wir einen kleinen Pool, der von einem Zaun umgeben war.

Er schaute mich an und lächelte, während er immer noch schnurstracks auf das Becken zulief. Als wir an dem Zaun ankamen, schaute sich Adam um und stellte fest, dass das Tor geschlossen war. Er legte seine Hände um einen der Metallpfosten und sah hinauf.

»Du willst da nicht wirklich hinaufsteigen?«, fragte ich ihn ungläubig.

»Du kommst mit«, antwortete er schelmisch.

»Und wenn wir erwischt werden?«

»Du hast Angst erwischt zu werden? Gerade du?« Er lächelte, weil er es kaum glauben konnte. »Wir behaupten wir wären Gäste dieses Motels. Ist es da nicht erlaubt zu baden?«

Ich hob eine Augenbraue. »Mitten in der Nacht?«, dabei zeigte ich auf das Schild, das an dem Zaun befestigt war. »Das Baden ist ab 22 Uhr nicht mehr gestattet.«

»Immer diese Regeln«, nuschelte er nur, zog sich problemlos den Zaun hinauf und landete mit den Füßen auf der anderen Seite. »Jetzt du«, bat er mich lächelnd.

Was war bloß aus dem vorbildlichen Schüler und Sohn geworden? »Es freut mich, dass du die letzten Tage so viel Übung darin bekommen hast, dich von irgendwelchen Höhen herunter zu hangeln. Aber ich schaff es nicht da rüber.«

»Du schaffst es«, lautete seine Antwort und dabei klang er liebevoll und aufmunternd. »Ich helfe dir. Komm.«

Durch einen der Leerräume zwischen den Streben legte er

seine Hände ineinander und wies mich an, mit einem Fuß darauf zu steigen. Als ich das tat, hievte er mich weiter nach oben, so dass ich über den Zaun kam und mich unten in seine Arme fallen lassen konnte.

»Siehst du, gar nicht so schwer«, sprach er dicht an meinem Mund. Durch den Sprung, den ich gemacht hatte, standen wir uns so nah, dass ich das aufgeregte Pochen seines Herzens spüren konnte.

»Lass mich raten, du hast noch nie so was Verbotenes getan«, zog ich ihn auf.

»Ich bin mal mit einer Kopfverletzung über vierhundert Meilen auf einem wackligen und nach Hühnern riechenden Anhänger mitgefahren, nur um bei meinem Mädchen zu sein. Wenn das nicht verboten ist, weiß ich auch nicht«, sagte er todernst mit stolzgeschwellter Brust.

Ein leises Kichern entfuhr mir. »Wer bist du? Und was hast du mit meinem Adam gemacht?«, hauchte ich gedämpft an seinen Lippen.

Seine Berührungen waren fordernd und hektisch. Sie riefen nach mehr.

Langsam zog er mich in Richtung des Wassers, während er sich die Schuhe von den Füßen kickte.

»Adam«, sagte ich leise aus, weil ich dachte, ihn warnen zu müssen. Doch da war es schon zu spät und er ließ seinen gesamten Körper ins Wasser fallen. Als sein Kopf nach wenigen Sekunden wieder hinaustrat, lächelte er mich an. »Komm schon!«, forderte er mich auf.

Überfordert schüttelte ich den Kopf. »Was? Nein!«

»Das Wasser ist herrlich«, schlotterte er, »angenehm.«

Ich musste bei seinem Anblick schon wieder lachen. Mit

einer Hand wollte ich nur die Wassertemperatur testen, doch Adam nutzte die Chance sofort, mich endlich hineinzuziehen.

Ein Kreischen versuchte ich zu unterdrücken. Als die Kälte auf meinen Körper traf, verschlug es mir auch so den Atem. Er merkte das sofort und nahm mich fest in seine Arme. Selbst er zitterte, doch er strahlte trotzdem eine wohlige Wärme aus. Als wir uns wieder in die Augen sahen, strich ich ihm nasse Strähnen aus der Stirn.

»Tut es nicht weh?«, fragte ich und fuhr vorsichtig über die Stelle mit dem Pflaster, die jetzt ganz nass geworden war.

Er schüttelte den Kopf. »Wenn du bei mir bist, tut mir überhaupt nichts weh.«

Ich schmunzelte und fuhr schließlich über seine weichen Lippen. Dicke Tropfen liefen an seinem Gesicht herunter. Die Poolbeleuchtung unter uns legte sanfte Konturen über unsere Haut. Ich schlang meine Beine um seine Hüften und spürte, wie sich hinter der nassen Jeans, die er trug, etwas regte.

Ein kurzes, leidvolles Stöhnen entwich seiner Kehle.

»Was ist? Hast du Schmerzen?«, fragte ich und blickte besorgt auf die Stelle an seinem Kopf. Ich machte mir Sorgen, dass sich die Wunde entzünden könnte.

Er lachte leise und tief. »An meinem Kopf? Nein. Aber diese nasse Hose bringt mich um, wenn ...«

Meine Lippen verzogen sich zu einem wissenden Grinsen. »Verstehe ... Vielleicht sollten wir deine Hose einfach ... loswerden?«, flüsterte ich schnell in sein Ohr.

»Ich habe hier aber keine ...«

»Kondome? Du reist mir über vierhundert Meilen hinterher, ohne Kondome mitzunehmen?« Ich konnte ein freches Grinsen nicht mehr kaschieren.

»Doch! Doch, natürlich habe ich welche dabei. Aber sie liegen in meiner Tasche im Anhänger«, antwortete er wie aus der Pistole geschossen.

Ich nickte langsam und herausfordernd. »Dann sollten wir etwas tun, das mich nicht schwängert«, scherzte ich.

Er knurrte beleidigt. »Rune, ich möchte dich spüren.«

»Wirst du«, versprach ich ihm und hielt ihm einen Finger auf die Lippen, um anzudeuten, dass er jetzt still sein solle, um meinen Anweisungen zu lauschen. »Setz dich auf den Beckenrand und öffne deine Hose«, bestimmte ich und verlor mich fast in seinem gefährlichen Augenaufschlag, den er mir jetzt zuwarf.

Er wartete nicht lange, stemmte sich mit beiden Händen aus dem Wasser und begann sich die Hose zu öffnen, während ich im Pool blieb und mich zwischen seine Beine stellte. Ihn dabei zu beobachten führte dazu, dass ich mir ungehemmt auf die Lippen biss. Kurz bevor er sich entblößen konnte, hörten wir laute Autogeräusche und bremsende Reifen. Binnen Sekunden schienen grelle Lichter in unsere Gesichter. Adam richtete sich auf, half mir sofort aus dem Wasser und stellte sich schützend vor mich.

»Keine Bewegung! Polizei!«, hörten wir die lauten Rufe.

»Fuck«, fluchte Adam leise und ich hätte ihm gerne zugestimmt. Doch in diesem Moment konnten wir nichts tun, außer regungslos an Ort und Stelle stehen zu bleiben.

Kapitel 35

Adam

Der Tag, an dem ich Rune das letzte Mal sehen sollte, war der in einem Polizeirevier in Nevada.

Die Cops behandelten uns wie Schwerverbrecher. Dabei wussten sie gar nicht, was ihnen geblüht hätte, wenn sie zwei Minuten später erschienen wären. Jetzt waren wir bloß zwei Teenager, die in einen Pool gesprungen waren, der Eigentum eines Motels war. Die Tatsache, dass wir uns jedoch in Amerika und nicht in Deutschland befanden, ließ mich nervös auf dem Stuhl hin- und her rutschen. Die klitschnassen Klamotten klebten unangenehm an meinem Körper.

Rune wurde sofort in einen anderen Raum gebracht. Schon während der Fahrt hierher durften wir kein Wort miteinander reden. Wir konnten uns nicht ausweisen, weswegen Rune erwähnt hatte, dass sich ihre Familie nur einen Kilometer weiter befände, bei der Jahrmarkt-Karawane, auf dem großen Kiesplatz. Und dass diese bestätigen könnten, wer sie sei. Auch ich hatte ihnen versichert, dass ich mich dort ausweisen konnte. Doch als den Polizisten das Wort *Jahrmarkt* zu Ohren kam, wurde Rune noch abfälliger behandelt als sowieso schon. Ich hasste es. Was stimmte nicht mit diesen Menschen?

»Ich möchte zu meiner Freundin«, sagte ich zu dem Polizisten, der vor mir am Schreibtisch saß und gerade sein Telefongespräch beendet hatte.

»Das geht jetzt nicht.«

Ich presste meine Kiefer aufeinander. »Warum nicht?«

Er warf mir einen entnervten Blick zu. Seufzend und ohne ein Wort zu sagen, stand er auf und verließ das Büro. Im selben Moment betrat ein anderer Cop den Raum. Es war einer von denen, die uns vorhin erwischt hatten.

»Adam West, richtig?«, fragte er mich. Ich nickte.

»Kann ich jetzt zu meiner Freundin?«, wiederholte ich und wandte die Frage diesmal an ihn.

»Nein«, entgegnete er kühl. »Kennen Sie diesen Jungen?«, fragte er stattdessen jemanden, der nach ihm den Raum betrat. Es war Nick. Und Mia! Gott sei Dank, sie waren hier.

»Ja. Wo ist meine Schwester?«, fackelte Nick nicht lang. Der Cop ging nicht darauf ein. »Wenn Sie ihn kennen, können Sie mir bestimmt seine Adresse nennen und eine Nummer, auf der ich seine Eltern erreiche.«

Himmel, nein. Nicht meine Eltern. Ich brauchte nur meinen Ausweis, um meine Identität zu bestätigen. Anschließend würde ich mit einer Verwarnung und Rune in meinen Armen wieder von hier verschwinden.

»Vielleicht hilft ihnen das hier weiter«, sagte Mia und zog meine Tasche in den Raum.

Ich griff sofort danach, zog den Reißverschluss auf, um nach meinem Ausweis suchen zu können.

»Hände weg!«, rief der Polizist sofort. Vor Schreck ließ ich die Tasche fallen. Was zur Hölle. Ich war nur in einen abgesperrten Pool gesprungen und hatte nicht versucht, jemanden umzubringen. Er tat so, als würde ich gleich eine Waffe aus der Tasche zücken.

»Ich wollte Ihnen nur meinen Ausweis geben«, erklärte ich entgeistert.

Der Cop nahm die Tasche an sich und durchsuchte sie. Als er sah, dass der Inhalt harmlos war, ließ er mich wieder nach meiner ID-Card suchen. Diese reichte ich ihm schließlich und mit zusammengekniffenen Augen sah er sie an.

»Du lebst in San Luis Obispo, Junge?«, fragte er.

Ich nickte.

»Was in aller Welt tust du dann hier in Nevada, mitten in der Nacht? Wo sind deine Eltern?«

Ich antwortete nicht.

»Du bist alleine gereist?«, fragte er weiter.

»Ich bin mit meiner Freundin unterwegs, die ich jetzt bitte gerne sehen würde.«

Der Cop antwortete wieder nicht, sondern nahm den Telefonhörer in die Hand. Dabei starrte er auf meinen Ausweis und gab etwas im Computer ein. »Claudia und Thomas West«, murmelte er und wählte eine Nummer.

Fuck.

Ich schaute auf die Uhr, die hinter uns an der Wand hing. Vermutlich wartete meine Mutter bereits neben dem Telefon, weil ich nach dem Frühlingsball nicht nach Hause gekommen war. Es war jetzt vier Uhr morgens. Sie hatte gestern Abend bestimmt versucht, Roger zu erreichen, der ihr dann gestanden hatte, dass ich niemals auf dem Ball gewesen war.

Als der Polizist jemanden an den Hörer bekam und erklärte, aus welchem Grund ich mich hier in Nevada auf einem Polizeirevier aufhielt, wäre ich am liebsten aus dem Raum gerannt. Mia und Nick wechselten besorgte Blicke miteinander.

»Ja, Ma'am. Er wird mit einer Verwarnung davonkommen. Das Telefongespräch mit Ihnen als Erziehungsberechtigte reicht mir. Bitte kümmern Sie sich darum, dass ihr Sohn von jemandem abgeholt wird«, sprach der Cop und reichte mir das Telefon über den Schreibtisch.

»Adam«, hörte ich meine Mutter. Ihre Stimme war nur noch ein raues Flüstern. Ich konnte nichts sagen und lauschte stattdessen ihrer verzweifelten Stimme. »*Dein Vater hat vor wenigen Stunden erfahren, dass du nicht auf dem Frühlingsball gewesen bist. Anschließend hat er Himmel und Hölle in Bewegung gesetzt, um an weitere Informationen zu kommen. Von irgendjemanden in der Stadt hat er herausgefunden, dass die Rummel-Karawane auf dem Weg nach New Mexiko ist. Das war vor drei Stunden. Er fährt in diesem Moment in deine Richtung, um dich zu finden.*«

Ich ließ den Kopf in meine Handfläche sinken. Nein ...

Stille machte sich in der Leitung breit, bevor ich ein leises Schluchzen hörte.

»Mom«, sagte ich fast lautlos.

»Ich bin so froh, deine Stimme zu hören«, wimmerte sie. »Als ich das Polizeirevier dran hatte, dachte ich erst, dir wäre etwas passiert.«

»Mom, bitte tu mir einen Gefallen«, bat ich sie. »Bitte erzähl Papa nicht, dass ich auf einem Polizeirevier bin. Ruf ihn an und sag ihm, dass ich mich gemeldet habe. Aber er darf mich auf keinen Fall hier sehen. Ich habe mein Handy hier und werde mit ihm einen Treffpunkt ausmachen, wo er mich abholen kann.«

»Ich kann das nicht mehr, Adam. Ich kann deinen Vater nicht mehr anlügen«, ihre Stimme klang verzweifelt und hilflos.

»Ich werde es ihm erzählen. Das werde ich. Ich verspreche es dir. Aber nicht jetzt und nicht heute. Er wird sowieso schon ausrasten, weil ich abgehauen bin. Bitte, Mom. Ich verspreche es dir.« Ich wollte auf keinen Fall, dass er in die Nähe von Rune, des Jahrmarkts und ihren Freunden kam. Wäre er verbal auf sie losgegangen, weiß ich nicht, wozu ich in der Lage gewesen wäre. Meine Mutter schwieg und seufzte in den Telefonhörer hinein. »In Ordnung. Aber bitte komm nach Hause. Ja?«

»Ja, Mom. Ich komme nach Hause«, antwortete ich und legte auf. Als ich zu Nick und Mia sah, erkannte ich einen bedrückten und deprimierten Ausdruck in Mias Gesicht.

Es ist zwecklos. Rune und ich können nicht zusammen sein. Nicht jetzt.

»Können wir nun bitte zu meiner Schwester?«, fragte Nick wieder und erntete dafür einen missbilligenden Blick des Cops. Doch er wusste genau, dass wenn ich mit einer Verwarnung davon kam, sie Rune genauso gehen lassen mussten. So deutete uns der Cop an, mit ihm den Raum zu verlassen. Draußen befanden wir uns wieder im Eingangsbereich, in dem nur ein Sicherheitsmann an der Eingangstür des Reviers stand und ein Obdachloser, der auf zwei Stühlen schlief.

»Wartet hier«, ordnete der Cop an und wir gehorchten. Aus einem der hinteren Zimmer kam er schließlich mit Rune wieder hinaus.

Als sie uns sah, rannte sie auf mich zu und umarmte mich so fest sie nur konnte. Ihr ganzer Körper zitterte, weil auch ihre Klamotten immer noch nass waren.

»Kommt, wir gehen«, sagte Nick und machte auf dem Absatz kehrt.

»Moment. Das Mädchen bleibt hier, bis ein Erziehungsberechtigter sie abholt«, warnte der Cop.

»Was?«, fuhr Nick aus. »Warum darf er nach nur einem Anruf seiner Mutter gehen und sie muss auf ihren Erziehungsberechtigten warten?«

»Das sind die Regeln«, entgegnete der Polizist nur.

»Das ist Schikane!«, sagte jetzt Mia.

»Lasst es gut sein. Dad soll mich abholen. Er hasst mich sowieso. Es kommt nicht mehr darauf an«, sagte Rune plötzlich betroffen.

Auf gar keinen Fall. »Nein. Du kommst mit uns!«

Alle blickten mich an.

Nick legte eine Hand auf meine Schulter. »Adam. Wir werden dich jetzt zu dem Treffpunkt mit deinem Vater bringen. Ihr habt schon genug angerichtet.«

»Wir haben überhaupt nichts angerichtet«, protestierte ich. »Rune kommt mit uns.« Ich würde mich nicht auf einem Polizeirevier von ihr verabschieden, das hatte ich mir jetzt fest vorgenommen. »Ich werde nach Hause fahren, ja. Dort erwartet mich Hausarrest bis ich mein Studium beginne. Eins, das ich vermutlich sowieso vergessen kann, nachdem was ich heute Nacht getan habe.«

»Können wir kurz unter vier Augen reden?«, hörte ich Rune neben mir.

Der Cop schaute zu dem Sicherheitsmann herüber und sagte: »Das rothaarige Mädchen kommt hier nicht raus, solange ihre Eltern sie nicht abholen.« Der Typ an der Eingangstür nickte nur und kreuzte die Arme vor seiner Brust. Nick hätte es locker mit ihm aufnehmen können. Er müsste ihn nur bewusstlos schlagen und wir könnten hier ein für alle Mal verschwinden.

»Zehn Minuten, dann kommt Adam nach draußen«, bat Nick mit fester Stimme und verließ das Revier mit Mia. Auch der Cop war wieder in seinem Büro verschwunden.

»Adam, wenn du deinen Studienplatz wegen mir verlierst«, fing Rune mit zitternder Stimme an, »das werde ich mir nie verzeihen können.«

Ich schüttelte den Kopf. »Vergiss das Studium. Ich werde das schon irgendwie hinbekommen. Ich kann mich auf einer anderen Universität bewerben und mich nach einem Job umschauen, um es mir leisten zu können. Es verschiebt sich vielleicht nur um ein paar Jahre, aber das ist mir egal.«

»Dein Vater ... er wird dich ...«

»Verstoßen? Enterben? Möglich. In einigen Monaten werde ich achtzehn sein und dann kann er mir nichts mehr vorschreiben. Ich werde mir einen Job suchen und eine Wohnung. Oder auch nicht. Ich werde da sein, wo du bist. Du bedeutest mir alles, Rune.«

Sie legte ihre Wange an meine Brust und drückte mich an sich, so fest sie konnte. »Ich werde auf dich warten, Adam. Egal wo ich bin, ich werde warten und ich werde für dich da sein. Immer. Ich verspreche es.«

Ich hob meinen Kopf, um sie anzusehen. In ihren Augen glänzten Tränen, die sie versuchte zurückzuhalten. Doch sie lächelte, tapfer und furchtlos. Meine Wildblume.

»Ich werde auf dich warten, Rune«, versprach ich. »Egal wo ich bin, ich werde warten und ich werde für dich da sein. Immer. Ich verspreche es«, wiederholte ich ihre Worte nachdrücklich.

Wir umarmten uns jetzt so fest, dass ich Angst hatte, ich könnte sie zerbrechen. Doch sie war stark. Sie war das stärkste Mädchen, das mir jemals begegnet war. Und sie würde es für immer bleiben. Wir verharrten eine Ewigkeit in dieser Umarmung. Der Moment hätte ewig halten sollen. Denn es würde das letzte Mal sein, dass wir uns so nahe waren.

Kapitel 36

Adam

Während der Autofahrt sprach niemand ein Wort. Ich saß auf dem Rücksitz des Kleinwagens und der Regen prasselte laut auf das Autodach. Zehn Regentage im Monat und es schien, als hätten sich die Wassermassen auf diese eine Nacht fixiert. Das Auto gehörte der neuen Lehrerin, die ab morgen die Kinder und jungen Erwachsenen der Schaustellerfamilien unterrichten würde.

Mit meinem Vater hatte ich einen Treffpunkt in Barstow vereinbart. Er hatte ein beachtliches Tempo hingelegt die letzten Kilometer. Für Nick, Mia und mich waren es jetzt nur noch knappe zwei Stunden Fahrt bis dorthin.

Als ich ihn anrief, war er bereits informiert, dass ich mich in Nevada, in der Nähe von Las Vegas befand. Er fragte nicht wieso und weshalb, weil er es wusste. Er wusste, dass dies ein geeigneter Zwischenstopp wäre für Rune und ihre Familie. Doch er kommentierte es nicht. Nicht am Telefon.

Ich konnte kaum noch einen klaren Gedanken fassen, seitdem ich mich ins Auto gesetzt hatte. Ich fühlte mich wie erschlagen und die Wunde an meinem Kopf pochte unaufhörlich. Sie hatte wieder angefangen zu bluten und Mia hatte mir vor der Abfahrt ein neues Pflaster aufgeklebt. Kurz bevor wir ankamen, merkte ich, wie sich Mia und Nick ein wenig entspannten. Bald wären sie mich los, dachten sie vielleicht. Nicht nur Rune hatte meine Welt erschüttert. Auch ich hatte sie in

Situationen gebracht, die das Verhältnis zu ihrem Vater nicht verbessern würden. Im Gegenteil. Ich wollte so sehr für sie da sein, weil ich den Gedanken nicht ertrug, dass sie seiner Herzlosigkeit weiter ausgeliefert war. Doch ich konnte nicht bei ihr bleiben. Nicht jetzt. Ich musste meine Volljährigkeit abwarten und zumindest den Schulabschluss. Dass sich mein Studium verschieben könnte, hatte ich mittlerweile in Kauf genommen. Und selbst wenn mein Vater nie wieder zwei vollständige Sätze mit mir sprechen würde, hatte ich immer noch meine Mutter.

»Wir sind da«, sagte Nick und riss mich damit aus meinen Gedanken.

Der Himmel war nicht mehr pechschwarz, sondern färbte sich langsam dunkelblau. Als ich die Scheibe öffnete, hatte der Regen nachgelassen. Ich hörte sogar das Zwitschern einiger Vögel. Über unserem Auto erkannte man die rote Aufschrift des *USA GASOLINE* Schilds. Hier würde ich auf meinen Vater warten, da er offensichtlich noch nicht da war.

»Warum bist du her gekommen?«, wollte Nick auf einmal wissen.

»Weil ich Rune sehen musste.«

»Wie hast du dir das vorgestellt? Dass du mit uns von nun an durch Amerika reisen kannst?« Nick klang nicht unbedingt streng oder vorwurfsvoll, sondern skeptisch. Er hatte jedes Recht dazu.

»Ich musste sie sehen, reicht dir das nicht als Antwort? Es muss nicht immer alles einen Sinn ergeben im Leben.«

Nick schnaufte und Mia schaute ihn von der Seite an. Ich sah, dass sie schmunzelte. Dann drehte sie sich zu mir um und sah mich mit ihren liebevollen Augen an.

»Gibst du uns Bescheid, wenn du zu Hause bist? Du hast ja

Liams Nummer«, bat sie mich.

Ich nickte und sie stand auf, kippte ihren Sitz nach vorne und ließ mich aussteigen.

»Mach's gut, Adam. Ich hoffe, wir sehen uns wieder«, sagte sie fürsorglich und umarmte mich. Solange Rune ihre beste Freundin und Nick hatte, wäre alles in Ordnung. Es würde ihr gut gehen, dafür würden beide sorgen.

Auch Nick war aus dem Auto gestiegen und stellte sich vor mich. »Pass auf dich auf, ja?«

»Klar«, bestätigte ich und erntete auch von ihm eine kräftige Umarmung.

»Rune hat sich verändert, nachdem ihr euch begegnet seid. Sie war glücklicher und ausgelassener. Ihre innere Unruhe schien seither an den meisten Tagen kaum noch spürbar. Ich bin froh, dass sie dich kennengelernt hat.« Seine Worte bauten mich für einen kurzen Moment lang auf. Es war nicht selbstverständlich, so etwas von ihm zu hören.

Ich versuchte zu lächeln und nickte ein letztes Mal, bevor beide wieder ins Auto stiegen. Als sie davon fuhren, winkte mir Mia nochmals kurz zu. Ich schaute dem Wagen auf der langen Landstraße nach, bis er nicht mehr zu sehen war.

Fünf Minuten später fuhr mein Vater auf den Parkplatz der Tankstelle. Abrupt blieb er neben mir stehen und ließ das Fenster auf der Beifahrerseite herunter. »Steig ein«, war alles, was ich von ihm hörte. Ohne Widerworte tat ich, was er verlangte. Er wendete den Wagen und stieg aufs Gas. Das würde eine lange Fahrt werden.

Ich wusste nicht, ob es ein Limit an Gemeinheiten gab, die ein Vater seinem Sohn an den Kopf werfen konnte. Mein Vater schaffte es, auf dieser Autofahrt das Fass zum Überlaufen zu bringen. Die Stimmung war geladen, aggressiv und voller Zorn. Und das Schlimmste, was ich ihm in diesen viereinhalb Stunden antun konnte, war all seine Behauptungen und Warnungen unkommentiert zu lassen. Was dazu führte, dass aus seinen Warnungen Konsequenzen wurden. Meinen Studienplatz konnte ich nun offiziell vergessen. Er würde gleich Montagfrüh an der Universität anrufen und bestätigen, dass sie mein Stipendium anderweitig vergeben durften.

Ich kommentierte es nicht. Schließlich hatte ich es kommen sehen. Als ich selbst darauf keine Reaktion zeigte, hielt er am Straßenrand an und stieg aus. Die vermutlich beste Entscheidung an diesem Abend – wer weiß, in welchen Graben er uns als Nächstes gefahren hätte. Er entfernte sich einige Meter vom Auto und lief in ein Feld hinein, an dem wir zufällig gehalten hatten.

Als er aus meiner Sicht verschwunden war, biss ich mir in die Faust und ließ einen wütenden Schrei aus meiner Kehle. Ich musste es loswerden. Es war wie ein Hilferuf, der mich von all dem befreien sollte, was mein Vater mir vorgeworfen hatte. Während dieser Autofahrt brach etwas in mir. Denn er nannte mich einen Taugenichts, einen Lügner und Versager. Ich hätte die Mühen, die meine Mutter und er für mich tagtäglich leisteten, nicht im Geringsten verdient. Mein Verhalten wäre respektlos und ich sei es nicht würdig, sein Sohn zu sein.

Als er wieder ins Auto stieg, sah ich seine rotunterlaufenen Augen, die immer noch so viel Wut ausstrahlten, dass ich mir wünschte, nicht mehr mit ihm in einem Auto sitzen zu müssen.

»Wenn ich nicht würdig bin, dein Sohn zu sein – warum hast du dich dann vier Stunden ins Auto gesetzt, um mich zu holen?«, fragte ich schließlich und warf ihn damit völlig aus der Bahn. Mit einem Mal wirkte er nicht mehr nur wütend, sondern völlig entrüstet. Sein Blick sagte mir, dass ich nicht das Recht hätte, ihm diese Frage zu stellen.

Diesmal war er derjenige, der nicht antwortete. So verbrachten wir die letzten eineinhalb Stunden Fahrt stumm in unseren Gedanken. Lediglich die Autogeräusche und das laute Surren der Straße, die unter uns vorbei preschte, waren zu hören.

Jeder weitere Kilometer schmerzte in meinem Herzen, weil es ein weiterer war, den ich mich von Rune entfernte und ein weiterer, der mich zurück nach Hause brachte. Ein Zuhause, in dem meine Zeit gezählt war. Nicht mehr lange und ich würde mich für immer von dort verabschieden.

Kapitel 37

Adam

Die liebevolle Umarmung meiner Mutter war alles, was ich wahrnahm, als ich das Haus betrat.

Ohne ein Wort zu sprechen, ging ich hinauf in mein Zimmer. Erschöpfung, Trauer und Verzweiflung lagen mir tief in den Knochen. Der Gedanke, dass ich die nächsten Monate ohne Rune verbringen würde, war Gift für mein Bewusstsein. Wie sollte ich das schaffen?

Ich nahm mein Handy in die Hand und schrieb Liam eine Nachricht, dass ich zu Hause angekommen war. Und dass er mir schreiben sollte, ob Rune wohlbehalten aus dem Revier bei ihnen angekommen war.

Schließlich legte ich mein Handy auf die Seite und schlief binnen weniger Sekunden ein.

Als ich wieder wach wurde, spürte ich die Abendsonne auf meinem Gesicht. Ich hatte fast zehn Stunden durchgeschlafen. Sofort griff ich nach dem Handy, um zu sehen, was Liam geantwortet hatte.

Keine neue Nachricht.

Ich wählte seine Nummer und wartete auf ein Lebenszeichen. Mehrere Male klingelte ich durch, doch niemand ging ran. Nach unzähligen weiteren Versuchen gab ich auf – für den Moment. Es war sehr untypisch für Liam nicht ranzugehen, denn er trug sein Handy immer bei sich. Sofort schrieb ich mir seine Handynummer auf einen Zettel, den ich in meiner Schreibtischschublade verwahrte, aus Angst, mein Vater könnte mir mein Handy wieder wegnehmen. Doch warum sollte er das tun. Mittlerweile hatte ich nichts mehr zu verlieren. Er wäre nicht dazu in der Lage, mich auf die Straße zu setzen, jedenfalls nicht solange ich noch nicht volljährig war und meinen Abschluss nicht gemacht hatte.

Nach einer kurzen Dusche führte mein Weg sofort wieder zu meinem Handy, um zu prüfen, ob sich jemand gemeldet hatte. Niemand. Ein merkwürdiges Gefühl machte sich in mir breit.

»Geh ran, geh ran, geh ran«, murmelte ich, während nur das Freizeichen zu hören war, dessen Geräusch sich mittlerweile in mein Trommelfell gebrannt hatte.

»Adam?«, hörte ich plötzlich meine Mutter an der Tür. »Möchtest du etwas zu Abend essen?«

Als Antwort schüttelte ich nur den Kopf.

»Dein Vater ist außer Haus«, erklärte sie, obwohl ich nicht mal danach gefragt hatte.

»An einem Sonntagabend?«

»Er wird für ein paar Tage verreisen. Geschäftlich«, sagte sie leise.

»Das ist doch ein Vorwand, um seinem unwürdigen Sohn nicht mehr in die Augen blicken zu müssen, oder?« Meine Stimme klang unerwartet bissig.

»Möchtest du nun mit mir etwas essen, oder nicht?«, fragte sie wieder.

Keine Ahnung, ob sie die Wahrheit sagte und mein Vater wirklich geschäftlich verreist war. Aber der Gedanke, ihm jetzt nicht begegnen zu müssen, war etwas, womit ich momentan sehr gut leben konnte.

Nach dem Abendessen verbrachte ich die ganze Nacht an

meinem Handy. Ich hatte sogar im Motel angerufen, in dessen Pool wir gesprungen waren und das freundliche Mädchen am anderen Ende der Leitung überredet, auf dem großen Kiesplatz nachzusehen, ob sich die Kirmes-Karawane noch dort befand. Eine halbe Stunde später rief sie mich zurück und sagte, dass dort niemand mehr sei. Ich bedankte mich trotzdem für ihre Mühe und bekam ein schüchternes Kichern als Antwort. Zum Glück wusste sie nicht, dass ich eine der Personen war, wegen der gestern Nacht ein Polizeieinsatz stattgefunden hatte.

Das ungute Gefühl breitete sich weiter aus. Ich konnte der Versuchung kaum widerstehen, mich in den nächsten Bus in Richtung New Mexiko zu setzen. Ich redete mir ein, dass Liam sein Handy verloren haben musste. Doch so oft wie ich ihn bereits angerufen hatte, musste sein Akku mittlerweile leer sein. Etwas stimmte nicht.

Der Schlaf übermannte mich und kaum zwei Stunden später klingelte schon mein Wecker. Ich würde es heute nicht in die Schule schaffen. Unmöglich. Außerdem warteten dort meine Bandkollegen auf mich; die Nächsten, die ihre Wut an mir auslassen würden. Keiner von ihnen hatte versucht, mich nochmals zu erreichen. Nachdem der Frühlingsball offensichtlich für sie gelaufen war, weil der Bandleader nicht anwesend war, hatten sie jedes Recht dazu sauer zu sein. Ich wäre es an ihrer Stelle genauso.

Dennoch sollte ich meinen Problemen wie ein Mann gegenüberstehen. Gleichzeitig würde ich so auch die Ablenkung bekommen, die ich dringend nötig hatte.

Ein letztes Mal für heute Vormittag würde ich versuchen, Liam zu erreichen. Ich war zu neunundneunzig Prozent sicher, dass er nicht rangehen würde, doch plötzlich nahm er den Anruf entgegen.

»*Adam*«, hörte ich seine Stimme leise und bedrückt am anderen Ende.

»Liam! Endlich erreiche ich dich!«, rief ich laut und stand bereits unten in der Küche, wo meine Mutter das Frühstück zubereitete. »Ich habe mitbekommen, dass ihr schon weiter nach New Mexiko gefahren seid! Wie geht es Rune? Kann ich bitte mit ihr sprechen?«

Liam antwortete mir nicht, doch ich hörte, dass er noch dran war.

»Liam? Hast du gerade etwas gesagt? Die Verbindung ist vermutlich schlecht bei euch in der Gegend.«

Jetzt hörte ich, wie er sich räusperte. »*Nein, mit der Verbindung ist alles in Ordnung.*«

»Kann ich bitte mit Rune sprechen?«, wiederholte ich, weil er auf meine Fragen offensichtlich nicht eingehen würde. Er war noch nie ein Mensch der vielen Worte gewesen. Das war in Ordnung. Alles was ich jetzt wollte, war mit Rune zu sprechen.

»*Rune*«, fing er an, »*Rune ist nicht hier.*«

Ich verdrehte die Augen. »Mach es nicht so spannend, Mann. Wann kommt sie wieder? Kann sie mich bitte zurückrufen?«

Liam schwieg.

Jetzt schnaufte ich. »Hallo? Bist du noch dran?«

»*Rune kann dich nicht zurückrufen, Adam. Wir wissen nicht, wo sie ist. Sie ist abgehauen nachdem*«, sprach er weiter, doch beendete seinen Satz nicht.

»Nachdem was, Liam? Nachdem was?«, hakte ich jetzt nervös nach. Wo zum Teufel war sie?

Ein lautes und schmerzvolles Seufzen erklang durch den Hörer. Es war so voller Leid, dass ich eine Gänsehaut bekam. »*Nick* und Mia hatten einen Autounfall. Sie sind dabei ums Leben gekommen.«

Ich erstarrte.

»Wir hatten mit ihnen abgemacht, dass wir uns auf dem Festplatz in New Mexiko treffen würden, wo wir unsere Zelte aufschlagen würden. Noch während der Fahrt dorthin erhielt unsere Lehrerin einen Anruf, weil der Wagen mit ihrem Kennzeichen in einen Unfall verwickelt worden war.«

Alles was ich hörte, war ein rauschendes Geräusch in meinem Ohr. Nur Bruchstücke von dem, was Liam mir erzählte, kamen bei mir an.

Mia und Nick waren tot.

Sie waren wegen mir ums Leben gekommen, weil sie mich nach Barstow gefahren hatten. Wäre ich Rune niemals nachgereist, wären sie mit der Karawane nach New Mexiko gefahren und jetzt noch am Leben.

»Rune ist da, aber sie möchte nicht mit mir sprechen, habe ich recht?«, rief ich laut in den Hörer und meine Mutter erschrak. Sie hatte nicht gehört, was Liam mir gerade erzählt hatte, doch sie sah mir an, dass nichts Gutes vor sich ging. Ich war am Rande eines Nervenzusammenbruchs. »Habe ich recht?«, schrie ich jetzt und meine Mutter hielt sich die Hand vor den Mund.

»Adam, ich schwöre dir, sie ist weg. Ihr Vater und sie waren dort, um die Leichen zu identifizieren. Seitdem ist sie nicht wieder zurückgekommen.«

Mein Herz brach entzwei. Die ganze Zeit versuchte ich mich dazu zu bringen aufzuwachen. Das musste ein Albtraum sein.

Was sollte ich tun? Trotzdem nach New Mexiko fahren, nur um zu erkennen, dass sie wirklich nicht dort war?

Liam sagte die Wahrheit.

Wenn ich jetzt wegginge, würde ich nicht hier sein wenn ... wenn sich Rune dazu entscheiden sollte, zu mir zu kommen. Vielleicht würde sie kommen.

Ich hoffte, sie würde kommen.

Kapitel 38

Adam

Rune kam nicht. Nicht am nächsten Tag, nicht am übernächsten und als vier Wochen vergangen waren, fing ich an, die Hoffnung aufzugeben.

Mit Liam stand ich nach wie vor in Kontakt. Doch auch dort war Rune nie mehr aufgetaucht. Einen Tag nach seinem ersten Anruf hatte ich mich bei ihm entschuldigt. Dafür, dass ich ihm vorgehalten hatte, dass er lügen würde, anstatt ihm mein aufrichtiges Beileid auszusprechen. Schließlich waren Mia und Nick für ihn auch so etwas wie seine Familie gewesen. Gewesen. Sie waren jetzt nicht mehr da.

Die Vorwürfe, die ich mir seitdem machte, brachten mich um den Verstand. Ich war nicht mehr ich selbst. Etwas in mir war völlig zerbrochen und ich hasste mich. Weil ich Rune nachgereist war. Weil ich jetzt nicht bei ihr sein konnte.

Wo war sie bloß? Wie sollte ich sie jemals finden?

In den darauffolgenden Tagen und Wochen verkümmerte ich in meiner eigenen Welt und erlebte sie wie in einem Rausch – rastlos, verzweifelt. Ich würde Rune nie wieder sehen, sagte mein Verstand. Ich würde sterben, sagte mein Herz.

Als der vierte Monat vergangen war, erreichte mich ein Brief ohne Absender. Es musste ein Traum sein. Auf dem Umschlag erkannte ich sofort ihre Schrift. *Das kann nicht wahr sein.* Als ich den Brief öffnete, blieb meine Welt stehen. Ich verlor jeglichen Bezug zur Realität. Raum und Zeit waren nicht mehr existent.

Lieber Adam,

Ich lebe noch. Auch wenn ich mir oft gewünscht habe, ich würde es nicht mehr tun. Meinem Vater und dem Jahrmarkt habe ich endgültig den Rücken gekehrt. In der Sekunde, in der ich Mias und Nicks leblose Körper vor mir liegen sah, habe ich begonnen, mein Leben wie eine Außenstehende zu betrachten. Plötzlich stand ich neben mir, wie in einem Traum, und habe hilflos dabei zugesehen, wie meine Welt in sich zusammen brach. Ich musste raus aus meiner Haut, raus aus meinem Leben. Ich denke nicht, dass mich jemand wirklich vermisst. Die einzigen Menschen, denen ich jemals etwas bedeutet habe, mussten ihr Leben auf tragische Weise verlieren. Egal wo ich bin, ich höre überall seine Stimme und ihr herzliches Lachen. An manchen Tagen vermisse ich sie so sehr, dass ich nicht weiß, wie ich den nächsten Tag ohne sie überleben soll.

Der andere Mensch, dem ich etwas bedeute, bist du. Ich kann die Vorwürfe, die du dir machst, bis zu mir spüren. Mein erster Gedanke, wenn ich morgens aufstehe, gilt ihnen. Der zweite, dir. Ich möchte, dass du weißt, dass ich dir nicht die Schuld für ihren Tod gebe. Ich habe mir eingeredet, dass es Schicksal war. Auch wenn ich nicht weiß, welches verfluchte Schicksal zwei junge, sich liebende Menschen aus ihrem Leben reißt – ohne Grund und Verstand. Doch es scheint eine höhere Macht zu geben, die das für uns entscheidet. Und dieser Macht bin ich restlos ausgeliefert.

Adam, ich werde nicht zu dir zurückkommen. Ich muss meine Trauer und mein Leid alleine überstehen. Sonst spüre ich den Schmerz nicht. Und wenn ich den Schmerz nicht spüre, weiß ich nicht, ob ich noch am Leben bin.

Bitte verzeih mir, wenn ich dir sage, dass ich mein Versprechen brechen werde. Ich werde nicht auf dich warten und ich werde nicht für dich da sein. Denn ich bin verloren und ich habe keine Kraft mehr zu kämpfen.

Ich werde dich immer lieben.
Für immer. Deine Rune.

Ich las den Brief einmal.

Ein einziges Mal, das dazu führte, einen Wutausbruch zu erleiden, den ich zuvor nie erlebt hatte und niemals wieder erleben wollte. Jegliche Kontrolle kam mir abhanden.

Wie konnte sie mir das bloß antun? Ich verfluchte sie und die ganze Welt. Vor allem aber die Tatsache, dass sie es mir nicht ins Gesicht sagen konnte. Dieser Brief gab mir keinerlei Anhaltspunkt über ihren aktuellen Aufenthaltsort. Nichts. Null. Die Realität brannte auf meinem Körper. Sie fraß sich durch jede einzelne Zelle und hinterließ ihre qualvollen Spuren. Rune hatte sich in mir verewigt.

Besessen von meiner unbeschreiblichen Wut und Trauer, wusste ich nicht einmal mehr, ob ich ihr das jemals verzeihen würde.

Kapitel 39

Juni 2018 – San Diego, Kalifornien

Rune

Ich renne und renne und renne.

In dem Moment, in dem er mich erblickt hatte, war es, als würde ich aus einem qualvollen Schlaf erwachen. Als würde ich mich wieder daran erinnern, wer ich tatsächlich bin und wen er damals in mir sah.

Ich habe keine Ahnung, wohin ich renne. Alles, was ich weiß, ist, dass ich ihn nicht an mich heranlassen darf. Alles in mir schreit danach ihm entkommen zu müssen. Weil ich nicht mehr die Person bin, die er einst kannte. Nichts erinnert mehr an die damalige Rune. Ich habe mich dafür entschieden, jemand anderes zu sein.

Ich sollte Panik verspüren. Furcht. Ich sollte in diesen anhaltenden Angstzustand verfallen, der mich die letzten fünf Jahre begleitet hat. Jedes Mal, wenn ich an früher dachte und die Zeit, die ich damals erlebt hatte. Ich konnte keinen Rummelplatz mehr betreten, denn darin stecken zu viele Erinnerungen: Rückblicke an meine Jugend mit Menschen, die ich liebte. Doch ich hatte mich bewusst dazu entschieden, alleine zu sein und es zu bleiben.

Ich überquere die Straße und erreiche schließlich den weitläufigen Platz, der direkt am Hafen liegt. An einer Steinmauer, hinter der sich das Wasser befindet, bleibe ich stehen. Die Laternen über mir werfen einen Schatten auf die Pflastersteine – es ist mein eigener. Doch schließlich sehe ich den Schatten einer weiteren Person auf mich zulaufen. Langsam und bestimmt. Ich drehe mich nicht um, sondern starre weiterhin auf das schwarze Wasser, das sich an dieser Stelle sanft hin- und her bewegt.

Er bleibt eine Ewigkeit hinter mir stehen und sagt kein Wort. Ich spüre seine Anwesenheit und ein Gefühl, als ob kleine Ameisen durch meine Haut krabbeln. Es ist kein unangenehmes Gefühl, sondern aufregend und so angsteinflößend, dass mir schwindelig wird.

»Rune«, höre ich seine Stimme. Sie klingt tiefer als sonst. Rauer, das habe ich schon vorhin bemerkt, als er unser Lied sang.

Oh, Adam, hätte ich gern gesagt. Doch ich bringe keinen Ton über die Lippen. Wie gelähmt bleibe ich stehen und schaffe es nicht, mich umzudrehen.

»Ich weiß, dass du es bist. Keine andere wäre sonst so davon gerannt«, spricht er weiter. »Denn davon rennen konntest du schon immer.«

Mein Magen verknotet sich.

Ich habe mich immer gefragt, ob der Tag kommen würde an dem Adam und ich uns wieder begegnen. Auch wenn ich es nie zulassen wollte, habe ich davon geträumt. Träume sind die Spiegel unserer Seele, sagt man. Ihnen entgeht nichts. In ihnen offenbart sich unser tiefstes Unterbewusstsein. In meinen Träumen war ein mögliches Zusammentreffen lyrisch, wie Poesie. Sanft und einfach.

Doch nichts an unserer Vorgeschichte war einfach. Vor allem nicht die Art und Weise, wie ich mich in meinem Brief von ihm verabschiedet hatte.

Als ich mich schließlich umdrehe, erkenne ich einen Ausdruck, den er versucht zu kaschieren. Es gelingt ihm nicht. Nachdenklich betrachtet er mein Gesicht, meine kurzen Haare und lässt seinen Blick ungeniert über meinen Körper gleiten. Er ist sprachlos.

Doch auch er hat sich verändert. In seinem Gesicht sehe ich nicht mehr die jugendlichen Züge von damals. Seine Augen wirken reifer, sein Blick und die Art und Weise, wie er mich ansieht, ist erwachsen. Nicht mehr verträumt oder gedankenverloren, wie früher. Er ist nicht mehr der Junge, der mir sein Herz und seine Liebe anvertraut hatte.

Auf einmal erkenne ich, wie seine starke Fassade bröckelt. Ich kenne ihn so gut, dass ich sofort merke, dass er sich lieber vor mir verschlossen hätte. Das ist sein Plan. Das war sein Plan. Hinter seinen Augen bewegen sich Bilder, Gedanken. Er weiß nicht wohin mit sich.

»Warum bist du hier?«, fragt er jetzt. »Warum gerade hier? Wieso San Diego? In der Stadt, in die wir zusammen reisen wollten. Weißt du noch?«

Natürlich weiß ich das noch. Wir lagen damals versteckt im Garten hinter dem Haus seiner Eltern. Es war mitten in der Nacht und wir träumten vor uns hin, wo wir gern wären oder wohin es uns verschlagen sollte. Stattdessen brach unsere Traumwelt zusammen.

Was Adam nicht weiß, ist, dass die Tatsache, dass wir San Diego damals zu *unserer Stadt* machten, der wahre Grund ist, warum ich mich vor einem halben Jahr dazu entschied, hierher zu ziehen. Das kann ich ihm jedoch nicht anvertrauen – noch nicht.

Er weiß, dass ich ihm auf die Frage keine Antwort geben

werde. Seine Augen bohren sich vorwurfsvoll durch mich hindurch und verursachen eine schmerzhafte Gänsehaut.

»Du hast mir nicht einmal eine Chance gegeben, dich zu finden. Ich hatte keine Ahnung, wo ich anfangen sollte zu suchen«, gesteht er mir und wirkt verletzt. Er hat jedes Recht dazu.

»Ich weiß, dass du Zeit gebraucht hast, um zu trauern. Um dir darüber klar zu werden, was der richtige Weg für dich ist«, zählt er auf und schluckt schwer. Er gibt sich Mühe, sich zusammenzureißen, was ihm nicht lang gelingt. »Aber, *fünf Jahre?* Fünf verdammte Jahre, Rune?« Traurigkeit übermannt ihn und ich erkenne seine Augen kaum wieder. So habe ich ihn nie gesehen. Nicht einmal in der Nacht, in der wir uns verabschiedet haben.

Ich habe immer noch kein Wort gesprochen. Jeder andere wäre bereits aufgebracht davongerannt.

Doch Adam nicht. Er ist geduldig. Gott, ich habe ihn so vermisst.

»Es tut mir leid, Adam«, hauche ich kaum hörbar.

Er antwortet nicht darauf, doch sein Blick öffnet sich ein kleines Bisschen. Um es sich nicht anmerken zu lassen, schaut er auf den Boden und schließlich auf das stille Wasser, das vor uns liegt. Als wir das letzte Mal gemeinsam am Meer saßen, war es wild und ungezähmt. Laut und unberechenbar. Wie auch unsere Liebe zueinander.

Heute nicht. Es ist still hier am Hafen. Keine brechenden Wellen, keine Klippen, an denen das Wasser hinauf schäumt.

»Es gibt so viele Dinge, die du nicht weißt, Adam«, sage ich plötzlich. Er weiß nicht, dass ich vor zwei Jahren bereits in San Luis Obispo war und an dem Haus, in dem er einst mit seinen Eltern lebte. Doch alles was ich dort fand, war ein leerstehender

Ort, vor dem ein Umzugswagen stand, weil eine neue Familie gerade einzog.

Er weiß nicht, dass ich auch nie wieder ein Wort mit meinem Vater oder jemand anderem auf dem Jahrmarkt gesprochen habe. Obwohl ich durch Zeitungsartikel immer wusste, an welchem Ort sie sich befanden. Ich schaffte es einfach nicht.

Er weiß auch nicht, dass ich nicht mehr seine Rune bin. Nichts ist mehr, wie es mal war.

»Dann klär mich auf. Erzähl es mir. Ich werde dir zuhören«, antwortet er plötzlich und blickt mich mit seinen tiefblauen Augen an. Jetzt sind sie unergründlich. Dunkel, ich kann seine Stimmung nicht mehr deuten.

»Ich bin nicht mehr die, die du kanntest«, sage ich bedrückt. Ich habe so viele Dinge getan, für die ich mich schäme. »Ich glaube nicht, dass du diese neue Rune mögen würdest.«

Er versucht zu lächeln und schüttelt seinen Kopf. »Du musst mir schon eine Chance geben, diese neue Rune kennenzulernen. Alles andere ist nicht fair.«

Ich habe das plötzliche Bedürfnis zu weinen, vor Freude, vor Trauer. Weil wir fünf Jahre verloren haben und weil er mich jetzt so ansieht: Ich sehe seinen liebevollen Augenaufschlag, den er mir damals schon schenkte, wenn ich dachte, nichts wert zu sein. Wenn sich die ganze Schule gegen mich auflehnte und mich die bösen Worte der Mitschüler wie Messerhiebe trafen. Wenn ich mich verstoßen fühlte. Er war immer für mich da.

»Das habe ich nicht verdient«, flüstere ich und schaue auf den Boden. Denn die neue Rune weint nicht, nicht vor anderen Menschen. Sie versucht stark zu sein. Sie lässt keine Gefühle durch ihre kalte Fassade blitzen.

Adam greift nach meiner Hand. Er tut nur das. Die Berührung ist nicht fordernd. Nicht aufdringlich. Wir stehen immer noch über einem Meter voneinander entfernt und dabei bleibt es auch. Doch ich lasse zu, dass er meine Hand in seine nimmt.

»Ich lasse nicht zu, dass du diese Entscheidung für mich triffst. Diesmal nicht«, sagt er eindringlich. Auch jene Seite war mir von Adam bisher nicht bekannt. Nicht in diesem Maß. Er trifft die Entscheidungen und dabei duldet er keine Widerrede, das ist seinem Ton sehr deutlich zu entnehmen.

»Zufälligerweise habe ich heute einen Auftritt in einer Bar. Da ich weiß, dass die alte Rune mich nie hat auf einer Bühne spielen sehen, habe ich mich gefragt, ob die neue Rune Lust hätte, mich zu begleiten?«

Mein Herz schlägt mir bis zum Halse. »Ich denke, die neue Rune würde das sehr gerne, ja.«

Zuversicht und Hoffnung blitzt mir aus seinen Augen entgegen. »Dann komm mit«, sagt er und zieht mich vorsichtig hinter sich her. Mit jedem Meter beschleunigt er seinen Schritt und ich halte mit. Bevor wir die Bar betreten, bleibe ich kurz stehen und lasse seine Hand los. Er dreht sich um, um nach mir zu sehen.

»Bereit?«, fragt er.

Ich atme einmal tief durch und nicke, um schließlich mit ihm die Bar zu betreten.

Kapitel 40

Adam

Rune hat sich an einen Tisch in der hintersten Ecke gesetzt. Sie wollte es so und ich respektiere es.

Ich eile hinter die Bühne und treffe dort auf Jonny. Er ist genervt.

»Warum fühle ich mich jetzt gerade fünf Jahre in die Vergangenheit zurückversetzt?«, fragt er und erwartet glücklicherweise keine Antwort. Ich hätte ihm sowieso keine gegeben.

»Können wir jetzt?«, fragt Daniel, unser Schlagzeuger. Auch unser Bassist Kevin schaut mich fragend an.

Ich nicke. »Natürlich.«

Wir betreten die Bühne, da das Publikum schon etwas ungeduldig auf uns wartet. Doch das ist mir egal. Es ist mir so egal, denn der Grund dafür sitzt nur wenige Meter von mir entfernt. Ich habe nicht mehr daran geglaubt, Rune jemals wieder zu treffen. Fünf Jahre sind mittlerweile vergangen und das war, gelinde gesagt, eine verdammte Ewigkeit! Hätte sie es gewollt, hätte sie mich finden können. Ich dagegen hatte keine Chance. Und schließlich kam der Moment, an dem ich die Hoffnung endgültig aufgegeben hatte.

Jonny, Daniel, Kevin und ich beginnen mit unserem ersten Song, es ist immer derselbe. Als Band sind wir bekannt dafür, Lieder zu spielen, die nicht direkt aus den Charts kommen. Es hat lange gedauert, unseren Groove, wie es Jonny damals immer nannte, wiederzufinden. Doch nachdem wir die Schule beendet hatten, fanden Jonny und ich, nach einer langen Sendepause, wieder zueinander. Erst vor einem Jahr hatten wir begonnen unser musikalisches Hobby auf öffentlichen Bühnen auszuleben.

Der erste Song gehört Jonny. *What You Know* von Two Door Cinema Club ist wie für ihn gemacht. Er singt ihn perfekt, verbreitet die gute Laune des Beats wie ein Profi. Während wir spielen kann ich Rune die ganze Zeit beobachten. Sie sitzt einsam und allein an dem runden Tisch in einer Nische ganz hinten im Raum. Doch ich sehe, wie ihr Oberkörper sich unauffällig zum Takt bewegt. Sie tut es so leicht und zaghaft, dass es kaum jemand sehen würde. Niemand außer mir. Und plötzlich, am Ende des Songs, lächelt sie mich an. *Fuck.* Sie lächelt zum ersten Mal. Und aus guten Gründen fühle ich mich sofort in die Vergangenheit zurückversetzt. Ich sehe sie vor mir, durch die verkratzte Scheibe des Kassenhäuschens von *Devil Rock* und mich überkommt eine unheimliche Gänsehaut.

Als ich ihre Gestalt vorhin versteckt hinter dem Vorhang an der Eingangstür sah, wusste ich nicht, ob sie es wirklich sein konnte. Ihre Haare waren nur noch schulterlang, glatt und fast blond. Ihre Figur so viel schmaler und fast dürr. Hätte ich ihre Augen, die mich in demselben Moment wie versteinert anblickten, nicht gesehen, hätte ich sie nicht erkannt.

Als sie dann von mir davonrannte, wusste ich, dass sie es sein musste. Erst am Hafen nahm ich dann aus der Nähe wahr, wie sehr sie sich äußerlich verändert hatte. Ihre Fingernägel waren perfekt maniküert, ihr Gesicht bis zur Unkenntlichkeit geschminkt, wie eine zerbrechliche Porzellanpuppe. Ihre Bewegungen bedacht, zaghaft, unauffällig. Ihre Augen leer und einsam.

Gott, wie oft habe ich mir vorgestellt, wie es wäre ihr wieder zu begegnen. Mit ihrem Abschiedsbrief war es ihr gelungen, mein

Herz zu zerschmettern, und ich dachte damals, ihr niemals verzeihen zu können.

Doch ich habe ihr schon vor langer Zeit verziehen und ich würde mir ihre Geschichte anhören, würde sie sie mir erzählen.

Der nächste Song gehört mir. Eigentlich wäre jetzt ein anderer an der Reihe, doch ich bitte die Jungs, diesen vorzuziehen.

Wir beginnen mit unserer eigenen Version des Songs *Creep*, der im Original von Radiohead gespielt wird. Es gibt etliche Coverversionen davon. Rockig, ruhig, doch diese heute spiele und singe ich auf meine Weise. Kevins leiser Bass ist zu hören und auch das Schlagzeug gibt im Hintergrund sanft den Takt an. Jonny unterstützt meinen Gesang während des Refrains. Ansonsten ist es mein Song, den ich heute für Rune spiele. Jedes Wort, das mir über die Lippen kommt, meine ich genau so. Es ist mir egal, was sie in den letzten fünf Jahren erlebt hat und auch was dieses Leben aus ihr gemacht hat. Ob sie sich einsam fühlt, als Außenseiter oder nicht, sie wird für mich immer dieser besondere Mensch sein, zu dem ich aufsehe. Die Gefühle, die ich bei diesem Song empfinde, sagen auch genau das aus, was ich die letzten Jahre gefühlt habe. Wie oft habe ich mich für einen Spinner gehalten, der hier nicht hingehörte? Nach Runes Abschiedsbrief wusste ich lange nicht wohin mit mir, war völlig verloren in meiner eigenen Welt, in die ich mich abkapselte.

Während ich singe, sehe ich Rune unentwegt an und auch ihre Blicke bohren sich in mich hinein, weichen nicht einen Moment aus. Während des Höhepunkts dieses Songs, den ich aus voller Seele singe, schließe ich meine Augen. Als ich sie wieder öffne, sehe ich eine dicke Träne, die an Runes Wange hinunterläuft.

Der Song endet und wir ernten eine gehörige Portion Applaus. Erst dieser scheint Rune wieder wachzurütteln und ihr Blick löst sich von meinem. Ein Kellner stellt sich an ihren Tisch, bei dem sie etwas zu trinken bestellt. Während wir den nächsten Song einstimmen, wird ihr der Drink gereicht. Schließlich macht sie es sich bequem, lehnt sich an der Bank, auf der sie sitzt, an und ich sehe, wie sie ihre Beine unter dem Tisch übereinanderschlägt. Jetzt ist sie angekommen und ich sehe ihr an, dass sie nun beginnt, den Abend und unseren Auftritt zu genießen.

Es sind vier Songs, die wir noch spielen. Vier Songs, die mich davon abhalten, sofort von der Bühne zu springen, um zu ihr zu gehen. Ich möchte mit ihr sprechen, ihr zuhören, all das aufholen, was wir vielleicht verpasst haben. An ihren hoffnungsvollen Augen, die jetzt nicht mehr einsam und leer sind, erkenne ich, dass sie bereit dazu ist. Ich werde sie zu nichts drängen, ihr keine Vorwürfe machen, sondern ihr Zeit geben. Und ich hoffe, dass sie weiß, dass ich sie diesmal nicht einfach so davonlaufen lassen werde.

Als wir endlich unsere Pause einlegen, gehe ich hinter die Bühne, um von dort aus nach unten zu gelangen. An dem Tisch, an dem ich dachte, Rune alleine vorzufinden, stehen jetzt drei andere junge Frauen. Eine von ihnen erblickt mich als Erste und lächelt schüchtern.

»Oh, wow«, höre ich eine andere sagen. »Du hättest uns ruhig mal was von *Adam* erzählen können.« Die anderen stimmen ihr zu und ich erfahre dadurch, dass diejenige, die spricht, Silvia heißt. Sie ist vorlaut und ich merke sofort, dass sie gute Laune verbreiten kann.

Sie wendet sich mir zu. »Hi, Adam«, haucht sie nun verführerisch und die anderen zwei kichern im Chor.

Ich grinse und hebe eine Augenbraue. »Hey.«

»Wir sind Runes *Freundinnen*. Jedenfalls dachten wir immer, ihre Freundinnen zu sein. Aber Freundinnen erzählen sich normalerweise von gutaussehenden, alten Bekannten.« Sie blickt Rune gespielt vorwurfsvoll an.

Runes Lächeln ist zurückhaltend.

»Na ja, wie auch immer. Wir lassen euch dann mal in Ruhe. Du findest schließlich alleine heim, oder? Morgen beginnt der Tag für uns alle früh genug«, sagt eine andere. »Auch für dich, Liebes.«

»Ja, Cathy. Ich kenne den Weg nach Hause«, geht Rune sofort darauf ein. Sie klingt ein bisschen genervt. »Wir sehen uns später.«

Als die drei zum Ausgang der Bar gehen und sie schließlich verlassen, sehe ich Rune wieder an.

»Cathy ist die Tochter meiner neuen Chefin«, erfahre ich. »Deswegen dieser aufgesetzte, autoritäre Ton.«

»Wo arbeitest du?«, möchte ich wissen und blicke schließlich in Runes überraschtes Gesicht. Das Grau in ihrer Iris ist so dunkel, dass sie fast schwarz wirken.

»Ich arbeite seit einem halben Jahr für eine kleine Immobilienfirma hier in San Diego. Cathys Mom hat erst vor Kurzem damit begonnen, Immobilien zu verkaufen und zu vermieten. Ich bin ihre Assistentin«, antwortet sie selbstbewusst.

Innerlich möchte ich sie gern umarmen. Warum bin ich so unglaublich stolz auf sie? Nicht nur das, ich freue mich riesig. Doch irgendwie habe ich das Gefühl, sie fragen zu müssen, ob sie glücklich ist. Das jedoch hebe ich mir für ein anderes Mal auf.

Rune schmunzelt. »Adam, du kannst gar nicht mehr aufhören zu grinsen«, stellt sie fest und erst jetzt merke ich, dass ich tatsächlich ein Dauergrinsen auf den Lippen trage.

Ich fühle mich ertappt. »Entschuldige, ja. Ich schätze, das

kommt davon, weil ich mich so für dich freue.«

Sie antwortet nicht darauf, sondern blickt auf jemanden, der mir von hinten auf die Schulter tippt. Es ist Daniel. Als ich ihn ansehe, erkenne ich, dass er seine Augen kaum von Rune bekommt. Erst nach einigen Sekunden scheint ihm der Grund, warum er hergekommen ist, wieder einzufallen.

»Wir machen weiter«, erinnert er mich und ich nicke.

»Ich bin in fünf Minuten da.«

Während Daniel davonläuft, dreht er sich nochmals um und wirft Rune über die Schulter einen Blick zu. Als ich sie anblicke, hat sich ihre Miene wieder versteinert. Vor kaum zwei Minuten war sie aufgeschlossen und gesprächig. Jetzt auf einmal nicht mehr.

»Bleibst du noch zur zweiten Hälfte unseres Auftritts?«, frage ich und sehe ihr jedoch jetzt schon an, dass sie lieber gehen möchte.

Sie schließt ihre Augen einen Moment zu lange.

»Bitte bleib«, sage ich jetzt leiser.

In dem Moment öffnet sie ihre Lider wieder und betrachtet mich eingehend. »Ich werde auch gehen, Adam. Weil ich morgen tatsächlich wieder früh raus muss.« Sie holt kurz Luft, als müsste sie sich überwinden, weiterzusprechen. »Aber ich gebe dir meine Handynummer. Okay?«

Okay? Fragt sie mich ernsthaft, ob das *okay* ist?

»Entschuldige, bitte, Rune. Aber so werde ich mein Dauergrinsen heute nicht mehr los«, sage ich spaßhaft und entlocke ihr tatsächlich ein freches Grinsen.

Himmel, ich sehe sie vor mir. Als wir die Wagen auf dem Rummelplatz gereinigt haben und sie damit anfing, mich mit dem Reinigungsmittel nass zu spritzen. Würden wir es schaffen, jemals wieder so ausgelassen miteinander umzugehen?

Immer noch lächelnd, zieht sie eine Visitenkarte aus ihrer Handtasche und reicht sie mir. »Da ich mit diesen Smartphones immer noch nicht viel anfangen kann, ist ein Handy für mich völlig ausreichend. Meine geschäftliche Nummer ist somit auch meine private Nummer.«

Ich betrachte die Visitenkarte und kann es immer noch nicht fassen. Ich weiß nicht mehr, wann ich aufgehört habe, erfolglos nach ihrem Namen zu googlen. Doch hätte ich ihn in den letzten sechs Monaten im Internet eingegeben, wäre ich fündig geworden.

Rune steht auf und bleibt vor mir stehen. »Rufst du mich an?«, fragt sie mit zuckersüßer Stimme und klimpert mit ihren Wimpern. Ich sehe, dass sie mich necken möchte und lache. *Fuck*, das hat sie mittlerweile wirklich gut drauf. Ihr Augenaufschlag, der als Nächstes folgt, ist so aufreizend, dass ich, ohne mich nur einen Millimeter bewegt zu haben, sofort ins Schwitzen komme.

Auf ihre Frage hin kann ich nur nicken.

»Bye, Adam«, höre ich ihre zarte Stimme.

Sie schaut zwischen uns. Nach einem langen Atemzug blickt sie mir wieder in die Augen und lächelt. Sie streicht über meinen linken Oberarm und ich erkenne ein verschwörerisches Zucken auf ihren Lippen.

»Bis bald, Rune«, bekomme ich schließlich doch noch heraus.

Während sie davon läuft, sehe ich ihr nach. Dabei merke ich jetzt erst, wie stark mein Herz gegen meinen Brustkorb schlägt. Ich kann nicht glauben, dass ich ihre Handynummer in meinen Händen halte. Ich kann nicht glauben, dass wir uns nach all den Jahren wieder getroffen haben.

Doch schon während ich zurück hinter die Bühne gehe,

kommt mein Gewissen wieder ins Spiel. Es beginnt, das Adrenalin in meinen Venen zu verjagen. Es verjagt auch das verrückte Gefühl, das ich die ganze Zeit gespürt habe, seitdem ich Rune hier in dieser Bar wieder getroffen habe. Dieses Zusammentreffen hat alle funktionierenden Lampen in meinem Gehirn ausgelöscht.

Was Rune nicht weiß, ist, dass auch ich in den letzten Jahren eine Geschichte geschrieben habe. Denn ich musste weitermachen. Mein Leben beinhaltet endlich wieder Pläne, Perspektiven und Vorsätze. Dinge, die lange Zeit verloren schienen. Mein Gewissen ruft laut und deutlich, dass ich Rune nicht zurück in mein Leben lassen sollte.

Doch ich habe zum ersten Mal wieder das Gefühl, wachgeworden zu sein. Erwacht aus dieser ermüdeten Trance. Weil sie nach so langer Zeit und wie ein Blitz mein Leben erhellt. Sie ist mein Lichtblick, obwohl sie so lange nur Dunkelheit in mir verursacht hat.

Eins wird mir wieder klar: Rune ist die Art von Ärger, die mich wissen lässt, dass ich lebe. Eine bittersüße Tatsache, die mein Dasein bereichert. Jetzt wusste ich tatsächlich, dass die Geschichte mit dem Mädchen hinter der Scheibe, so viel angsteinflößender und noch verrückter war, als jede Achterbahnfahrt auf der ganzen Welt.

Rune ist nicht mehr das Mädchen hinter der Scheibe. Unsere damalige Geschichte ist harmlos im Vergleich zu dem, was wir uns jetzt in der Lage wären anzutun.

Doch ich würde meinem Gewissen zeigen, dass ich bereit war, diese Achterbahn nochmals zu fahren.

Fortsetzung folgt ...

Danksagung

Mein erster Jugendroman – und noch nie hat sich etwas so richtig angefühlt. Jeder, der mich auf dieser unglaublichen Reise begleitet hat, hat einen ganz besonderen Platz in meinem Herzen. Ich danke dir Marie, für deine wundervollen Worte, die ich in diesem Buch zitieren durfte. Eva, ich danke dir für das Herzblut, das du hier reingesteckt hast. Danke für: »Würde das Adam wirklich sagen?«, »Du und diese Augen« oder einfach nur »Gott, ich tanze«. Du verstehst mich, du verstehst meine Gedanken. Du verstehst einfach alles. Ich weiß nicht, was ich ohne dich tun würde. Danke an meine wunderbaren Testleser, die die Anfänge dieser besonderen Geschichte begleitet und mich auf so viele Weisen unterstützt haben. Ich danke meinem Mann, weil auch er sich freiwillig als Testleser gemeldet hat und es bis zum Schluss gelesen und mit einem: »Wow, das ist dein bestes Buch«, beendet hat. Mit ganz vielen Küssen bedanke ich mich bei meinen Bloggern: Mit euren Kommentaren und Meinungen habt ihr Gefühle in mir freigesetzt, die ich fast nicht beschreiben kann. Ich bin so glücklich, dass euch die Geschichte von Rune & Adam so sehr berührt. Und nicht zuletzt: Einen ganz lieben Dank an meinen Bruder: Danke, dass du mir andauernd aushilfst, wenn es um Grafiken, Layout, Bilder und den ganzen Schnickschnack geht. Ohne dich wäre ich aufgeschmissen.

Über die Autorin

Die Autorin ist 1986 geboren, verheiratet und liebt es, in den kleinen Pausen des Arbeitsalltags und Mama-Daseins zu lesen und zu schreiben. Für Cristina Evans gibt es die *perfekte Liebesgeschichte* nicht – denn diese wäre schlicht und ergreifend zu einfach. Sie ist immer auf der Suche nach einer neuen Herausforderung, die ihren Büchern das gewisse Etwas verleiht. Spätestens dann, wenn sie von Kopf bis Fuß in ihre Geschichten eingetaucht ist und sich darin wieder findet, ist sie ihren Helden und Protagonisten machtlos ausgeliefert. Denn das ist der Moment, in dem sie anfangen, ihre Romanze selbst zu schreiben.